GOLDMANN

Buch

Inspektor Henri Castang wird wieder einmal strafversetzt, diesmal aus Paris in die EG-Metropole Brüssel, wo er für den Engländer Harold Claverhouse eine beratende Tätigkeit ausüben soll. Castang beginnt, sich allen ersten Befürchtungen zum Trotz mit der neuen Situation anzufreunden, doch dann verdichten sich seine Befürchtungen, daß seine kriminalistischen Fähigkeiten schon bald wieder gefragt sein werden. Eines Nachts kommt sein Vorgesetzter – und mittlerweile fast schon Freund – Claverhouse zu Castang und kann nur atemlos stammeln, daß seine Frau ermordet wurde. Castang findet sie – halbnackt und erdrosselt. Natürlich ist nicht zu verhindern, daß sich die Brüsseler Polizei des Falles annimmt, und Claverhouse wird vorläufig unter Tatverdacht festgenommen. Parallel zu den offiziellen Ermittlungsorganen versucht Castang, Klarheit zu bekommen. Aber die Position von Claverhouse verbessert sich nicht gerade, als eine junge, bildschöne Frau auftaucht, die angibt, die Geliebte des Engländers zu sein...

Autor

Nicolas Freeling, 1927 in London geboren, wuchs in Frankreich auf, studierte in Dublin, verbrachte danach eine Zeitlang in den Niederlanden und kehrte schließlich nach Frankreich zurück. Er lebt heute im Elsaß. »Nicolas Freeling ist, behaupte ich hartnäckig, der am meisten unterschätzte Krimiautor der Gegenwart.« (Rudi Kost im Thriller-Magazin »Schwarze Beute«)

Außerdem als Goldmann Taschenbuch lieferbar:

Kalt wie Eisen (5131)
Köder (5161)
Liebe in Amsterdam (5241)
Mord auf Norderney (5140)
Van der Valk und der Schmuggler (5090)

NICOLAS FREELING

DER HIMMEL ÜBER FLANDERN

Aus dem Englischen von
Mechtild Sandberg-Ciletti

GOLDMANN VERLAG

Deutsche Erstausgabe

Die Originalausgabe erschien unter dem Titel
»The Pretty How Town«
bei Little, Brown and Company, London

Umwelthinweis:
Alle bedruckten Materialien dieses Taschenbuches
sind chlorfrei und umweltschonend.
Das Papier enthält Recyclinganteile.

Der Goldmann Verlag
ist ein Unternehmen der Verlagsgruppe Bertelsmann

Umschlaggestaltung: Design Team München
Umschlagfoto: Ernst Wrba, Sulzbach
Satz: Uhl+Massopust, Aalen
Druck: Elsnerdruck, Berlin
Krimi 5838
Lektorat: Ulrich Genzler
Redaktion: Ursula Walther
Herstellung: Heidrun Nawrot
Made in Germany
ISBN 3-442-05838-4

10 9 8 7 6 5 4 3 2 1

Für Thukydides wie für jeden ernsthaften griechischen Denker waren moralische Fragen und Konflikte integraler Teil der Politik, ebenso das, was wir Sozialpsychologie nennen sollten.

Das Wort für fragen in Griechisch ist *historein*. Eine andauernde Frage ist eine *historia*.

Aus der Einleitung zu
Der Peloponnesische Krieg
von Dr. M. I. Finley,
Professor für alte Geschichte,
Universität Cambridge

Prolog

Henri Castang

Ehe ich aus Paris wegging, wurde ich vorgeladen.

Man hatte mir zu verstehen gegeben – und sehr klar, besten Dank –, daß ich gleichzeitig befördert und gefeuert wurde.

Befördert, das ist simpel genug: mein ›Schritt‹ nach oben, überfällig schon, zum höheren Rang des *commissaire divisionnaire*. Der englische Leser wird verstehen, wenn ich *chief superintendent* sage; das ist in etwa das Equivalent. Aber ›gefeuert‹, das muß erklärt werden; desgleichen – ausdrücklich – das Wort ›klar‹.

Ein höherer Charge der *police judiçiaire* wird nämlich nicht gefeuert; er ist, wie ein verbeamteter Universitätsprofessor ohne verbrecherisches Fehlverhalten mit nachfolgendem Riesenskandal, unkündbar. Er wird auf ein Nebengleis geschoben, auf die Rampe, wie die Franzosen sagen. Er wird entfernt. Im Amtsjargon heißt das ›mit einer Sonderaufgabe betraut‹. Und das ist der Grund, weshalb ich das Wort ›klar‹ betonen muß. Nichts ist im Amtsjargon jemals klar, denn es könnte ja sein, daß man sich später widersprechen und der Presse weismachen möchte, daß die Bekanntmachung falsch interpretiert wurde.

Doch seinen Rang und seine Gehaltsstufe behält er. Jedenfalls das Geld. Von meinem Rang werde ich keinen Gebrauch machen; die Belgier würden sich sonst vielleicht fragen, wieso die Republik es für nötig hält, einen *commissaire divisionnaire* der *PJ* in ihrem Königreich zu stationieren. Offiziell bin ich lediglich Beamter eines Ausschusses, der an der Standardisierung des Rechtswesens innerhalb der Gemeinschaft arbeitet; Polizeibeamter mit praktischer Erfahrung im Gerichtswesen. Okay, ich spreche auch ein bißchen Englisch, ein bißchen Deutsch und, nach einigen Jahren in der Nordwestecke Frankreichs, sogar ein paar Brocken Flämisch. Das wird als Vorteil angesehen. Ich habe außerdem eine tschechische Ehefrau. Das ist ein Nachteil, aber jenseits der französischen Grenzen nicht mehr ganz so schlimm.

Solange ich noch in Paris bin, gehöre ich zum Establishment, und wenn einer der höheren Chargen den Wunsch äußert, mich zu sehen, dann putzt man sich die Schuhe und schaut, daß man rüberkommt.

Nicht die *PJ*. Das hier war die *RG*. Aber am besten kümmert man sich nicht um die Abkürzungen, geschweige denn um die amtlichen Titel der Leute. Wie viele Engländer wissen denn selbst nach der Lektüre unzähliger Spionageromane den Unterschied zwischen MI5 und 6? Ich verrate es Ihnen: die eine ist fürs Inland, die andere fürs Ausland, und jede strengt sich mächtig an, der anderen Bananenschalen unter die Füße zu schmeißen. Geheimdienst und Polizei; das läuft doch überall gleich.

Dies hier war ein höchst unangenehmes Erlebnis. Er war in Zivil, doch dem Rang nach ist er General, einer von denen, die nie an irgendeiner Front waren, und er hielt martialisches Auftreten, einen Haarschnitt wie ein Skinhead und einen Burschen, der ihm die Stiefel wichst, für notwendig. Zu mir war er herrisch.

»Also, Castang, man schickt Sie nach Bruxelles.« Er sprach das ›X‹ aus; es fällt ihm so wenig wie allen anderen Franzosen ein, die richtige Aussprache ausländischer Wörter zu lernen; aber mit hinterhältiger Intonation.

»Wir schicken Sie nach Bruxelles.« Oh. Oder oho. Aber Schweigen.

»Sie sind Patriot, Castang?« Ja, ich bin genauso patriotisch wie der Labrador des Präsidenten, aber man bekommt nichts dafür, wenn man das sagt.

»Deutschland!« Zischend, mit zusammengebissenen Zähnen. »West oder Ost« – denn das waren die Zeiten, als es noch ein ›Ost‹ gab – »von Stasi durchseucht. Ich habe Ihnen nicht erlaubt zu rauchen. Und Belgien – direkt vor unserer Tür –, das ist praktisch ihr Privatgarten.« Auf Französisch nennt man das Vergiftung. Wahrscheinlich war er selber einer von der Stasi. Falschheit: die liegt ihnen im Blut wie unsereinem das Cholesterin. In der Regel ist es so, daß die patriotischsten von der CIA bezahlt werden, Befehl haben, den KGB zu infiltrieren, von der echten Stasi manipuliert werden und zur Unterstützung des Patriotismus ein bißchen Geld bekommen. Sie fangen dann an, Taschentücher im Ärmel zu tragen, um zu zeigen, daß sie die Spionageromane gelesen haben.

»Halten Sie Augen und Ohren offen; gebrauchen Sie Ihre ausgebildeten Fähigkeiten. Sie sollen in dieses Nest von Krypto-Marxisten eindringen wie der Safran in den Reis.«

Französische Spione müßten eigentlich immer sofort entlarvt werden; sie sind so heikel mit dem Essen. Von Geld war nicht die Rede, der Patriotismus selber ist sich genug. Die Stasi ist für ihre Knausrigkeit bekannt, aber französische Sparsamkeit gibt immer noch mal einen drauf. Wenn Sie eine Zusammenkunft im Park vereinbart haben, dann bilden Sie sich bloß nicht ein, daß wir für die Liegestühle bezahlen.

Ich beschloß, nichts hiervon zu sagen, und schon gar nicht zu Vera. Die tschechische Stapo war vernünftig genug, sie als wenig aussichtsreiche Kandidatin zu sehen, aber ich hatte gelegentliche Alpträume, in denen die Franzosen meinten, sie sollte endlich anfangen, patriotisch zu sein.

Ay de mí. Ich verschwinde aus der *PJ*, wo ich nie über mein Land nachgedacht habe, aber doch hoffte, der Gesellschaft von einem gewissen Nutzen zu sein, und jetzt macht mir eine neue Truppe die Hölle heiß. Sie finden das Ganze albern? Fand ich auch.

Später fand ich es nicht mehr so lustig.

1

Henri Castang

›irgendwer lebte in einer stadt so nett
(wo auf weit hinab das geläut auslädt)
lenz sommer herbst und winter
sang er sein ungetan, tanzte seine tat.‹

Ich weiß nicht, warum es da keine Großbuchstaben gibt. Ich glaube, der Mann ist ein amerikanischer Dichter, und er pflegte sogar seinen Namen so zu schreiben: e e cummings. Harold hat mich auf das Gedicht aufmerksam gemacht. Für einen Juristen ist er ein literarisch gebildeter Mann. Und mir hat man oft genug gesagt, ich sei für einen Ex-Polizisten zu gebildet.

Aber dies hier, sagt er, ist eindeutig die ach so nette Stadt. Und wir, die Funktionäre der Europäischen Gemeinschaft, sind irgendwer. Bitte die Großbuchstaben zu beachten! Wie er feststellt, gibt es ihrer viel zu viele, in viel zu vielen Sprachen, und Mr. cummings tat gut daran, sie abzuschaffen. Die Stadt selbst hat zu viele Namen. Bruxelles auf Französisch. Das ›X‹ ist ein sehr belgischer Buchstabe. Als Doppel-S ausgesprochen, was dem flämischen Brussel ziemlich nahe kommt (aber für manchen nicht nahe genug). Und bei den Engländern heißt es Brussels. Wir nennen es Bruce. Wir – ich meine damit meine Familie, mich selbst – leben jetzt seit einigen Monaten hier und fangen gerade an, uns zurechtzufinden.

Harold, offiziell Mr. Claverhouse und mein Chef, ist der Leiter einer der juristischen Abteilungen in einer der zahllosen Behörden der unmäßig vielen europäischen Institutionen. Sie verstehen? Nein, ich werde gar nicht erst eine Erklärung versuchen. Es ist zu kompliziert, und es ist viel zu blöde. Wir können noch nicht einmal von unserem Stadtteil sprechen. Er gehört uns nicht, wir zahlen sehr hohe Mieten, offiziell sind wir hier nur geduldet, und manche würden behaupten, wir seien überhaupt nicht hier; das Ganze sei nichts als Illusion. Das erklärt die surrealistische Form des Gedichts.

›frauen und männer (klein und gering)
gaben auf ihn keinen pfifferling
säten ihr unsein mähten einerlei
sonne mond sterne regen.‹

Sie fangen, hoffe ich, langsam an zu begreifen. Keine Interpunktion, aber »Wenn Sie verstehen wollen«, sagte Harold... die Prosa der Gemeinschaft, gleich, in welcher Sprache, ist nämlich genau so. Ihre Lektüre bedarf einer gewissen Fertigkeit; ebenso die Interpretation.

Er hatte uns (Mitarbeiter samt Ehefrauen) zu einer Art Weihnachtsfeier in sein Haus eingeladen. Auf eine vage, einigermaßen zynische Art – Harolds berüchtigte Art, sich die Leute, denen er eine Einladung schuldet, vom Hals zu schaffen –, aber an dieses besondere Weihnachten kann ich mich erinnern, und Ihnen wird es genauso gehen. Es war nämlich der Moment, als Ceaucescu, das Genie der Karpaten, in Rumänien seine gerechte Strafe bekam. Und als das Brandenburger Tor zwischen Ost- und West-Berlin geöffnet wurde; Hooligans, meist Engländer, kletterten hinauf und beschädigten die Quadriga; Polizisten und Feuerwehrleute aus beiden Teilen Berlins sammelten den ganzen nächsten Tag die Bierflaschen ein: Geschichte wurde gemacht.

Ein Haufen Funktionäre drängt sich in einem schicken Ghetto bei der Porte Louise zusammen, dem größten Tor der Stadt. Die Avenue Louise (mit Banken und teuren Geschäften gespickt) führt nach Süden in die Wälder, jetzt nur noch Autobahnkreuze und protzige Vorstädte; Bäume gibt es kaum noch. Wir wohnen nicht in dieser Gegend. Die Mieten sind zu hoch, und Vera gefällt das Viertel nicht. Zu viele Beamte auf einem Haufen. Harold übrigens auch nicht. Wir wohnen mehr östlich (die meisten Behörden sind auf der Südostseite), und Harold wohnt weiter im Süden in einer ziemlich großen und entschieden großartigen Villa mit Garten. Um Weihnachten herum war kein Gartenwetter, und im Haus war ein Riesengedränge von Funktionären samt Ehegattinnen, die alle kräftig becherten. Iris schwebte in einem teuren kleinen Schwarzen, in dem sie blendend aussah, gastgeberinnenhaft umher.

Wir sind vorher noch nie da gewesen. Vom Schauen allein ließ sich nicht viel sagen, weil man bei so einem Fest alles wegräumt, was schön und wertvoll ist, wenn man einen Funken Vernunft besitzt. Ein schönes Haus. Er mußte eine verdammt hohe Miete zahlen. Aber Harold ist ein höherer Beamter und sehr gut bezahlt, ganz abgesehen von der Zulage für das ›Leben im Ausland‹, von den meisten von ihnen als grausames Schicksal betrachtet, für das sie eine hohe Entschädigung verlangen. Wir mischten uns unter die Leute, wie das von uns erwartet wurde: viel Champagner, um die Gäste in Stimmung zu bringen. Eine gewisse Verdrehtheit ist zu beobachten. Die Seife in der unteren Toilette war eine Roger & Gallet. Oben, berichtete Vera, lag Küchen-Marseille. Also ließ ich am nächsten Tag eine kleine Spitze los. Harold mag das; er tut so was selbst dauernd; das ist seine Art zu provozieren.

»Ja. Muß ich mir mal überlegen. Ist ein wichtiger Punkt; die Marseille ist seifiger. Olivenöl drin? Oder vielleicht Juden?« Das ist nun absolut geschmacklos, da Harold kein Jude ist, aber ich war klug genug, nicht zu reagieren. Das gehört zu seiner unliebenswürdigen Seite und schafft ihm viele Feinde, was er genießt. Sie wurde gleich an meinem ersten Tag hervorgekehrt, als er mich zum Mittagessen einlud; es gab grüne Bohnen, die außer Saison waren.

»Woher kommen die denn? Ach, aus dem Senegal? Dacht' ich mir's doch. Man riecht den Niggerschweiß.« Er tunkt einem die Nase hinein. Angriff ist die beste Verteidigung. Wie seine dicken kubanischen Zigarren; er pustet einem den Rauch ins Gesicht. Oder seine Hosenträger, total geschmacklos und groß zur Schau gestellt. Sein entsetzlich rüder Ton Sekretärinnen gegenüber; sie lachen, und manche blühen förmlich auf dabei, andere vielleicht nicht. »Wen hat man Ihnen zugeteilt? Brigitte? Ist das die mit dem Schwanzlutschermund?« Ach, sagt seine eigene Sekretärin, Miss Hunted-Down, wie sie genannt wird, da macht Harold nur wieder mal auf Evelyn Waugh. Ich habe eine Menge zu lernen und diese ganze Literatur dazu.

Diese grausliche Party! Vera, die Tschechin ist, bangt um ihr schnöde verlassenes, unvergessenes Heimatland, ohne es zu zeigen – sie ist schüchtern auf Partys; entschlossen, mir keine Schande zu machen. In den Gesprächen, die gewöhnliche Mischung aus Bruce-Französisch und germanisch angehauchtem Englisch mit einigen schallenden britischen Tönen darunter, die das Palaver beherrschen, jeder erklärt jedem, was die Tschechen tun sollten. Und die Frage, die bei jeder Party von neuem auftaucht: Woher um Himmels willen haben sie nur diese Kleider?

Harold hat ein Lächeln und eine geistreiche Bemerkung für jeden. Er hat eine solche Ausstrahlung, daß man plötzlich aufsieht und ihn neben sich erwartet, obwohl er am anderen Ende des Zimmers ist. Keine Zigarre; er ist diszplinierter, als er sich gern gibt. Sein Anzug ist extravagant, sowohl in Schnitt wie Material – und er ist ein imposanter Mann, eine starke Persönlichkeit –, doch das Dominante ist sein Gesicht, groß und römisch. Ein Porträt von einem Triumphbogen, und selbst sein Haar ist passend. Dick und wellig. Kein Lorbeerkranz nötig, um einen kahlen Scheitel zu kaschieren, und es ist hell, weder asch noch sand. Ein Toupet kann es nicht sein, denn es wächst; und gefärbt kann es auch nicht sein, weil einige graue Strähnen sichtbar sind, wenn auch nur wenige für einen Mann Mitte Fünfzig. Dem Polizisten, der ich immer noch bin (es gibt Gewohnheiten, die lassen sich nicht abschütteln), fallen die großen, flach anliegenden Ohren mit den schweren Läppchen und der breite, bewegliche Mund mehr noch auf als die Nase, die einem drohend entgegenwinkt, und die kleinen blitzenden Äuglein. Vielleicht war er in seiner Jugend ein Elefantenbaby, jetzt hat er nichts mehr davon: zu wendig und zu verdammt schnell auf den Beinen. In der Sonne würde er zweifellos krebsrot werden. Er ist ein sehr nordischer Typ. Harald Schönhaar, aber die Sekretärinnen nennen ihn ›*beaumains*‹, seiner schön geformten Hände wegen. Sicher hätte er einen formidablen Strafverteidiger abgegeben und jetzt jederzeit einen unbequemen Richter? Ohne Zweifel. Hat sich anders entschieden, wie es scheint.

Ach Gott. Es gibt Funktionäre jeder erdenklichen politischen Couleur, aber ich bin ausgerechnet unter die Rechten geraten, und die Gattinnen sind noch schlimmer. In der Falle zwischen der Kochwütigen (die einen dauernd mit neuen Rezepten belabert) und der Reformwütigen (die mit den neuesten Statistiken über den Alkoholismus und die sträfliche Nachlässigkeit der französischen Regierung gegenüber dem Rauchen gewappnet ist). Nichts könnte mir gleichgültiger sein als die französische Regierung. Wo zum Teufel ist Vera? Oh, diese Engländerinnen, von Gott eingesetzt, über alles zu herrschen – die Memsahib ist nämlich immer noch fest überzeugt davon, daß ihr Empire hier und jetzt besteht. Warum kann man sie nicht nach Sizilien verfrachten? Ich erwäge selbst Exil auf Dauer in Pantelleria (der Ehemann der Kochwütigen ist ein netter Mann, erschreckend gut informiert über Restaurants, aber durchaus vernünftig in bezug auf Pestizide...) Da ist Vera, meilenweit entfernt und ganz dick mit Iris.

Ich habe Iris vor diesem Abend noch nicht kennengelernt, obwohl Harold sehr viel von ihr spricht und das auf eine merkwürdig distanzlose Art und Weise tut. »Iris wäre entsetzt.« Als sei sie anwesend – »So etwas dürfen Sie nicht sagen, damit schockieren Sie Iris.« Und Befehle an die Sekretärinnen: »Rufen Sie doch mal meine Frau an und erinnern Sie sie an den Käse.« Irgendwie hatte man erwartet, sie wäre nicht ganz präsentabel, häßlich oder unförmig dick. Ganz im Gegenteil. Mit ihrer Präsenz verhält es sich wie mit dem elektrischen Strom französischer Landbezirke am Ende einer Leitung, der plötzlich ganz schwach wird: Wieso braucht der Toaströster so lang, bis er hochspringt? Sie begrüßte mich sehr herzlich, und dann war sie weg, bis man auf einmal merkte, daß sie neben einem stand, aber ohne ein Wort zu sagen und, da bin ich sicher, ohne zuzuhören, obwohl ihre Manieren tadellos sind, ›ladylike‹ auf eine altmodische Art.

Was Männern auffällt: Sie ist groß und wirkt noch größer, weil sie sehr schlank ist. Gut gekleidet. Vera pflegte, als wir in Paris lebten, sich Couture-Kleider im Secondhand-Laden zu kaufen, und arbeitete sie mit viel Geschick für sich um; das hier sieht nach dem Original aus. Iris' Figur kann sich sehen lassen. Schwer zu sagen, ob sie hübsch im landläufigen Sinn ist. Sehr große, schöne Augen, die weit auseinander liegen.

Harolds sind, wenn man sie überhaupt sehen kann, von einem hellen, harten Porzellanblau; die ihren sind ein tiefes Saphir. Und ein sehr großer, vollippiger Mund, doch die Nase dazwischen wirkt unbedeutend und formlos. Sie macht das Beste aus diesen guten Eigenschaften: Das Kleid ist hochgeschnitten, und sie trägt das dunkle Haar sehr kurz, ›gaminhaft‹, so daß das zarte ovale Gesicht zur Geltung kommt – der unregelmäßige Pony betont die aufregenden Augen. Mit schwarzem Rollkragenpulli und Brillantohrringen sähe sie verdammt sexy aus. Was, wie jeder Mann weiß, nicht viel zu bedeuten hat. Aber wenn das Haar den spanischen blauschwarzen Ton hätte anstatt diesen gewöhnlichen braunschwarzen...

Vera würde mich auslachen. Oder sarkastisch werden. Aber ich versuche ja nur, mich von der Reformwütigen abzuschotten, die sich noch immer mit großer Vehemenz über die äußerste Schlechtigkeit meines Präsidenten, wie sie sagt, ausläßt. Das Kleid sitzt eng, aber Iris hält sich sehr gerade. Keine Fettwülste, kein ›Reiterspeck‹ um Hüfte und Oberschenkel; tadelloses Gesäß (und der Rock ist gefüttert; anders als bei den anderen Frauen kein sichtbarer Abdruck des Höschens). Höchstens eine gewisse Schlaffheit unter dem Kinn, obwohl sie fünfzig sein muß und, Bemerkungen zufolge, die Harold fallenließ, zwei oder drei bereits erwachsene Kinder da sind; in England irgendwo. Beneidenswert, wirklich.

Selbst wenn es lächerlich ist – ach, wird Vera sagen, welche Empfänglichkeit für weibliche Reize –, vergessen Sie nicht, daß ich so geschult wurde. »Merkt auf, wenn ein Knabe auf der Straße verhungert« – gut, das ist Robert Browning, einer von Veras Lieblingsdichtern, aber wenn auch vielleicht übermäßig dramatisch, genauso schult sich der Maler, zu beobachten und zu registrieren, und ich bin der Polizist vom alten Schlag. Zu meiner Zeit bekam man den Unterricht mehr auf der Straße als in der Schulbank, und wenn man Jura studieren wollte, kostete das eine Menge Schlaf. Ich bin auf den Straßen von Paris nicht direkt verhungert, aber mit der Zeit – später, viel später – habe ich diese Filippo-Lippi-Nummer verstanden.

Ja, ein, zwei Jahre länger bei Carlotta, in der Kunstabteilung des Betrugsdezernats, und ich hätte vielleicht etwas über florentinische Maler gelernt. Ich war nicht lange genug dort, und ich war, ehrlich gesagt, nicht gut genug: wie Carlotta richtig sagte, ich hätte zwanzig Jahre früher anfangen müssen. Aber immerhin hat man mir als jungem Polizisten beigebracht, meine Ohren zu gebrauchen. Die Sensibilität und ›das Gefühl‹ habe ich großenteils wieder verloren; man braucht wie ein Pianist tägliches Üben. Der Polizist mit Straßenpraxis ist jünger und weit mehr auf Draht. Ich werde verfolgt. Ich bin lange nicht mehr der gewitzte Streifenpolizist, aber einem *PJ*-Beamten, wenn auch noch so ex, entgeht so etwas nicht. Wir sind wie die Hummer, wir schießen aus Felshöhlen heraus und schnappen zu. Wir mußten uns einen Panzer zulegen, weil es unzählige Räuber gibt, die uns schmackhaft finden; darum ziehen wir uns auch immer schnell wieder zurück, sehen uns genau um und haben diese langen empfindlichen Fühler, die wir ständig spielen lassen. Ich habe diese Ausstattung noch, die zu entwickeln eine lange Zeit brauchte.

Wer sind diese Leute? Ich glaube nicht, daß es Franzosen sind. Die würden sich zu meiner Felsspalte heranpirschen und diskret murmeln: »Auch Hummer; achten Sie nicht auf mich.«

Aber konnten es Tschechen sein? Leute, die sich in Frankreich diskret zurückhalten oder Kollegen von der Parallelpolizei wenigstens professionelle Tarife anbieten würden... Sie würden mir gegenüber hier ungehemmter sein.

Aus Prag verlautet nämlich, daß sie beim ersten Hauch Revolution alle blitzartig in ihren Schlupflöchern verschwunden sind. Havel setzte einen guten Freund ins Innenministerium, aber ruhig ist er nicht. Wo sind sie denn alle hingekommen? Und gleichermaßen apropos – wo ist denn das ganze Geld? Sie waren gut bestückt. Da steht nun dieses riesige Schloß, und alle Schränke darin sind leer. Wo sind die Akten geblieben? Die Goldmünzen? Und die Waffen... Von allen dreien könnte hier eine Menge leicht greifbar versteckt sein.

Vera, die sich wie alle anderen Frauen unsterblich in Havel verliebt hat, spricht laut und mutig davon, endlich nach Hause zurückzukehren. Ich möchte sie nicht entmutigen. Und ich möchte sie auch nicht merken lassen, daß mir diese Idee ein wenig angst macht.

Ich kann nichts anderes tun als abwarten und die Augen offenhalten. Die deutsche Regierung entdeckt ganze Schwärme von Stasileuten, die sich in sämtlichen gottverdammten Spalten in den Felsen rund um Bonn verkrochen haben.

Ich wurde auf französische Art hierhergeschickt, da geht es einem so wie dem Kind, das zu seiner ersten Schwimmstunde gleich ins tiefe Wasser geworfen wird, oder es kann einem so gehen wie dem Todeskandidaten, unter dem sich die Falltür öffnet. Niemand in Paris hatte mir Hilfe oder Informationen irgendwelcher Art anzubieten. Man gibt zu, daß Brüssel existiert und wahrscheinlich in Belgien zu finden ist. Aber das Land existiert nur in französischen Witzen, die vorgeben, die Belgier seien unerträglich beschränkt und primitiv.

Warum fließen belgische Seen bergab? Damit das Wasserskilaufen leichter ist.

Harmlos genug, und die Deutschen haben genau die gleichen Witze über die Ostfriesen. Aber das Problem der Franzosen ist, daß sie leicht anfangen, ihre eigenen Mythen zu glauben. Belgien ist daher als ›Outre-Quiévrain‹ bekannt und vom Gare du Nord aus zu erreichen, das ist die Summe französischen Wissens. Ich habe einige Jahre im Norden gearbeitet, hatte gelegentlich mit Kollegen aus Brüssel zu tun, mit Richtern und Anwälten, kenne aber über die große Nord-Südachse hinaus noch immer nur wenig von dem Land. Von der Gegend im Osten der Oberstadt, wo die Europäische Gemeinschaft sitzt oder besser hockt, weiß ich gar nichts. Dieser Teil von Bruce, vom Automobil versklavt, ist scheußlich, wie jeder dort sich Mühe gibt, einen wissen zu lassen. Ich stieß auf einen zähen, humorlosen französischen Stockfisch im Amtsbereich des Sekretariats, der fest entschlossen war, nicht zu helfen.

»Das weiß ich wirklich nicht.«

»Gibt es keinen Plan?«

»Hier gibt's überhaupt keine Pläne. Nur die Baulöwen – die planen; abreißen und dann bauen, kaufen und dann verkaufen. Vor allem wollen sie verkaufen, wie Sie bald merken werden.« Französische Rhetorik, das kenne ich. Natürlich war der Concierge hilfreicher und brachte sogar einen kleinen Stadtplan zum Vorschein. Also, schauen Sie (hüstelnd), da sind die Europabehörden.

Ja. Das Sekretariat war einfach genug zu finden, und jeder kennt den großen Berlaymont ›Stern‹... aber das hier: fünfunddreißig an der Zahl! Vier heißen Archimède, vier weitere Loi. Es gibt da eine lange, schnurgerade, äußerst langweilige Straße, die Rue de la Loi heißt; ich konnte schon sehen, daß ich bei soviel Recht und Gesetz mein Tun haben würde. Ein oder zwei freundliche Namen wie Joyeuse Entrée und Marie de Bourgogne. Aber ich, sagte ich mir, würde bestimmt nicht das Glück haben, dort zu landen. Eher schon an der Place du Triangle oder in der Avenue de L'Astronomie.

»Du meine Güte, und das alles gehört der Gemeinschaft?«

Der Mann lachte nachsichtig über meine Naivität. »Der Gemeinschaft gehört gar nichts, Mann. Die zahlt immens hohe Miete für alles, was sie kriegen kann. Für Berlaymont hat sie mittlerweile schon so viel geblecht, daß sie den Bau zehnmal hätte kaufen können.«

»Mit was für Geld?«

»Na, mit Ihrem und meinem.« Das Lachen klang jetzt böse. Doch mit seiner Hilfe fand ich den Weg zu Mr. Claverhouse. Mein neuer *Chef de Service* war nämlich Engländer.

Die Bürokratie ist mir vertraut. Angenommen, ich wäre noch bei der Polizei gewesen und man hätte mich in eine französische Stadt dieser Größe versetzt... Ich stehe jetzt im Rang eines *commissaire divisionnaire*, nicht ganz unbedeutend. Ich könnte der Polizeichef eines ganzen Départements sein. Unter mir hätte ich einen Stellvertreter (ein Posten, den ich selbst schon innehatte), einen *commissaire principal*, der für die Sicherheit zuständig ist. Dann zwei weitere *principals*, für *sureté urbaine* zuständig (die Kriminalpolizei also), und dann die verschiedenen Polizeidienststellen; eine Meute kleiner Beamter. Ich hätte ein ganz ansehnliches Reich unter mir gehabt.

Hier nicht. In Bruce gibt es Tausende internationaler Beamter, und ich war ein kleiner Fisch, so ein Verwaltungsfritze in der Haushaltsabteilung. »Und wieso ist Wagen sieben angeblich schon wieder nicht zu gebrauchen? Einer von diesen Affen ist wieder gegen eine Straßenbahn gerumst? Ich mache Sie persönlich verantwortlich!«

Ich mag ja ein höherer Beamter sein, hier jedoch stehe ich ziemlich weit unten. Wie mir der Direktor der *police judiçiaire* in Paris mitgeteilt hatte – neben der Tatsache, daß er mich hierher schickte, um mich los zu sein. Sogar in der Kunstabteilung des Betrugsdezernats vergraben, war ich ihm und zwei, drei Ministern ein Pfahl im Fleisch. Hier ist Mr. Claverhouse der *divisionnaire*, und ich bin ein Nichts. Er ist ein mächtiger Mann, aber es gibt zu viele mächtige Männer in Bruce, als daß er aufgefallen wäre; er sorgt von sich aus dafür, daß er auffällt.

Der neue Concierge nahm es mit den Sicherheitsvorschriften sehr genau. Männer mit Kanonen lungerten im Foyer herum; für den Fall, daß oben jemand satanische Verse schrieb und auf der Straße ein Ayatollah von Entrüstung darüber überwältigt werden sollte. Harold brüllte ins Telefon. Ende des albernen Getues. Miss Huntingdon, eine ruhige und gutaussehende Engländerin reifen Alters und gesetzten Auftretens, holte mich am Aufzug ab. Sie ist dazu da, eine Aura von Wohlanständigkeit und Effizienz zu verbreiten: Harold ist das zweite, aber nicht das erste, jedenfalls nicht immer. Sie ist allgemein als Miss Hunted-Down bekannt, nimmt es gelassen.

Harold stand auf, kam zur Tür, um mich zu begrüßen. Höflich. Es stimmt schon, daß er ein entsetzlicher Flegel sein kann: Er kann aber auch die Höflichkeit in Person sein, pünktlich, freundlich, aufmerksam. Er hatte eines seiner berüchtigten gestreiften Hemden an, die noch berüchtigteren Hosenträger (auf einer Seite Can-Can-Tänzerinnen, auf der anderen Revolverhelden aus Wild-West). Und natürlich die Zigarre. Wenn ich sage, er ›hatte die Zigarre an‹, so ist das beinahe wörtlich gemeint; so, wie manche Polizisten ihre Waffe anhaben. In der Mundmitte zeigt sie wie ein Finger auf einen; im Mundwinkel drückt sie Spott über alle die aus, die langsamer, schwerer von Begriff sind als er – über fast jeden also. In seiner Hand schüchtert sie ein. Immer bedrängt sie, ist sehr machohaft. Im Aschenbecher abgelegt, verscheucht sie trotz Klimaanlage die Leute. Wiederangezündet, qualmt sie einem ins Gesicht. Es ist natürlich eine kubanische Zigarre erster Qualität. Harold spuckt einem beim Sprechen nicht ins Gesicht, aber nur um ein Haar nicht. Man kann sehen, wie die Legende Wurzel faßte.

Obwohl er ein starker und gieriger Esser ist und ein großer Trinker vor dem Herrn, hat er weniger Fett und einen strafferen Bauch, als man meinen möchte. Schnell auf dem Tennisplatz und ausdauernd. Aber das Beste, was ihm mitgegeben wurde, ist seine Stimme, die des geschulten Advokaten, manchmal tief und beruhigend, dann wieder ein resonanter Tenor, ziemlich oft ein unschönes Kreischen und immer musikalisch in Akzent und Rhythmus. Die Sprechweise hat nichts albern Gespreiztes. Das zeigt seine Fähigkeiten; Harolds Vater war nämlich Kohlenträger in Nottinghamshire – sagt er jedenfalls.

»Jetzt gehen wir zum Mittagessen. Wir besprechen das Geschäftliche beim – oder nein, lieber nicht, das verdirbt nur den Genuß. Kommen Sie, ich mache Sie mit Ihren Kollegen bekannt. Hier« – er reißt eine Tür auf – »haben wir Columcille McCorquodale. Er gibt vor, Ire zu sein, ist aber offensichtlich Schotte: Hüten Sie sich also. Ein Black Ulster Protestant.« Der ruhige, schlaksige Mann grinste nur. Offenkundiger Unsinn. Ich weiß nicht, ob es typisch irische Merkmale gibt, aber hier ist eindeutig ein irisches Gesicht (und er heißt Eamonn Hickey). Ein großartiger Jurist; die Iren lieben die Jurisprudenz. Ein netter Kollege. Redet nicht viel, aber wenn ihm von ein paar Gläsern warm geworden ist, kann er zum Thema De Valera sehr gesprächig sein.

»Unser internationales Recht – das schwierigste überhaupt, oder ist es völlig sinnlos? Hier nun lauert das Zivilrecht, unser Mr. Suarez, alias Unamuno. Der Großinquisitor, wie Sie sofort erkennen werden.« Denn Mr. Suarez trägt einen kleinen schwarzen Spitzbart. Doch dank einem blitzenden spanischen Lächeln und schönen weißen Zähnen ändert sich der diabolische Ausdruck schlagartig. »Der Wirtschaftsrechtler, dieses kahlköpfige französische Genie, ist Mr. Lesniak, aber wir werden ihn nicht stören, weil er absolut keinen Humor hat.« Und das ist zufällig wahr. »Sozialrecht, oh, das ist was sehr Theologisches. Frau Heinemann macht sich Kopfzerbrechen über die Unbefleckte Empfängnis, wie übrigens alle Deutschen, und Herr Vrielynck ist, nur um indiskreten Fragen ein Schnippchen zu schlagen, gar kein Holländer, sondern Däne und seine besondere Dornenkrone ist die Souveränität, mit anderen Worten, alle diese Leute, die in der Nationalversammlung Zeter und Mordio schreien, weil sie Angst haben, ihr kostenloses Schreibpapier zu verlieren.

»So«, sagte Harold und ließ sich in einen Sessel hinter einem unordentlichen Schreibtisch fallen, »jetzt weisen wir Sie mal ein. Wir haben mehrere Leute für das Strafrecht, unter ihnen die betörende Nadia, die gegenwärtig nicht da ist, weil sie in Bologna einen betagten Vater hat, der ihr Sorgen macht, und die ausgesprochen brillant ist.« (Später erfuhr ich, daß Harolds persönlicher Meinung nach Nadia ›die Papiere auf ihrem Schreibtisch gar nicht sehen kann, weil ihr dauernd ihr Pony in die Augen fällt‹.)

»Ich arbeite selbst ein bißchen auf dem Gebiet, aber ich gehe unter in Verwaltungskram und Papierkriegen mit Wichtigtuern. Unsere Arbeit ist viel zu theoretisch, darum habe ich jemanden mit praktischer Erfahrung angefordert. Zum Beispiel diese quasi metaphysische Debatte zwischen dem Untersuchungssystem *à la française* und dem Anklageverfahren *à l'anglaise*... ganz recht, die Arbeit des Delmas-Marty-Ausschusses über die Reform des Untersuchungsverfahrens, Sie sehen, ein bißchen was weiß ich auch über das Thema.«

Große Gesten; viel Manschette und Manschettenknopf.

»Ich möchte Einzelheiten von Ihnen. Während die Engländer unbedingt einen Untersuchungsrichter haben wollen, tun die Franzosen ihr Bestes, um ihn loszuwerden. Ich möchte etwas Krimiliteratur von Ihnen. Graham Greene hatte zweifellos recht, als er sagte, das beste Beispiel, das er kenne, sei *The Tale of Mr. Todd* von Beatrix Potter – wir können das doch besser machen.«

(B. Potter, bekannte Kriminalschriftstellerin? Da muß ich Vera fragen.)

»Die Menschenrechtskonvention – nein, die hat Nadia auf dem Teller. Aber das tägliche Geschäft des Polizeibeamten – ich möchte von Ihnen einen Abschnitt über Deontologie. Der Schutz des Kindes. Und die Frage der Grenzen – des ›europäischen Raums‹ – das ist doch was nach Ihrem Geschmack. Wer ist auf fremdem Nationalgebiet zu strafrechtlicher Verfolgung berechtigt? Wann und wie. Das sind nur Richtlinien. Kommen Sie, gehen wir essen, und Sie erzählen mir etwas von sich. Wir müssen uns auch um eine Bleibe für Sie kümmern – Gott, diese gräßlichen Wohnungen in Woluwe Saint-Pierre.« Harold hat immer eine Menge im Kopf, aber es war nett von ihm, an das Problem der Unterkunft zu denken.

Ich weiß noch, daß ich dachte, daß ich eine Menge über Rhythmus und Verfahren zu lernen haben würde. Wie alle Polizisten bin ich es gewöhnt, bei der Arbeit von einem gegebenen Punkt aus zu starten, mit der Anweisung, innerhalb von vierundzwanzig Stunden ein Resultat zu bringen. Das ist etwas ganz anderes als bei einem Drehbuchautor in Hollywood, von dem verlangt wird, daß er innerhalb von sechs Wochen eine Idee produziert, und der dafür sehr gut bezahlt wird. Aber würde man mir womöglich ständig sagen: ›Das Skript taugt nichts‹?

Man darf Vera nicht allzu ernst nehmen, wenn sie von der Hölle in Woluwe Saint-Pierre spricht; so lange mußten wir da gar nicht aushalten. Ich gebe allerdings zu, verabscheuungswürdig sind sie, diese Spekulantenwohnungen, die dreist behaupten, luxuriös zu sein, obwohl ihnen in Wirklichkeit jeglicher Komfort fehlt, weil mit dem Raum gegeizt wurde und die Einteilung auch noch schlecht ist. Sie geben vor, geräumig zu sein, sind aber in Wirklichkeit nur eng.

»Das mag ja für Abner Brown ganz nett sein, aber für uns ist es ein Greuel – O.« Vera sah sich mit erfahrenem Auge um.

»Drum ab mit ihm in den tiefen See, und ohne viel Geheul – O.« Rum-Chops' Lied aus *Box of Delights*, das ich Emma zur Zeit vorlese, um vor allem mein, aber auch ihr Englisch zu verbessern. Lydia ist ein bißchen zu alt für Masefields Bücher vom kleinen Kay, obwohl sie in Rebellion gegen eine französische Schule – Pariser Kinder sind im allgemeinen zu alt für ihr Alter – eine infantile Phase durchmachte und wahrscheinlich nichts als Enid Blyton las. Jetzt müssen sie natürlich auf die internationale Schule gehen, wo sie wenigstens lernen, daß es auch außerhalb von Frankreich noch eine Welt gibt.

Wir sind zu häufig umgezogen, und nur einmal haben wir ein eigenes Haus gehabt. Ich glaube, wir sind mittlerweile alle ›gestört‹. Bei den Kindern ist es deutlich zu merken; selbst die normalerweise seelenruhige Emma ist ekelhaft und schnippisch. Vera frißt ihre Emotionen in sich hinein – übel, übel. Häßliche kleine scharfe Linien innerer Spaltung in diesem Gesicht, das niemals hübsch war, aber sehr oft schön. Ein Mann, der seine Arbeit hat, die ihn fordert und auf die er sich konzentrieren muß, ist den Spannungen weniger ausgeliefert.

Vera ist ihrer Herkunft nach ein Mädchen vom Lande. Starke Gefühle für die Natur, die Scholle, Bäume und Tiere, und sie hat sich immer ein Haus auf dem Land gewünscht.

Wo von der Sonne gebraten der Brotfruchtfladen
uns mittags wird gebracht – O.
Während die Bande noch schwitzt und in Pentonville sitzt
in Ketten bei Tag und Nacht – O.

Diese ›Modell‹-Gefängnisse, die um 1860 in England entworfen wurden, sind heute noch in Gebrauch und überbevölkert: Sie wurden in Sternform erbaut wie viele moderne Apartmentanlagen und auch das Berlaymont-Gebäude.

»Ja«, sagte Mr. Hickey, »ich hatte einen IRA-Freund, der in Strangeways gesessen hatte.«

»Im Ernst?« Ich riß wahrscheinlich meine Augen zu weit auf.

»Aber ja. Warum nicht? Glauben Sie nicht, daß ich das gutheiße. Aber man muß versuchen zu verstehen, auch wenn es unmöglich ist.« Ein gütiger Mensch. Er wandte sich meinem Problem mit juristischem Scharfsinn, aber auch mit viel Wärme und Generosität zu. »Nur innerhalb Irlands ist es wirklich unmöglich, mit den Iren zu leben.« Und er ist schon ein ziemlich alter Bruce-Hase.

Bei einer zufälligen Begegnung in der Metro, als ich, mehr um Konversation zu machen, bemerkte, daß wir gern in Saint Cathérine wohnen würden, sagte er beiläufig: »Sie sollten sich Schaerbeek mal ansehen.«

»Das ist voller Türken, hm?«

»Nicht überall. Und es gibt da sehr schöne Häuser. Soll ich mich mal umhören? Es ist möglich, daß mir etwas zu Ohren kommt.«

Ich muß diese Geschichte kurz machen, aber sie gehört in die größere Geschichte hinein und war für uns von solcher Bedeutung, daß ...

Ich hatte Angst. Die Preise schnellen nur so in die Höhe, man hört haarsträubende Geschichten von üblen schwedischen Profitgeiern, die Unterstadt ist voll revolutionärer Plakate, auf denen tapfer behauptet wird ›Brüssel ist nicht zu verkaufen‹, aber Vera sah sich diese schönen Häuser an, die die meisten Leute als häßlich bezeichnen, und verliebte sich in sie.

»Phantastisch, wirklich. Aber ich sehe nicht, wie wir das

schaffen sollen. Wir würden eine Wahnsinnshypothek brauchen.« Sie hat einen Horror vor Schulden, haßt Banken. Mittelalterliche Reaktion auf Wucherer.

»Aber versuchen können wir es doch mal«, meinte ich.

Auf den guten Mr. Hickey war Verlaß.

Die Banker waren eitel Freundlichkeit. Und nachdem Eamonn Hickey einen gründlichen juristischen Blick auf die Grundbucheintragung geworfen hatte, kam er, um sich das Haus anzusehen und mir den Rücken zu stärken.

»Wenn nicht der Schwamm drin ist oder so was, ist das ein sehr guter Kauf.«

Genau in diesem Moment hörte ich auf, Polizist zu sein. Ironie? Ich bin Beamter, Hausbesitzer, guter Bürger. Ein Polizeibeamter, auch beträchtlichen Dienstalters, bleibt wurzellos. Es gibt nicht viel, woran er glaubt. So daß ich denke, ja – dieser Moment war es, dem eine neue Selbstgewißheit entsprang. Und eine neue Art von Selbstachtung.

Vera war hingerissen und stolzierte wie ein Pfau im neuen Reich umher – auch wenn ein großer Teil davon noch den Wucherern gehörte. Wir sitzen ziemlich weit oben; man sieht auf ›das türkische Viertel‹ hinunter (und auf den Bahnhof von Schaerbeek, dessen Architektur es Vera angetan hat). Die Luft ist frisch, die Straße breit, und auf den Bürgersteigen stehen Bäume. Der Schulbus holt die Kinder an der Ecke ab – und die Kinder sind guter Dinge. Ich, der vernünftige Beamte, nehme die Straßenbahn zum Gare du Nord und von dort die Untergrundbahn. Den Wagen, ›wenn es nicht anders geht‹. Alle sind sich einig, daß das Auto Brüssel ruiniert hat. Ich würde gern radeln, aber Abgase verderben einem das Vergnügen.

Vielleicht zum erstenmal fühle ich mich nicht als Versager.

2

Henri Castang

Ich war nie mehr als ein kompetenter Polizeibeamter. Gewiß, es gibt einige gute. Wie bei den Ärzten; die Arbeit erfordert einander widersprechende Eigenschaften. Man muß sensibel sein und nicht empfindlich, doch die meisten geben sich damit zufrieden, einfach abzustumpfen. Wie eine alte Rasierklinge, die man sich zum Bleistiftspitzen aufhebt.

Ich glaube, aus mir wäre auch kein toller Spion geworden. Ich neige nicht zur Akribie. Kann man die Menschen nicht in zwei Gruppen einteilen – die Allesmerker, die quantifizieren und analysieren, und die Nichtsmerker, die nicht mal wissen, wo sie ihren Wagen geparkt haben, aber vielleicht einen Instinkt für das Wesentliche besitzen?

Ich wäre zu nachlässig. Das Streichholz in der Tür, die mit System geordneten Papiere. Ich würde das entweder vergessen oder sie ohne System liegen lassen. Aber manches merke ich mir doch, weil ich entsprechend geschult wurde. Es gab jemanden, der sich heftig für mein Tun und Treiben interessierte. In meinen Mikrodots herumkramte; in den Mundstükken einer vergessenen Schachtel Zigaretten geheime Botschaften vermutete; also jemand im Büro. Da kommen zweihundert Personen in Frage, die Sicherheitsleute und die Putzfrauen mitgezählt. Gleiches bei meinem Auto; und das war keiner, der mit Radiodiebstahl und dem Kleingeld aus Parkuhren seine Drogensucht finanzierte. Werde ich vielleicht schon bald eines Tages aus dem Fenster sehen und einen Dritten Mann erblicken, während alle Zeugen beschwören, daß es nur zwei waren?

Verfolgungswahn? Ich? Ich bin nur ein sehr kleines Rädchen in der bürokratischen Maschinerie. Aber als Polizeibeamter hat man immer Anlaß zum Argwohn. Die Jungen wollen gut dastehen und versuchen häufig, das zu erreichen, indem sie einen Kollegen schlechtmachen. Weiter oben werden die Manöver politisch; immer schon war da alles von Cliquen und Interessengruppen verseucht. Und als ich mich der Spitze näherte, war ich schon auf dem Rutsch ins Oubliette, noch ehe ich die Leiter erklommen hatte. Es gibt sicher nicht sehr viele richtige Spione wie Günther Guillaume, aber doch, wenn man glauben darf, was man hört, weit mehr, als zunächst vermutet wurde. Die meisten davon werden Leute sein wie ich.

Überall, wo in Ost-Deutschland eine Brücke die Hauptstraße überspannte, stellte die ehemalige Regierung riesige Transparente zur Erbauung der Bevölkerung auf: »Seid ihr fleißig? Ordentlich? Diszipliniert? Wir sind es.«

Genau so einer bin ich.

Die Bevölkerung jenes Gebiets, das wir noch so vage als Ost-Berlin betrachten, wurde in diesen ungewissen Zeiten vor der formellen Übernahme ungeduldig. Trat die Tür des ehemaligen Stasi-Hauptquartiers ein, schlug ein paar Fenster ein, verbrannte ein paar Tonnen Papier. Nur eine Geste. Trotz schwarzmalerischer Geschichten über die verschwundenen Agentendossiers macht das alles kaum einen Unterschied. Das halbe Volk war bei der Stasi, ohne sich darüber klarzusein, und handelte im allgemeinen nach hohen und ehrenhaften Idealen. Nicht nur Polizeibeamte. Städtische Beamte, die Sekretärin des Bürgermeisters, der Lehrer, der Zahnarzt. Leute wie ich. Ich war selbst Stasi-Agent und wußte es nicht; so ein Idiot, der an Toleranz und soziale Gerechtigkeit glaubt und sich bemüht, kein Rassist zu sein.

Aber stochern Sie mal mit einem dicken Stock im Wespennest; mischen Sie die politischen Institutionen eines Landes auf, und Sie stoßen auf einen dicken, stinkenden Bodensatz, der das ganze Wasser schlammig macht. Leute, die auf einmal an der Luft sitzen, versuchen, ihre Schäfchen ins Trockene zu bringen und haben bei der Wahl ihrer Mittel dazu keine übertriebenen Skrupel. Auch Bruce ist voll von solchen Leuten.

Aber so ist das richtige Leben eben, voll von scheinbaren Belanglosigkeiten, Flickwerk aus Bruchstücken. Die Geschichte des Verbrechens ist von Menschen bevölkert. Strafprozesse sind im allgemeinen sehr langweilig, weil die Story vorher endlos durchgekaut wurde – in hundert Polizeiberichten, von zahllosen Zeugen, die unendliche Male wiederholen mußten, was sie gesehen zu haben oder zu wissen glaubten, von einem Haufen Experten (was man sich bei den Experten merken muß, ist, daß sie kaum je etwas richtig beurteilen) und von zwanzig Anwälten, die darüber streiten, was rechtlich zulässig ist und was nicht. Ich sage Ihnen, es braucht schon einen ungewöhnlich guten Richter, um in diesen zähen Teig wieder ein bißchen Hefe hineinzukriegen, damit er aufgeht... Warum, glauben Sie, sitzt der ›Angeklagte‹ in neun von zehn Fällen so abgestumpft und apathisch da, den Vorgängen gegenüber ein völlig Fremder? Dies alles hat mit ihm nichts zu tun. Die wahre Geschichte wird nie erzählt werden. Die Ausnahme ist der Berufsverbrecher, exhibitionistisch wie sie alle sind, begeistert, ein Publikum zu haben, während er nach Herzenslust vom Leder zieht, seine Witze reißt, den Staatsanwalt lächerlich macht und dafür in die Zeitung kommt. Sie heben sich die Zeitungsausschnitte auf und zeigen sie mit Vorliebe herum...

Es war kurz nach Weihnachten. Lange bevor wir in das neue Haus einzogen. Wir hausten noch in der Höllenwohnung. Wir anderen waren ausgelastet, mußten uns, so bald und so schnell wir konnten – oder Lydia wollte –, mit unserer neuen Existenz auseinandersetzen. Aber Vera hockte in der beschissenen Wohnung und hatte nichts zu tun.

Diese Apartmenthäuser haben alle Kabelfernsehen und Untertassen auf den Dächern; das gehört zu dem Schnickschnack, den sie anbieten, damit sie einem das letzte Hemd ausziehen können. Vera zappte stundenlang zwischen den sechsunddreißig Programmen hin und her, oder sind es hundertsechs? Wen interessiert das schon? Sie interessierte es, weil – rufen Sie sich die Zeit ins Gedächtnis: Revolution in Rumänien; Gedränge auf den Straßen von Leipzig; Geheimpolizei (man hätte sie nicht einmal geschenkt bekommen, auch nicht das neueste Luxusmodell mit Vierradantrieb und Zentralverriegelung); und die ›samtweiche‹ Wende in Prag. Echt gute Fernsehbilder; massenhaft Blumen und nächtliche Kerzen, Tausende kleiner Glocken – erinnern Sie sich an die Schlüsselbunde, klingeling, und Marta Kubisovas, die auf dem Balkon sang, und ›Havel in den Hradschin‹; überall dieses Gesicht. Ganz Europa hingerissen, und man kann es ihm kaum verübeln. Und wer weiß, was Vera durchmachte, während sie sich Stunde um Stunde das alles ansah? Die letzten zwanzig Jahre war sie von Schuld gelähmt, weil sie aus der verdammten Tschechoslowakei geflohen ist.

Als junges Mädchen reiste sie als Ersatzturnerin mit der Turnerinnenmannschaft ihres Landes zu einem Wettbewerb in Frankreich und machte sich, noch im Übungstrikot, davon. Ich war damals als junger Polizeibeamter zur Sicherheitstruppe eingeteilt; sie fiel mir direkt in die Arme. Und ein paar Monate später, als sie Schulkindern einen Sprung vorführte, stürzte sie und landete hart auf dem Hintern. O ja, es gab ein paar angeknackste Wirbel, sie war ein paar Jahre lang gelähmt, und sie humpelt heute noch ein wenig. Aber der hervorragende Arzt, der sie betreute, sagte, diese lange Periode der Lähmung sei damit nicht zu erklären – traumatisch, ja, aber physiologisch einige unerklärte ... genau! Er sagte es ihr nicht, was hätte es genützt? Was sind das für Mechanismen der Psyche, die einen lähmen und die gleichen Auswirkungen haben wie ein Sturz vom Pferd? Sagt man ihr, sie sei absichtlich vom Pferd gefallen? Weil sie meinte, sich an ihrer Heimat, ihren Eltern und dem eigenen Leben bis zu einem Moment kindlich romantischer Impulsivität versündigt zu haben?

Sie hat ganz schön geweint, da ganz allein vor der verdammten Glotze, und hatte rote Augen, wenn ich nach Hause kam, und wollte nicht sagen, daß sie selbst nach Hause fahren wollte. Daß sie das richten mußte, bevor sie weiterleben konnte.

Ich mußte selbst darauf kommen, und ich habe unheimlich lang dazu gebraucht. In solchen Sachen sind wir bei der Polizei nicht sehr gut. Da gibt einer Jack eins mit dem Knüppel auf die Rübe. Verscharrt Jack, wischt den Knüppel ab, sorgt dafür, daß es so aussieht, als sei er zur fraglichen Zeit in Geschäften in Kansas City gewesen. Mit der physischen Seite können wir ganz gut umgehen, aber fragen Sie bloß nicht nach der metaphysischen. Auch dies war eine komplizierte Angelegenheit. Offensichtlich mußte sie fahren, und schnell und allein, aber ich konnte sie nicht einfach ins nächste Flugzeug setzen. Ich mußte Vorbereitungen treffen, und dann die Kinder ... Zum Glück habe ich ihre eigenen Worte. Sie hat alles niedergeschrieben, während sie allein in Hotelzimmern, in Cafés, auf Parkbänken saß. Hören Sie sich ihren Bericht an.

3

Vera Castang

Als Henri einmal begriffen hatte, daß die Sache ernst war, ging er gut damit um. Er hat einen ausgeprägten Gerechtigkeitssinn. Er produzierte einigen Wirbel, aber so sind Männer nun mal. Ich meine, kein Mensch verlangt von ihnen, daß sie sich Umstände machen sollen, aber sie machen sich trotzdem welche, und viel ausgiebiger als nötig, und reiben es einem dann unter die Nase, damit man ja merkt, wie aufopfernd sie in Wirklichkeit sind. Er hätte sehr gut mit den Kindern hier bleiben können; es hätte ihnen nicht das geringste ausgemacht. Nachdem er zu dem Schluß gekommen war, daß es für mich nur recht und billig sei, nach Hause fahren zu wollen, gab es für ihn keine Alternative, als mit mir nach Berlin zu kommen, unter dem Vorwand, daß ich eine solche Strecke allein nicht fahren könnte. Er behauptete steif und fest, das Flugzeug sei zu teuer. Was ja stimmt, aber es war sinnlos, ihn darauf hinzuweisen, daß er auf diese Art noch mehr Geld ausgeben würde. Er hätte gesagt, ja, das ist richtig, aber so bekommt man mehr für sein Geld. Er haßt Flugzeuge, und ich habe nichts gegen sie. Die Wahrheit ist, daß er nur einen Vorwand wollte, um nach Berlin fahren zu können. Er verriet sich unbestreitbar, als er sagte, es wäre eine so wichtige Erfahrung für die Kinder. Als bedeutete denen das in ihrem Alter etwas. Reine Gefühlsduselei. Die beiden wollten doch nur im Ka-de-We mit der Rolltreppe rauf und runter fahren und auf dem Ku'damm gigantische Eisbecher vertilgen.

Ich weiß, das geht hier alles wie Kraut und Rüben durcheinander, aber ich werde jetzt mal kurz weiblicher Boshaftigkeit frönen. Er hat nämlich ein ziemliches Fiasko erlebt, der arme Henri. *Monsieur le Commissaire*, vormals *PJ* in Paris, der mir dauernd Vorsicht predigt und schimpft, weil ich den Autoschlüssel stecken lasse, ließ sich von einem Taschendieb beklauen. Da war es aus mit dem dauernden Eisessen.

Es war nicht viel Geld, jedenfalls hoffe ich das. Ich kann nicht sicher sein, daß er mir die Wahrheit gesagt hat, aber wenn man ihm glaubt, war es nur das Taschengeld für diesen Tag, das andere hatte er in seinem Gürtel. Aber sein Ausweis und sein Führerschein waren auch weg, also mußte der große Häuptling klein und bescheiden aufs Polizeirevier, und ich wette, die haben sich einen Ast gelacht. Bis zu meiner Rückkehr hatte Henri Zeit, seine Story ein bißchen aufzumotzen und daraus eine selbstironische kleine Anekdote zu machen, die er mit gebührend wehmütiger Miene zu erzählen pflegte.

»Sie kennen die Geschichte von Fabrice und der Schlacht bei Waterloo? Hochgemut macht er sich auf den Weg, voll der Hoffnung, endlich eine richtige Schlacht schlagen zu dürfen, aber er bekommt natürlich nichts zu sehen; sein Pferd scheut, und er landet ärschlings im Wassergraben, und wenn nicht die vielen gutmütigen mütterlichen Frauen gewesen wären, hätte er Kopf und Kragen auch noch verloren. Göttlich, diese Ernüchterung! Ich weiß jetzt genau, wie ihm zumute war. Da läßt sich einer wie ich, ein gesetzter älterer Herr, von einer Bande cleverer Berliner Gauner das Fell über die Ohren ziehen.«

Ich wäre selbst gern ein paar Tage in Berlin geblieben; statt dessen wurde die Familie schleunigst nach Hause verfrachtet. Wir könnten es uns nicht leisten, noch länger hier herumzuhängen, hieß es. Aber die Kinder haben sich auf den Kreuz- und Querfahrten mit der S-Bahn königlich amüsiert. Die Oh und Ahs hielten bis Bruce an. Emma redete natürlich kein Wort, sie ist viel zu schüchtern. Dafür plapperte

Lydia auf Deutsch drauf los, als wäre sie mit der Sprache geboren. Es hat ihr auf jeden Fall gutgetan.

Mir selbst schlug das Herz ziemlich heftig, als ich aufbrach. Zuerst mußte ich mal durch den Checkpoint Charlie. Wie zu erwarten, der verkommenste Grenzübergang sowohl im Westen als auch im Osten. Die Berliner können hinüber und herüber, wo sie wollen, und das mit Recht, aber ich war Ausländerin. Man kann am Bahnhof Friedrichstraße hinüber, aber selbstverständlich nicht im Auto.

Von Berlin habe ich gar nichts gesehen, weder West noch Ost. Sobald wir eine kleine Pension gefunden hatten, durfte ich freundlicherweise bis zum Abend ruhen und wurde dann ins Gasthaus an der Ecke geführt. Es war ein nettes Gasthaus. Was ich gegessen habe, weiß ich nicht mehr. In mancher Hinsicht ziemlich französisch, mißt Henri den Mahlzeiten ungeheure Wichtigkeit bei. Ein schlechtes Essen stürzt ihn für den Rest des Tages in Verzweiflung. Er nahm Leber mit Äpfeln und Zwiebeln, das ist berlinerisch genug, und trank eine Menge Bier. Die Kinder aßen Steak, vermute ich, sie sind nie sehr abenteuerlustig. Ich wäre gern zu Bett gegangen, aber wir mußten natürlich den klassischen Spaziergang auf dem Ku'damm machen, um ›uns die Füße zu vertreten‹. Am Morgen gab es Schrippen. Ich packte mir ein paar ein, um unterwegs etwas zu essen zu haben, und wurde dann, von Warnungen und Ermahnungen förmlich überschüttet, auf den Weg gebracht. Ich muß gestehen, ich habe nicht zugehört. Ich war sehr aufgeregt und nervös. Fünf Mark für das Visum bei Charlie, und dann winkten sie mich einfach weiter.

Na ja, es ist natürlich eine ganz schöne Strecke. Draußen ziehen die Föhrenwälder vorüber, und man zuckelt vor sich hin. Autobahn, aber ziemlich schlechter Belag. Henri hatte mir eindringlich geraten, nicht über hundert zu fahren, weil mich sonst die Volkspolizei schnappen würde. Ich habe mich fast daran gehalten. Die Wessis sind nur so an mir vorbeigezischt. Henri wäre hundertdreißig gefahren und hätte gesagt: »Sie können uns ja nicht alle schnappen.« Immerhin, ein langer Tag. Die Ossis fuhren diesen Weg früher in Scharen, als die Tschechoslowakei noch das einzige Land war, das sie ohne großes Brimborium hereinließ. Es waren immer noch viele kleine Trabis unterwegs – sie stinken nicht mehr so stark, wenn sie einmal Reisegeschwindigkeit erreicht haben –, aber es war nicht das, was wir starken Verkehr nennen würden. Als ich hinter Dresden die Hügel hinaufzuckelte zur Grenze mitten in dieser traurigen Einöde, wurde mir plötzlich angst und bange. Das Erzgebirge ist bedrückend, aber ich hatte zuviel Angst, um daran zu denken. Oben auf dem Paß winkten die Deutschen mich weiter, nachdem sie eines der Visumpapiere an sich genommen hatten. Aber dann kam eine Schranke. Die Uniformen. Und die flatternde Fahne.

Zu dumm. Ich hatte mir vorgenommen, einfach meinen hübschen, beeindruckenden Reisepaß mit der Aufschrift *Communauté Européenne* vorzuzeigen, den Mund zu halten und allenfalls Deutsch zu sprechen, wenn ich wirklich sprechen mußte. Aber natürlich mußte ich aussteigen, den Wagen abstellen, blöde Formulare ausfüllen. Mich in einen Fotoautomaten setzen und Bilder machen lassen, auf denen ich, man kennt das ja, wie eine Kriminelle aussah. Mir dann Gerede von obligatorischem Geldwechsel anhören. Ich war mittlerweile leicht gereizt. Ja, ich bin mir meines Verrats bewußt. An meinem armen Vater. Und es war um so schlimmer, weil mein Vater auf seine Arbeit und darauf, sie gut zu machen, stolz war. Aber hier an einem wichtigen Grenzübergang hatten sie zur Prüfung der Touristenvisa einen alten Idioten hingestellt, der gerade mal drei Worte Deutsch zwischen ungeputzten Zähnen herauswürgen konnte. Wort für Wort sah er die Papiere durch und sah mich an, mit einem kurzen, bösen Blick.

»Aber Sie sind doch hier geboren. Sie sind Tschechin.« Er war ein verbohrter Sauertopf, ein richtiger alter Stalinist.

Und Frieda Vorlaut (wie Henri mich gern nennt) antwortete: »Nein. Ich bin Slowakin.« Ebenso kurz und ebenso dumm.

Er sah mich wütend an und hätte gern gesagt, Sie sind eine stinkende Verräterin, die ich ja auch bin, aber ich glaube, er hatte Angst. Er knallte mir den Stempel in die Papiere, wie er mir wohl am liebsten seine derben, billigen Stiefel vor das Schienbein geknallt hätte.

Dreihundert Meter weiter straßaufwärts war die Schranke. Mehrere Wagen hatten mich überholt und wurden von zwei Soldatinnen, schlank und schick in ihren Uniformhosen, untersucht. Ihr Vorgesetzter, ein Leutnant, sah mich warten und kam herüber. Er salutierte. Er lächelte tatsächlich. Jung. Unrasiert. Das vom Wagenfenster umrahmte Gesicht wirkte humorvoll. Er nahm meine Papiere.

»Geldwechselschein«, und wartete geduldig, während ich kramte. Ich hatte den Schein mit dem tschechischen Geld zusammen in eine Börse geschoben.

»Tut mir leid. Aber Sie haben Zeit. Und hübsche Frauen.« Er lächelte mit seinen stahlverklammerten Zähnen. Aber sie waren sauber.

»Viele hübsche Frauen.« Auf Englisch, mit blitzenden Augen. »Danke. Gute Reise.« Er stempelte meinen Paß, ohne darauf zu achten, wo ich geboren war.

Dies ist mein Heimatland. Das Gute und das Schlechte und ich selbst mittendrin. Rund um mich herum die geheimnisvollen, künstlich aussehenden Gipfel des Erzgebirges. Aztekenhaft, schrecklich verseucht von der schmutzigen Luft, doch rein und friedlich wirkend im stillen, sonnigen, rauchig dunstigen Licht. Vor mir die Straße. Mein Herz klopfte stark, ich spürte es, aber ich war ruhig jetzt. Ich konzentrierte mich aufs Fahren. Diese uralten klapprigen LKWs, und jeder in eine schwarze Wolke schmutziger Abgase gehüllt. Ich war abwechselnd ekstatisch und niedergeschmettert. Es ist so schön, und es ist so heruntergekommen, so schmutzig.

Eine Garnisonsstadt voller Panzer und Soldaten. Betonbunker und das glatte Mauerwerk, sternförmige Bastionen hinter grasbewachsenen Gräben einer alten Festung. Ich war durch, ehe mir klarwurde, daß das Theresienstadt gewesen war. Wir brauchten die Deutschen nicht, uns Bestialität zu lehren. Wir waren immer eifrige Schüler, fähige Ausübende. Adrette Blumenbeete und frische Farbe, das Lagerorchester spielt Schubert, Sadismus gegen Frauen, all das ist auch sehr tschechisch.

Und dann kam Prag, und mein Herz schlug wieder schneller. Man sieht es lange, ehe man ankommt, wegen derselben alten Straßenbahnen. Ich hatte das Fenster offen, und da, zu meiner Linken, im gleichen Tempo, ratter-ratter. Plötzlich war der Wagen von dem Geruch überschwemmt. Eine Illusion natürlich. Vertraut? Nein. Ich war nie weg gewesen. Ich bedaure, es sagen zu müssen, aber meine Augen wurden feucht, so daß das rote Licht vor mir verschwamm, zersplitterte und vor der Windschutzscheibe tanzte. Ich schniefte und riß an dem fest gepackten Päckchen Papiertücher, und ein blitzender neuer Skoda – zweifellos Schwarzmarkt – überholte mich mit wütendem Hupen, verärgert und voller Geringschätzung für die blöde Wessiziege, die den Arsch nicht hochkriegt, wenn es grün wird.

Ich fuhr weiter in die Altstadt und parkte. Auf dem Starometske-Platz wimmelte es von gaffenden Touristen. Ich bin auch einer, einer, der heute abend weiterfahren würde. Ich bin sehr müde.

Diese heruntergekommenen, überladenen, einst prunkvollen Hotels. Als junges Mädchen bewunderte ich sie ehrfürchtig. Nie hätte ich gewagt, eines zu betreten. Ich glaubte, sie seien voller Leute, die in großer Abendtoilette unter den verschnörkelten schmiedeeisernen Leuchtern Kavier aßen. Das Foyer hatte man mit Plastik und Rigips, der schon wieder zu bröckeln beginnt, ›modernisiert‹. Tische mit Resopalplatten, an den Ecken abgesprungen, so daß man das Preßholz darunter sah, schmierig von Kaffeeflecken und schmutzigen Wischlappen.

Zwei oder drei Empfangsdamen, die alle gleich aussahen, wasserstoffblond und stark bemalt, und nach synthetischem Parfum rochen. Sie sahen nicht einmal auf, sagten nur, »Wir haben leider nichts mehr frei«, und ich trottete klein und häßlich wieder hinaus. Ich ging zum Auto zurück, setzte mich hinein, rauchte eine Zigarette, gab mir einen Ruck. Ich bin Tschechin, oder etwa nicht? In diesen Foyers wimmelte es von unrasiert aussehenden Türken, die da nur herumlungerten, um sich an die Wessis heranzumachen und ihnen was von Geld und Mädchen zuzuflüstern. Qué, Türken? Tschechen sind das. Die sich nach vierzig Jahren entsprechender Behandlung in Türken verwandelt haben; nach vierzig Jahren Schmutz und Schleim und Schmierigkeit. Ich ging zum großartigsten der Hotels zurück, und als die blecherne Stimme sagte »Wir haben leider nichts mehr frei«, knallte ich meine Hand, in der ein Hundert-Kronen-Schein steckte, auf den Empfangstisch und sagte: »Wie wär's mit besonderen Umständen?« Der Schein wanderte schnurstracks in ihren BH, und sie sagte: »Bad oder Dusche?« Ich sah in ihre hübschen grauen Augen, sie war ein nettes Ding. Die Türken sind auch nette Menschen. Sie sind arm, und wir sind stinkreiche Wessis, wir schmieren sie und behandeln sie mit Geringschätzung, und dann werden sie eben so. Meine wunderbaren

Tschechen, lauter diebische Bettler. Als ich zum Auto ging, um meine Reisetasche zu holen, hatte jemand das VW-Emblem vorn am Auto abgeschraubt. Die Franzosen haben das früher mit dem Mercedesstern gemacht. Als ich voller Sehnsucht nach einer Dusche im Vorkriegs-Aufzug nach oben gerumpelt war, entdeckte ich, daß sie mir eine riesige rostige alte Badewanne gegeben hatte. Ihr war alles egal. Ich war zu müde, um Zoff zu machen. Ich zog mich aus und ließ mich hineinfallen. Das Wasser war rostbraun und stank nach Chlor, aber das war mir egal. Es war wenigstens heiß. Dieses teure Hotel, unerschwinglich für Tschechen, ist für mich mit meinen fetten Brüssler Deutschen Mark spottbillig.

Als ich in den Gang hinausging, kam aus dem Zimmer nebenan gerade ein nackter Junge. Ich weiß nicht, ob ich verdattert oder erheitert ausgesehen habe. Er sauste davon, in sein eigenes Zimmer, wie ich vermutete. Was interessierte es mich, mit wem er schlief? Aber ich fühlte mich beschmutzt, und nicht nur von dem staubigen Teppich und der fettverschmierten Holztäfelung. Henri findet mich entsetzlich prüde. Er hätte schallend gelacht, das alles sehr komisch gefunden.

Ich ging durch die vertrauten Straßen. Auf dem Platz schrien Zeitungsjungen. Ich kaufte keine Zeitung, ich interessiere mich nicht für Politik, ich bin so schon kompliziert genug. Ich schaute in die Straße, in der der König auf seinem Pferd sitzt. Ich ging nicht hinein. Ich war wieder deprimiert und schämte mich. Ich trottete die Narodni hinunter. Dort ist links in den Arkaden eine Nische. Ein Junge war dort erschossen, vielleicht zu Tode geprügelt worden. An der Wand lagen verblaßte Blumen, Spuren zerlaufenen Kerzenwachses, ein rührendes Lichtchen brannte. Ich bin mir nicht sicher, daß ich weiß, woran ich glaube. Aber ich will ehrlich sein. Ich stellte mich hin und sprach ein Gebet. Für wen – für was? Für

Ganzheit vielleicht, ein heiles Wir, ein heiles Ich. Für die, die wir sind, und dafür, daß wir so sind, wie wir sind. Hätte ich in diesem Moment eine Kerze gehabt, ich hätte sie angezündet und niedergestellt. Ich entsinne mich, wie damals, als ich noch ein junges Mädchen war, ein alter Mann hier an die Ecke pinkelte, von Polizisten, die ihm ins verärgerte Gesicht lachten, festgehalten wurde und eine Verwarnung bekam. Jetzt sieht man überhaupt keine Polizei. Ich denke, Havel wird vielleicht gesagt haben, er wolle sie eine Weile nicht mehr auf der Straße sehen.

Unten am Ende, dort, wo man zum Fluß kommt, ist das Café Slawia. Für uns Studenten war es der Mittelpunkt der Kultur. Ich ging aus Sentimentalität auf ein Glas Wein hinein. Damals konnte ich mir nur einmal in der Woche einen Kaffee leisten. Sie haben immer noch das ›Absinthe‹-Bild an der Wand. Der bärtige Maler, ganz Jahrhundertwende, sitzt an einem runden Marmortisch – in Paris, vermuteten wir damals –, und starrt, das Kinn in die Hand gestützt, eine geisterhafte Vision einer nackten Frau an, die auf dem Stuhl gegenüber posiert. Typisch rührseliger Kitsch, und wir sollten angeblich gerade verstehen lernen, wieso. Und das Dekor ist das gleiche wie damals, Art Deko, und am hinteren Tisch saß wie damals ein Guru mit einer Zigarre im Mund und ungewaschenem Haar. Fünf Stunden bei einer Tasse Kaffee. Wie unwirklich das alles erschien.

Das Foyer ist immer noch ein Treffpunkt für die jungen Leute, die kein Geld haben, hineinzugehen und auf dem Sockel unter der Statue hocken. Das habe ich früher auch getan.

Ich war so niedergeschlagen, daß ich mich am liebsten betrunken hätte. Zu viele Geister hier. Doch draußen auf der Narodni flog ein hochgewachsenes, sehr hübsches junges Mädchen auf Rollschuhen vorbei. Sie hatte eine knielange schwarze Radlerhose an, aber das ist Mode. Sie bog sich und wand sich, sauste auf den Straßenbahnschienen dahin, schlängelte sich im Slalom zwischen parkenden Autos hindurch, hinauf auf den Bürgersteig und wieder hinunter. Sie war schnell und wendig, sicher und schön.

Meine Bürgersteige sind nicht tot. Die kleinen Quadrate, die ich so geliebt habe, aus dunkelrotem Porphyr und bläulichem Granit, so liebevoll gearbeitet. Sie gaben sich Mühe mit solchen Dingen. Damals – heute nicht mehr? O doch, doch, sie können es immer noch. Ich ging ins Kavarna neben der Barockkirche, wo der Baum aus dem Bürgersteig wächst. Es war noch früh, aber es war voll, und sie wollten mir keinen Tisch geben. Da habe ich sie eben geschmiert. Dann ging der Quatsch los, ob internationales oder russisches Menü. Ich sprach Deutsch, weil die tschechische Vera es nie gewagt hätte, dieses Lokal zu betreten. Ich trank einen Wodka mit Orangensaft und einen guten trockenen böhmischen Rotwein und echten Kognak aus einem Glas so groß wie mein Kopf. Absolut lächerlich. Henri hätte einen Anfall bekommen.

Das Deprimierende hier war, daß die Kellner Smokings trugen, uralt und abgewetzt – speckig. Aber meiner hatte ein sauberes Hemd an. Ein hübscher Junge dazu. Ehrlich, ich muß betrunken gewesen sein. Das besonders Nette war, daß er wirklich ein guter Kellner war, gut geschult und auf eine anmutige Weise gewandt, genau wie das Rollschuhmädchen. Ich war wirklich betrunken, man braucht sich ja nur die vielen Adverbien anzusehen. Im Westen sind die Männer sich zum Bedienen zu gut und sind nur hochnäsig. Aber hier ist es schlimmer; sie schämen sich und machen deshalb überhaupt nichts richtig. Dieser Junge besaß noch Berufsstolz. Jede Bewegung war von einer wohltuenden professionellen Genauigkeit. Er flambierte das Schaschlik und bereitete die Soße über der Flamme, und soll ich Ihnen mal was sagen, der Nachtisch war reines crêpe Suzette, in Paris kennt das heute keiner mehr. Es ist ihnen viel zu mühsam – es sei denn man zahlt den Millionärspreis bei Lasserre –, den Zucker an der Zitronenschale zu reiben. Curaçao und Grand Marnier. Ja, einmal eine Geburtstagsüberraschung von Henri.

Keine übertriebenen Gesten, kein Getue, kein hochmütiges Grinsen. Ich gab ihm zehn Mark Trinkgeld. Unerhört, ich weiß.

Draußen auf der Straße wurde ich von zwei amerikanischen Touristen angesprochen, netten alten Leutchen, die auf diese ihnen eigene liebenswürdige Art zu schwatzen anfingen. Ob ich den Weg zum ›Straußen‹ wüßte? Ja, natürlich (obwohl ich nie einen Fuß hineingesetzt habe, es ist hochelegant). »Ach, es ist ja so romantisch«, sagte die nette, reizende Frau. Über die Karlsbrücke. Das ist die mit den Statuen? Wunderbar. Ist es nicht ein wunderschöner Abend?

Klar. Wenn ein Mann vorbeigekommen wäre und gesagt hätte, »Möchtest du bumsen?«, hätte ich ja gesagt. Wenigstens glaube ich das. Wahrscheinlich reine Kognakbravour. Besser, ich halte mich an die Wahrheit, da Henri dies ja lesen wird. Ich habe nichts dergleichen zu irgend jemandem gesagt. Ich bin auf dem kürzesten Weg in das gräßliche Hotel zurückmarschiert, habe mich ausgezogen und ins Bett gelegt. Allein.

Denen ist wirklich alles schnurzegal. Am nächsten Morgen sitze ich auf dem Thron. Man sollte doch meinen, das sei eine relativ sichere Position. Einigermaßen sauber, ja, aber überall Farbkleckse und Mörtelreste, die keiner weggemacht hat. Nichts als Schlamperei und Pfusch. Ich strecke den Arm nach der Zeitung aus, und der ganze Thron kippt zur Seite. Sieg der kommunistischen Klempnerei.

Das Frühstück war in Ordnung. Die Brötchen waren aus

einem weißen, geschmacklosen Teig, der weich ist und sofort trocken und krümelig wird. Der Kellner war schockiert, als ich ihn anbrüllte, und das auch noch auf Tschechisch. Haben Sie hier kein richtiges Brot? Ich zahlte meine Rechnung und fuhr ab, so schnell ich konnte.

Die Slowakei. Mit jedem Kilometer werde ich jetzt jünger. Die magere Frau, die, wenn auch kaum merklich, beim Gehen das Bein nachzieht, verschwindet. Kino der dreißiger Jahre. An ihrer Stelle erscheint ein kleines Mädchen, das singt, das mit Vorliebe auf Mauern klettert und dort oben Kunststücke macht. Guter Gleichgewichtssinn. Ganz natürlich, daß man sie im Turnverein aufnahm. Ich konnte Vorwärts- und Rückwärtsflips auf dem Schwebebalken. Das vielversprechende Kind kam erst nach Bratislawa zur Kinderförderung, dann zu den Junioren nach Prag. Ich glaube nicht, daß ich ohne dies das Stipendium für das Kunststudium bekommen hätte. Sportler genossen in östlichen Ländern große Privilegien. Wenn man es so nennen kann. Sechzehnstundentage und strenge Zucht. So mit elf, zwölf, erinnere ich mich, wurde ich mit einer Rute geschlagen. Sie erwischte mich unmittelbar oberhalb der Kniekehlen. Und man schimpfte mich eine faule und dreckige kleine Slowakin.

Wir bekamen auch Tanzunterricht. Nicht wie die russischen Kinder, aber bis zum heutigen Tag bevorzuge ich harte, geradlehnige Stühle. Sich hineinzuflegeln war das schlimmste Verbrechen. So bekommen sie ihre Resultate. Frühe Auswahl und intensives Training, und den Eltern wird gesagt, daß vielleicht ein Tag kommen wird, an dem sie auf ihre Tochter stolz sein werden.

Vom achten Lebensjahr an kam ich nur noch in den Ferien nach Hause.

›In einem Haus in Paris, überwuchert von Wein,

Wohnten zwölf kleine Mädchen in zwei graden Reih'n.‹

Das sind Madeline und ich. Die Reihe mußte unbedingt gerade sein.

Ich habe die Geschichte schon oft erzählt, wie mir meine Privilegien gesperrt wurden, weil ich nachließ. Inzwischen nämlich interessierte mich das Zeichnen mehr. Beleidigt auf der Ersatzbank, und harte Worte von Fräulein Clavel. In der Regel war sie nett und freundlich zu uns. Eine humorlose alte Schachtel, aber zuverlässiges Parteimitglied. Einen merkwürdigen muffigen Körpergeruch hatte sie. Mein Verbrechen muß sehr schwarz gemalt worden sein, daheim im Dorf. O ja, mein Vater konnte wahrhaftig stolz auf mich sein. Es gab Wirbel. ›Um politisches Asyl bitten‹ ist eine französische Tradition, aber ich war ein Kind, und ich glaube, sie hätten mich zurückgeschickt, hätte nicht so ein verbohrter tschechischer Bürokrat sie in Rage gebracht. Sie erteilten mir eine vorläufige Aufenthaltsgenehmigung bis auf weiteres und hätten sie wohl aufgehoben, hätte nicht Henri, der wußte, wie sie arbeiten, mich geheiratet. Aber es ist so schrecklich, dankbar sein zu müssen.

Wichtiger ist es, meinen Vater zu verstehen, es jedenfalls zu versuchen. Er ist ein alter Kommunist, der Radikale alter Schule, sehr puritanisch. Auch ich habe meine puritanische Seite. Jedenfalls behauptet das Henri. Und darum verstehe ich.

Ich sage immer noch ›er ist‹. Er starb vor einem Jahr, als wir noch in Paris lebten. Das ist alles, was ich weiß.

In den frühen Jahren habe ich geschrieben, oft, lange, emotionsgeladene Episteln. Das ›Verbrechen‹ war doch nur ein kindliches Vergehen. Ich konnte mir nicht vorstellen, daß mir nicht verziehen werden würde. Ich bildete mir ein, meine Briefe würden zensiert, seien vielleicht niemals angekommen. Aber ich war sicher, daß ich schließlich doch einen Brief vorfinden würde, der in dieser kleinen, sehr klaren, spitzen Handschrift adressiert war. Er kam nie. Mein Vater war Eisenbahner. Er hatte so große, rauhe und zugleich zarte Bananenhände. Als ich klein war, saß ich immer auf seinem Schoß und spielte mit ihnen. Verwaltungsarbeit lag ihm, und er half der Gemeinde (das waren ja lauter Bauern) bei der Schreibarbeit, und später, als so ein inkompetenter Dummkopf in den Ruhestand ging (oder in die Wüste geschickt wurde, weil er Schmiergelder genommen hatte), wurde er so etwas wie inoffizieller Sekretär, nicht nur eine Stütze der Partei, sondern etwas viel Selteneres, der Mann, den jeder mochte und dem jeder traute, weil er absolut unbestechlich war. Er war kompromißlos. Und das war der Haken. Er war auch mir gegenüber kompromißlos, im Sinne seiner Weltanschauung. Bei den Zügen mußte alles perfekt klappen, und wenn er die ganze Nacht aufbleiben mußte. Er war Chef auf dieser Teilstrecke. Aber jetzt, da ich das Buch gelesen habe, ist mir klar, daß er der *Weir of Herminston* war.

Nach einer Weile gewöhnte ich mich also daran, kürzere Briefe zu schreiben, und nicht mehr so häufig, versuchte sachlich zu bleiben und Kontakt zu halten. Schrieb zu Geburtstagen und ähnlichen Anlässen. Ein Foto von den Kindern, ein paar Worte über Henris Arbeit und meine, immer in der Hoffnung, daß sie schließlich doch verstehen würden. Und ganz selten einmal, vielleicht alle zwei Jahre, kam ›eine Zeile‹ von meiner Mutter. Eine große runde Schrift, ziemlich krakelig, auf zwei kleinen Blättern, nicht sehr informativ.

Mißverstehen Sie das nicht. Sie ist keine Analphabetin. Im Gegenteil, sie hat eine gute Erziehung genossen, sie ist in der Grammatik und in der Orthographie absolut sattelfest, und sie spricht eine lebendige, blumige, urwüchsige Sprache. Aber sie kommt nicht aus einer Familie, in der man sich zu schreiben, Briefe auszutauschen pflegte. Man besuchte einander, vielleicht jeden Tag, oder jede Woche oder auch nur einmal im Jahr, und brachte Freuden und Kümmernisse, Geschehnisse und Klatsch mündlich zum Ausdruck. Sie verstanden sich nicht darauf, die Dinge zu Papier zu bringen, das Resultat war Gestelztheit. ›Liebe Vera‹. Sie meinte nicht ›lieb‹, aber so fing man einen Brief an. ›Wie geht es Dir? Bei uns ist alles wie immer. Mir macht der Rheumatismus ein wenig zu schaffen. Die Chrysanthemen sind dieses Jahr besonders schön. Ich hoffe, die Kinder haben sich in der Schule angestrengt. Deine Dich immer liebende Mutter.‹ Niemals ein Wort über meinen Vater.

Ich zeigte diese Briefe keinem. Henri verbirgt hinter seiner rauhen Art viel Zartgefühl. Er achtet die geheimen Bereiche. Und ich bin eine geheimniskrämerische Person.

Dann eine dieser schrecklichen Todesanzeigen, aus einer Lokalzeitung ausgeschnitten, in dieser eigenen Sprache, die gestelzter ist als alles, was ein Mensch schreibt, voller Floskeln wie ›mitten aus einem arbeitsreichen Leben gerissen, beweint und unvergessen.‹ Und ein tief unglücklicher Brief.

›Er war draußen im Garten beim Umgraben und hatte den Spaten noch in der Hand, als er umfiel. Der Doktor sagt, daß eine erweiterte Arterie geplatzt ist. Das passiert ganz plötzlich, und man leidet nicht. Es war ein schöner sonniger Tag. Er hat gearbeitet wie immer, und er hat etwas getan, was ihm Freude gemacht hat. Das ist besser als eine lange Krankheit. Hána ist aus Bratislava gekommen und zwei Wochen bei mir geblieben.‹

Hána ist ihre Schwester, eine dumme Frau, aber eine herzensgute Person, die ohne Punkt und Komma in starkem Dialekt spricht. Sie schuftet sich für andere zu Tode und beschwert sich hinterher, daß man sie ausbeutet. Schrill, hitzig, überquellend vor Liebe. Wer will schon Intelligenz? Wer braucht schon gesunden Menschenverstand?

Am Straßenrand stand ein Polizeifahrzeug. Alle meine alten irrationalen Ängste wurden mit einem Schlag wieder wach. ›Man hat das Gefühl, daß jeden Augenblick das Unerwartetste und Unmenschlichste eintreffen wird, daß hinter jedem gesprochenen Wort, hinter jeder Straßenecke, hinter jedem Wagen, der vor einem Haus abbremst, hinter jedem Stiefelknallen in einem Treppenschacht Gefahr lauert.‹ William Shirers bekannte Beschreibung des Dritten Reichs, und ein klassischer Kommentar zu allen stalinistischen Regimen. Sehen Sie, ich war nie wieder hier, und wenn ich hätte zurückkehren wollen, so hätte Henri mich daran gehindert. ›Sie‹ ließen wissen, daß sie sehr verärgert waren, und ich mit Sicherheit verhaftet werden würde. Ich war an einem öffentlichen Gesichtsverlust schuld. Ich hatte Angst.

»Sie würden dich als Geisel benutzen«, sagte Henri unverblümt. »Dich für Geld zurückverkaufen. Irgendeine absurde Behauptung aufstellen – daß sie hunderttausend Dollar in deine Ausbildung investiert haben. Das wäre nicht das erste Mal. Die Westdeutschen zahlen seit Jahren solche Erpressergelder. Schön, jetzt sagst du, du mußt fahren. Wenn etwas passiert, sprechen wir mit Havel. Aber nicht die Kinder...«

In Brno machte ich Pause, trank einen Kaffee und ging aufs Klo. Wissen Sie, was meine Landsleute getan hatten? Sie hatten ein neues Klo gekauft und sich nicht einmal die Mühe gemacht, das braune Klebeband rund um den Rand abzuziehen. Knallten eine Plastikbrille von der falschen Farbe darauf und ließen es so. Wir werden mit Havel sprechen? Oh, Havel weiß Bescheid. Eine ganze Generation, die meine, ist verloren. Aber nicht das Land, das glaube ich einfach nicht. Nicht die Kinder, die hochaufgeschossenen Jungen mit der blassen Haut und den hellblauen Augen, die scharfgesichtigen Mädchen mit den spitzen Nasen, und, hier im Süden jetzt, die dunkleren, stämmigeren Menschen slawischen Typs.

Seltsam – ich habe die helle Haut und das helle Haar der Tschechen, aber slawische Augen. Das ist mir vorher nie wirklich aufgefallen. Lydia schlägt ihrem Vater nach. Aber Emma hat etwas von ihrer Großmutter.

Es wurde leider ein Desaster. Ich war mit allen möglichen Rosinen im Kopf gekommen, daß ich sie überreden könnte, mit mir nach Belgien zu kommen, um die Kinder zu besuchen, und dergleichen. Ein Blick genügte, und ich wußte, sie würde sich niemals von der Stelle rühren. Die Distanz zwischen uns ist jetzt zu groß geworden. Wir waren förmlich miteinander. »Tochter«, sagte sie zu mir. »Mutter«, sagte ich. Wie zwei Nonnen unterschiedlicher Generation.

Als mein Vater noch lebte, legte er, sobald er nach Hause kam und seinen Arbeitsanzug auszog, auch alles andere ab, wusch sich von Kopf bis Fuß und legte Kragen und Krawatte um. Wenn er noch einmal aus dem Haus mußte, zog er seinen Anzug an und steckte seine große silberne Uhr mit der Kette in die Westentasche. Wenn er in Geschäften ins Gasthaus mußte – und es mußten schon Geschäfte sein, sonst ging er nicht –, trank er stets nur ein Bier, niemals mehr. Zu Hause trank er zum Essen ein Glas unseres eigenen Landweins. Sie war genauso. Niemals wäre sie mit der Schürze vor die Tür gegangen wie die Bauersfrauen. Immer im Kleid, mit sauberen Schuhen an den Füßen. Er putzte jeden Abend alle Schuhe, seine Arbeitsstiefel glänzten genauso wie ihre guten Schuhe. Jetzt trug sie ein Umschlagtuch, eine alte Frau mit eingefallenem Gesicht, und draußen auf der Stufe vor der Haustür standen Holzschuhe.

Sie bemühte sich rührend, mir einen schönen Empfang zu bereiten. Sie ging zu den Nachbarn und ›besorgte eine Ente‹. Ich mußte diese tschechischste aller Mahlzeiten essen, Entenbraten mit Klößen. (»Diese gräßlichen Klopse«, wie Henri sie nennt. Ich habe sie früher zu Hause gemacht. Wie die süddeutschen Semmelknödel. Bis er sagte: »Ich will nie wieder so ein Ding sehen.« (Ist Ihnen aufgefallen, ich sage ›zu Hause‹ und meine ihn?) Ich versuchte, ihr von Brüssel zu erzählen, das, was wir jetzt dort tun. Ich glaube, sie verstand nichts.

»Ja ... ja. Ich pflücke ein paar Blumen, ja? Für Gladiolen ist es noch zu früh.« Mein Vater war stolz auf seine Gladiolen gewesen, das Beet musterhaft angelegt, mit verrottetem Stroh und Pferdemist gedüngt, jeder Stengel sorgsam gestützt. Henri mag sie nicht, darum kaufe ich sie nie. Aber es war Ende April, und sie fand dort, wo sie immer schon gewachsen waren, im Kirschgarten, noch ein paar Narzissen. Nicht einmal sagte sie: »Ich habe gewußt, daß du zurückkommen würdest.« Nur: »Ich habe dich nicht erwartet«, während sie sich Umstände machte und eine Decke über den Tisch breitete, die Narzissen in eine Vase steckte, eine Flasche Wein holte. Ich muß leider gestehen, ich habe sie ganz leer getrunken. Ich hatte es nötig.

»Du mußt unbedingt deine Tante Hána besuchen. Sie wird ganz aus dem Häuschen sein.« Während sie selbst so offensichtlich enttäuscht war. Ich zeigte ihr Fotos von den Kindern. Sie musterte sie interesselos. »Sie sind gewachsen, nicht?« Es sind deine Enkelkinder. »Deine Töchter«, sagte sie. Aber sie sind auch deine – wir sind hier in Europa. Und es gehört uns. Wir sind hier nicht in der Äußeren Mongolei.

Ich muß leider sagen, daß ich schamlos gelogen habe, als es um den Besuch bei Hána ging. Ich sagte, an der Grenze hätte es Schwierigkeiten gegeben, und man hätte mir nur für einen Tag ein Visum gegeben. Es schien sich mit ihren Erwartungen zu decken. Sie fand es ›normal‹.

Beim Essen noch ein rührender Versuch, sich etwas einfallen zu lassen, was mich interessieren könnte, was aus den Mädchen geworden war, mit denen ich zur Schule gegangen war, aus den Freundinnen der Kinderzeit. Zdana ... Ivana ...

Nichts war geblieben von der früheren Beweglichkeit, dem alten Einfallsreichtum, der Spontaneität, dem Sinn für das Komische, der Respektlosigkeit. Aber es war einmal da gewesen. Ich habe es mir nicht vor lauter Sentimentalität aus den Fingern gesogen.

»Havel – der ist Tscheche.« Nicht »er ist Schriftsteller«, oder, was ich hätte verstehen können, »er ist ein Bourgeois, ein Intellektueller«. Nein, »er ist Tscheche«. So eine erbärmliche, provinzielle, slowakische Bemerkung.

»Dubcek ist aber wirklich zu alt, zu müde.«

»Er ist einer von uns. Havel – der kriecht doch vor den Deutschen und den Franzosen.«

»Sagt man das im Dorf?« Mein Ton war viel zu sarkastisch.

Ich kaufte Blumen für das Grab. Ich kniete nieder, um ihn um Verzeihung zu bitten. Sie hatten ihn auf dem Friedhof begraben. Einen Mann, der im Glauben an seine altkommunistischen Prinzipien gestorben war, und ich respektierte ihn dafür. Ins Gasthaus ging ich auch, wohl wissend, daß man sich im Dorf das Maul zerreißen würde. Ich ließ ein paar Reminiszenzen an die kleine Vera und weitere an meinen Vater über mich ergehen, und beide Male waren sie so moralinsauer wie aufgesetzt. Man verzieh ihm, daß er ein gerechter und ehrlicher Mensch gewesen war. Oh, wir sind hier in der Gegend sehr katholisch, und alle Kommunisten nennen sich jetzt Christdemokraten. Es wird nicht mehr lange dauern, ehe sie sich eifrigst bemühen werden, Monsignor Tizo wieder in den Kreis der Heiligen aufzunehmen, ihren großen Guru in der Hitlerzeit, ein berüchtigter Denunziant von Juden und Freimaurern. Wir Slowaken sind fünf Millionen an der Zahl, ein solider rechter Block. Die Klerikal-Faschisten. Ich kann Vaters schneidende Stimme hören. Nein. Ich werde nicht zurückkommen. Diese Gedanken kann ich in jedem westlichen Land hören, laut und durchdringend. Was ist Erfolg?

Was ist Mißerfolg? Dauernd höre ich diese beiden Wörter. Was bedeuten sie?

»...und grüße Zdana von mir, wenn du sie siehst. Und Vlasta natürlich. Und richte Tante Hána meine herzlichsten Grüße aus.«

Ich fuhr traurig ab. Aber sehr, sehr stolz auf meinen Vater.

Die Rückfahrt ging viel schneller. Ich hielt in Prag nicht an. Ich fuhr ohne Pause weiter, und an einem sonnigen Aprilabend war ich in Dresden.

Ich habe die Gedächtniskirche in Berlin gesehen. Es ist ein bißchen peinlich und verlogen, wie sie sich da so selbstgerecht und vom Glanz und Glitzer umgeben am Ende des Kurfürstendamms aufspielt. Kein Wunder, daß die Berliner kichern und sie den hohlen Zahn nennen. Das hier ist echt. Dieser kolossale leere Raum, durch den der Wind streicht. Diese schwarze Ruine ist der Zwinger, der schönste Barockbau, den die Welt je gekannt hat. Schwarz vom Feuer, schwarz von fünfundvierzig Jahren marxistischer Scheiße, schwarz wie meine Scham. Einige hundert tapfere junge Männer, arme Kerle, haben das getan, gelenkt und gesteuert von kriminellen Schwachköpfen: Sie sind überall gleich. Ist die Selbstzufriedenheit der Engländer nur noch unausweichlicher? Ich glaube, keiner von uns hat Grund zur Selbstzufriedenheit, nicht wahr? Hier, an dieser Stelle, hörte ich ein für allemal auf, Slowakin zu sein, und wäre ich Engländerin, wäre es dann anders? Hier ist mein Grund, Europäerin zu sein, Künstlerin sein zu wollen und es zu wagen, fünfundvierzig Jahre nach dem Tod der anderen zu leben.

Ich möchte wissen, ob hier einmal ein englischer Dichter gestanden hat, der so ergriffen war wie ich jetzt. Und wenn nicht, warum nicht?

Wenn Henri hier wäre, würde er jetzt einen Witz machen, wie das seine Art ist, wenn er sehr gerührt ist, und das ist mehr englischer als französischer Stil – der aquitanische Bastard. »Soll ich dir mal was sagen, unter einem Mikroskop sieht meine Lunge bestimmt genauso aus.« – »Kann sein, aber ein solches Kunstwerk ist sie nicht.« Auf einem geschwärzten Stück Mauer erhaschte ich noch ein goldenes Blitzen; das ›A R‹ Monogramm. Augustus Rex. In Berlin hatte Henri gerade genug Zeit, um mir die Oper zu zeigen. Die haben sie Gott sei Dank restauriert, und Erich Kleiber sorgte dafür, daß die goldene Inschrift ›Fredericus Rex Apollonis et Musis‹ wieder angebracht wurde. Entsetzliche Leute diese Könige, aber sie sind unser, und sie gehören zu uns. In Dresden haben sie überhaupt nichts gemacht. Da haben sie ein bißchen aufgeräumt und an einer Wand eine Tafel angebracht, die besagt, daß Ulbricht oder irgend so ein Heiliger hier gegen die Faschisten kämpfte. Etwas Dümmeres gibt es auch in England nicht.

4

Henri Castang

die jemande heirateten jedermanns
lachten ihr weinen taten ihren tanz

In Erregung über ihre Mutter und ihr Heimatland kehrte Vera heim, aber sie nahm sich zusammen. Ich versuche das auch. Die Wahrheit ist, daß mir bei dem ganzen Unternehmen nicht wohl war, ich habe ihr mit Herzdrücken und Magenflattern nachgesehen, als sie durch den Checkpoint Charlie fuhr. Für sie ist das Wichtige, daß sie gefahren ist; für mich, daß sie zurückgekommen ist. Mit diesem Geheimdienstmist ist das so, wie wenn man beim Essen von schlecht gewaschenem Spinat plötzlich auf kleine Steinchen beißt – man mümmelt gemütlich vor sich hin, und puh-päh, schon spuckt man mit hochgezogenen Zähnen.

Eine verdammte Unverschämtheit – und das in meinem Notizbuch! Jeder Polizist trägt eines bei sich, und meines ist heilig; bei den Kindern als ›Vaters Bibel‹ bekannt. Lydia bekam als kleines Kind eins auf die Finger, weil sie Gesichter hineingezeichnet hatte. Jetzt finde ich darin, mit einer Heftmaschine eingeknipst, ein dreckiges Stück Printoutpapier mit einer lakonischen Botschaft: ›Dienstag, 18, 19 Uhr 20, Gare du Nord, Straßenbahnhaltestelle Richtung Süden.‹

Bei Gide gibt es eine berühmte Stelle, in der Verlaine beim Prozeß beschrieben wird. Der Richter fragt ihn, ob er Sodomist sei. »Man sagt Sodomit, Monsieur«, antwortete Verlaine.

Ich sagte beides.

Denn hier handelt es sich um den bekannten Wann-haben-Sie-aufgehört-Ihre-Frau-zu-schlagen-Trick. Geht man hin, macht man sich wahrscheinlich lächerlich. Geht man nicht hin, wird man dauernd darüber nachdenken, ob man sich nicht noch lächerlicher gemacht hat.

Ich riß verärgert das ganze Blatt heraus. Schmiß es in den Papierkorb. Holte es wieder heraus, entknitterte es. Natürlich gibt es keinen einzigen verdammten ›Hinweis‹; gewöhnliches Papier und gewöhnliche elektronische *Cluster*, die als Schrift gelten wollen. Das ganze Ding wie eine Buchungsbestätigung jeder x-beliebigen Fluggesellschaft.

Auf solchen Blödsinn gehe ich nicht ein. Aber ich gehe eben doch darauf ein, ob ich will oder nicht. Das ist ja der Trick.

Es wäre ganz leicht, mir zum Beispiel in der Straßenbahn Richtung Süden, mit der ich gewöhnlich fahre, das Notizbuch aus der Tasche zu ziehen und eine Minute später wieder hineinzuschieben. Allein darin ist eine Botschaft enthalten: Wir sind clever, wir können das machen, wann immer wir wollen. Oder es passierte hier im Büro – auf meinem Schreibtisch steht eine Heftmaschine. Ich hatte mir das Buch gestern abend angesehen, wer also war heute morgen hier? Ach ja, fange ich jetzt vielleicht an, Eamonn Hickey zu verdächtigen?

Ich werde nicht reagieren. Es ist offensichtlich ein Köder, man will sehen, ob ich weichzukriegen bin – das ist man immer, nennt es Neugier, aber in Wahrheit ist es Angst.

Der Gare du Nord ist ein scheußlicher Ort. Modernisiert – mit anderen Worten, der Architekt hat nichts als Mist gebaut. Als Fremder kann man da den Arsch nicht vom Ellbogen unterscheiden; die Korridore sind endlos, die verschiedenen Decks verwirrend – Fernzüge, Vorortzüge, Metro, Straßenbahn (die hier im Untergrund fährt). Wenn man zu ›Herren‹ will, kommt man auf dem Parkplatz heraus. Triumph der Technokratie über den gesunden Menschenverstand.

Neulich habe ich mir im Fernsehen einen alten Woody-Allen-Film angesehen. Eine klassische Alptraum-Passage: Er sitzt in einem Zug, umgeben von verdrießlichen Gesichtern, die ihn finster anstarren – Traumeffekt völliger Stille mit dem Ticken einer Uhr. Durch das Fenster sieht er einen zweiten Zug voll lachender Menschen; ein Mädchen wirft ihm eine Kußhand zu. Er stolpert durch die Waggons und versucht herauszukommen; geht aber nicht. Genauso war das. Auch das Leben ist so. Das war die Botschaft des unbekannten Witzboldes, das war auch die Botschaft des Films.

Ich sah natürlich nichts. Man demonstrierte mir, daß ich manipulierbar sei. Der Witzbold wird sich offenbaren, wenn er meint, mich weich genug geknetet zu haben.

Ich sehe Harold ziemlich oft; mir fehlt es an Erfahrung, und er ist mein Führer durch den Irrgarten der Bürokratie. Und des Rechts – ich wurde in der französischen Tradition groß, daß ein Urteil, das auf Billigkeitsrecht beruht, wertlos ist, wenn nicht das strenge Recht dahinter steht, und Harold ist ein glänzender Jurist. Selbst das undurchsichtigste Stück Prosa wird bei ihm klar, lebendig, augenblicklich erfaßbar. Es soll nicht der Eindruck entstehen, daß ich alle zwei Minuten bei ihm aufkreuze, aber er führt gewissermaßen ein offenes Haus; möchte, daß ich zu ihm komme und ihm sage, ich sei da auf einen Punkt gestoßen, zu dem ich gern seine Meinung gehört hätte. Teilweise Freundlichkeit; er ist ein freundlicher Mensch. Teilweise eine gewisse Ungeduld vorwärtszukommen; auf einen Absatz verschlungener Syntax antwortet er mit drei kurzen Worten. Und teilweise der ihm angeborene Hang zur Grandezza: die Perserteppiche im Büro, die Notwendigkeit, ein ›schönes Auto‹ haben zu müssen. »Es ist schwierig, ein schönes Auto zu finden.« Harold kann mitten in der Rechtsbelehrung innehalten, um dies zu diskutieren. Er erscheint und verschwindet wieder, beides rasant und geräuschvoll, in einem Lancia in italienischem Racing-Rot. Suarez, der früher als rechtlicher Berater in Genf gearbeitet hat, sagte, er fühle sich oft an Henry Kissinger erinnert.

In dieser komplexen Persönlichkeit ist von allem etwas enthalten: Energie und Genialität, Kindisches und Reizbarkeit. Sie kann strapaziös sein, aber sie ist anregend, und meistens ist sie komisch.

Strapaziös, weil er über andere spricht, und einen das auf den Gedanken bringt, daß er in seinen persönlichen Beziehungen unsicher sein muß.

Beschwerden über Iris beispielsweise. Pünktlichkeit ist zwanghaft bei ihm (und es wäre wert zu fragen, warum), und er kann es nicht ausstehen, wenn das Essen nicht pünktlich auf dem Tisch steht, ›weigert sich, zu Leuten zu gehen, die zu spanischen Zeiten essen‹ und so weiter.

»Iris ist aus Prinzip mit allem eine Dreiviertelstunde zu spät dran.« (Warum? Wahrscheinlich eine Art Panzer, den sie sich zum Selbstschutz zugelegt hat.)

Seit er Vera kennengelernt hat, ist er fasziniert von ihr. »Eine wunderbare Frau. Und schön.« Ich hatte erwähnt, daß sie nach ihrer Rückkehr aus Prag gesagt hatte, zwischen Erfolg und Mißerfolg gäbe es keinen Unterschied.

»Ha!« Harold war entzückt. Er brachte es zwei- oder dreimal wieder aufs Tapet.

Dann gibt es die groben, kindischen Provokationen.

»Vera turnt mich ganz schön an.« Dummerweise ließ ich mich provozieren.

»Das würde ich mir lieber aus dem Kopf schlagen, Sportsfreund. Von mir würden Sie vielleicht eine Kugel in den Hintern kriegen. Aber das ist nichts im Vergleich zu dem, was *sie* mit Ihnen machen würde.« Das war sehr indiskret, genau wie von Harold beabsichtigt. Der durchtriebene Inquisitor. Ich war blind wütend. »Sie hat schon mal einen Mann umgebracht, der sie vergewaltigen wollte.«

»Tatsächlich?« Mit seiner hohen Stimme. »Und grübelt nicht darüber?«

»Nein.« Ich mußte jetzt das Beste daraus machen. »Sie ist Künstlerin. Von der Gegenwart distanziert. Sie grübelt über die Vergangenheit und die Zukunft. Dazwischen stocknüchtern. ›Was wollen wir heute abend essen?‹«

»Ha!« Die Information wurde gespeichert, um eines Tages verwendet zu werden.

Er ist gerade aus England zurück; stürmt nach irgendwelchen Unterlagen brüllend herein. Er kommt gern selbst, hat es am liebsten, wenn man direkt zu ihm kommt, haßt es, wenn ihm Dinge von Sekretärinnen überbracht werden. »Was drücken Sie sich da in dem Büro herum?« Tigersprung quer durch das Zimmer – um ein juristisches Fachbuch zu konsultieren? Breitbeinig, hochgeschobene Brille, auf der Suche nach einem Wort in einem seiner zahllosen Lexika.

»Und wie war London?« fragte ich.

»Ich war im Park spazieren und traf auf einen rührenden kleinen Zug; ungefähr ein Dutzend Gärtner, verkleidet wie königliche Leibgardisten. Sie schoben eine sehr kleine Messingkanone, schwer mitgenommen, sauber geputzt. Der Anführer war ein älterer Herr mit Backenbart hoch zu Roß.

Gefiel mir. Würdenträger altenglischer Art, Stadtschreiber vielleicht oder Turmbläser. Ich ging hinterher.

Als sie zum Marble Arch kamen, erschien eine junge Polizistin, sehr hübsch, äußerst elegant, schaute sich das Ganze mit kühl lächelnder Gelassenheit an, ließ ihr riesiges Pferd ein paar mühelose Sprünge kantern, und hob in lässiger Waidmannsart majestätisch die hübsche Hand. Der gesamte Verkehr aus der Bayswater Road, der Oxford Street und der Park Lane kam zwei feierliche Minuten lang zum Schweigen, und diese lächerliche Truppe verschwand mit ungebrochener Würde die Edgware Road hinauf.

Ich fragte mich, was sie dort zu tun haben konnten. War dies vielleicht der Geburtstag der Königin? Die Zweihundertjahrfeier der Eroberung von Seringapatam? Ich werde sie nie vergessen. Kein Sterblicher hätte sie von diesem Pferd herunterholen und vergewaltigen können. Obwohl ich gute Lust hatte, es zu versuchen, das können Sie mir glauben.

Weiß Gott, wie Englands Zukunft aussehen wird. Aber dieser Anblick, wie da die Gegenwart so liebevoll dem stokkenden Schritt des viktorianischen Zeitalters nachhalf, beschwingte mich. Am liebsten wäre ich sofort nach Whites gereist, um Evelyn dies alles genauestens zu erzählen.«

Das reichte. Die Sekretärin stand mit offenem Mund da.

»Das mit der ›lässigen Waidmannsart‹ verstehe ich nicht ganz.«

»Ach, das ist aus *Das Schwert im Stein*. Robin Hood. ›Und du Robin, stütz dich nicht auf deinen Bogen in dieser lässigen‹ – ist das mein Papier?« Aber er hatte es nicht eilig zu gehen.

»Sind Sie der Krone treu, Harold?«

»Ach, ich weiß nicht recht, mein Lieber. Die Royals sind heute so schrecklich heruntergekommen. Stellen Sie sich nur mal vor, da fragt man den Herzog von Cambridge, ob er ein Päderast sei.« Und mit Leichtigkeit schlüpfte er in die Rolle des Herzogs bei einer Ansprache an die Kadetten von Sandhurst. »›Ihr Burschen habt eure Schwänze abgelegt, wo ich nicht einmal meinen Regenschirm ablegen würde!‹ Die Geschlechtskrankheiten waren die fixe Idee sämtlicher britischer Kommandeure des neunzehnten Jahrhunderts. Heute kann es eher passieren, daß einem der Schwanz in den Computer gerät.« Er riß dem Mädchen das Papier aus der Hand. »Diese Gefahr müssen wir unbedingt vermeiden.«

Und ich blieb nachdenklich zurück – das Schwert in was? – aber ich lerne eine Menge Englisch von Harold. Er hat einen herrlich altmodischen Wortschatz.

Eine Stunde später stand ich im Männerklo und träumte und entdeckte nebenan Harold. Wie er verschwörerisch über die Schulter zischte.

»Und wie steht es mit Ihrer Republiktreue?«

»Wacklig, wacklig«, wobei ich das Wort mit der Tat unterstrich.

»Gut, gut. Aber irgend etwas muß man treu sein. Doch hoffentlich nicht der Kommission.«

Ich mußte meine Hände mehrmals unter den magischen Wasserhahn schieben, ehe er in Aktion trat. »Man wünscht sich ein Fleckchen Erde, und ich habe keines.«

»Wir sind die Enteigneten.« Er riß an der Handtuchrolle. »Ich habe ein magisches kleines Fleckchen Erde an der walisischen Grenze. Seekings House«, sagte er geheimnisvoll, und bei mir dauerte es einen Moment, ehe der Groschen fiel.

»Nicht in Mitternachtsvolk?« Emma ist so verhext, daß sie von nichts anderem als Abner Brown und Mrs. Pouncer reden kann.

Er riß übertrieben die Augen auf. »Oho. Sie wissen Bescheid. Ich muß Sie im Auge behalten.« Damit ging er hinaus und ließ mich verdutzt zurück.

Zwischen uns bestehen seltsame Bindungen.

An diesem Abend besuchte er uns, unangemeldet – etwas, was ich nicht ausstehen kann; wozu gibt es das Telefon? –, aber er war so höflich, auf die förmlichste Weise, daß nicht einmal der altmodischste und pedantischste Prinzipienreiter hätte Anstoß nehmen können. Es war ziemlich spät; ja, die Kinder waren schon im Bett, und wir lasen. Er strapazierte unsere Gastfreundschaft nicht und kann nicht länger als eine Stunde geblieben sein, Zeit für ein, zwei Gläser, ohne zu vergessen, Vera zu fragen, ob seine Zigarre sie störe. Er konzentrierte sich die ganze Zeit auf sie.

»Und was hatte das alles zu bedeuten?« fragte sie verwundert, nachdem er gegangen war. Sie machte sich für das Bett fertig.

»Buße. Ich bin beeindruckt.«

»Buße? Wofür denn?« Ich hatte Harolds freche Bemerkung über sie nicht erwähnt, da ich sie nur für gewöhnliche Vulgarität gehalten hatte; und auch nicht, daß ich darüber recht hitzig geworden war. Vera kann sehr prüde sein, und ganz unerwartet brach sie in Gelächter aus, stellte sich in ihrer Unterwäsche in Positur und nahm es als Kompliment.

»Diese überaus korrekte Art – und wie er sich so eingehend nach den Kindern und dem Haus erkundigt hat – ich konnte nicht klug daraus werden.« Wobei sie in ihr Nachthemd schlüpfte. »Wenn du nicht hier gewesen wärst, hätte ich mich wirklich gefragt, ob da nicht ein Annäherungsversuch dahintersteckte.«

»Ja, das würde mich nicht wundern, wenn es nicht direkt vor meiner Nase gewesen wäre. Möchtest du noch ein bißchen lesen?«

»Nein«, sagte Vera. Mit Entschiedenheit...

Ich kann nicht umhin, mir über Harold Gedanken zu machen. Dieser Besuch bei mir, augenscheinlich ohne Zweck, ist das ein Wink? Dieses (belanglose?) Gespräch über Treue; ist das auch einer? Bei den Engländern weiß man nie, aber warum sich nach meiner patriotischen Einstellung erkundigen?

Ich habe die Spielchen jetzt satt. Spät am Abend hinterließ ich ein Blatt Schmierpapier in der Schreibmaschine, wie einen Merkzettel für mich selbst.

›Karten auf den Tisch, dann werde ich sehen, was ich tun kann.‹ Für eine Putzfrau sinnlos. Und am nächsten Morgen wartete eine Antwort. Mit meinem Notizbuch gehe ich genau um – nicht übergenau, und auch nicht auffallend ungenau. Sie lautete schlicht: »Sie haben eine Verabredung zum Mittagessen.«

Wieder so ein alberner Trick; der Anruf in letzter Minute, damit man nicht Detektiv spielen und den Treffpunkt überwachen lassen kann. Aber der Mühe wert, wenn ich Näheres erfahren wollte. Alle waren gegangen, und ich saß über meiner Arbeit, als es läutete. Eine Männerstimme mit ausgeprägtem einheimischen Anklang.

»Machen Sie sich auf den Weg – das Taxi wartet.«

»Sehr nett, aber lassen Sie endlich den Quatsch. Sagen Sie mir einfach, wer, wie und wo.«

Rauhes, gedämpftes Lachen. »Keine Angst, niemand will Sie entführen. Wir sind hier schließlich nicht in Beirut.«

Das Taxi war echt; eine Nummer, ein Zähler, selbst der Geruch war authentisch. »Herein mit Ihnen, Chef, hab' nicht viel Zeit. Nur zum *Les Sablons*. Das ist ein Restaurant, richtig? Ist wohl 'ne Geburtstagsüberraschung, hm?« Er lachte. »Riesenflasche Champagner.« Er wußte offensichtlich von nichts. »Schon in Ordnung, Chef. Alles bezahlt.« Bremste ab. »Hier.« Reichte mir wieder so einen infernalischen Zettel.

Les Grands Sablons ist eine Art Platz. Auf dem Zettel stand: ›Eingang neben dem Bilderrahmen. Tisch links, gegenüber dem Antiquitätengeschäft.‹ Eine Passage voll teurer Kunstgewerbeläden – das ganze Viertel ist so – mit einem eingefriedeten Platz in der Mitte. Ich war fast dort, als eine vertraute Stimme atemlos sagte: »Entschuldige. Komme ich zu spät? Ich habe ewig keinen Parkplatz gefunden.«

Vera. Ich bin in eine Falle gelaufen.

Ich packte sie bei den Handgelenken. »Nein! Fahr auf dem schnellsten Weg nach Hause. Ich erklär's dir später. Da will sich jemand einen Jux machen.«

Sie sah mich mit Riesenaugen an, besiegte aber das fatale Bedürfnis zu widersprechen. In der Ehe mit einem Polizeibeamten hat sie Erfahrung gesammelt. Es dauerte nicht länger als eine Minute. Aber ich war wütend.

Diesen Kerlen werd' ich's zeigen.

Drinnen ist ein hübscher kleiner Innenhof. Tische unter Markisen, Grünpflanzen. Leute, die trinken.

»Haben Sie reserviert, Monsieur?«

»Nein – ja – ich bin verabredet. Ich weiß nicht, welchen Namen er angegeben hat. Castang vielleicht?«

Der Ober glaubte, ich wollte ihn verschaukeln. »Ohne Reservierung kann ich leider gar nichts für Sie tun.«

Aber in diesem Moment passierte alles ganz schnell. Zwei Kerle kamen herein; unauffällig, aber in Anzügen, wie Bullen sie tragen, um zu verbergen, daß sie Waffen bei sich haben.

»Monsieur Castang? Wir wollen kein öffentliches Aufsehen erregen. Raymond, Drogendezernat.« Und er hielt mir irgendeinen Ausweis unter die Nase. »Gehen wir ein paar Schritte.«

Die Geschäftsleute beim Aperitif hatten nicht einmal aufgeblickt.

Wir verzogen uns diskret in die Passage; der eine schirmte uns ab, der andere tastete mich ab. Professionell. Richtig unangenehm konnte es nicht werden; ich habe Ausweispapiere genug. Sie waren höflich.

»Entschuldigen Sie die Belästigung. Das muß ein Irrtum im Protokoll gewesen sein.«

Und schon waren sie weg, sprangen in einen grauen Opel, der hinten in der Straße stand. Es hat keinen Sinn, Zoff zu machen, und ebensowenig, sich die Nummer aufzuschreiben.

Ich ging langsam durch die Passage zurück. An dem Tisch saß ein Mann mit neonfarbener Fliege und flirtete mit drei Frauen, die bei heiterem Gelächter viel Zahn zeigten. Ich blieb stehen und las die Speisekarte. Ich war um das Soufflé Saint-Jacques gekommen und um das *mille-feuille* mit von Wildlachs. Vielleicht sogar um einen Cordon Charlemagne; die Tschechen mögen arm sein, die Stasi ist es nicht. Ich ging wieder hinaus auf den Platz, kaufte mir einen Hamburger und trank ein Bier dazu. Dann kehrte ich nachdenklich, mir die Frittenreste aus den Zähnen saugend, ins Büro zurück.

Ich telefonierte mit Vera und beschwichtigte uns beide. Eine Frau hatte sie angerufen und gesagt, meine Sekretärin habe den Tag frei. Sie hatte geglaubt, ich hätte etwas zu feiern. Ja, meinte ich, zum Beispiel den Kauf eines Recorders, um alle Anrufe aufzuzeichnen. Reagiere nur, wenn ich es bin; sonst kannst du mit einem Einbruch rechnen.

Ich rief bei der Kripo an und ließ mich mit dem Drogendezernat verbinden.

»Jemand namens Raymond oder Rémond. In Zivil, seinen Rang weiß ich nicht.«

»Gibt's bei uns nicht. Worum handelt es sich denn?«

»Jemand mit einem falschen Ausweis und einem grauen Opel.« Sie wollten mehr wissen; ich wußte nicht mehr.

Als ich am nächsten Morgen ins Büro schlurfte, fiel mir auf, daß die Tür zu Harolds Zimmer geschlossen war, was ungewöhnlich ist. Miss Huntingdon schenkte mir ein Fünkchen ihres sonnigen Lächelns.

»Seine Gnaden ist ziemlich schwarzer Stimmung.«

»Ach, du lieber Gott. Dann lasse ich die hier wohl am besten bei Ihnen?«

»Nein, nein, es ist nicht Captain Bligh.« Prügellaunen sind zumeist Effekthascherei, wie sie wohl weiß. »Mehr so in Wolken gehüllt und in einsamer Zwiesprache mit sich selbst auf rauher Bergeshöh. Ich würde hineingehen, wenn ich Sie wäre; könnte vielleicht heilsam sein.«

Harold hockte seitlich auf einer Ecke seines Schreibtisches, ließ ein Bein baumeln und hielt zwei Kugelschreiber in den Händen, mit denen er versuchte, auf der Kante der Schreibschale aus Metall einen Rhythmus zu trommeln. Er beachtete mich nicht.

»Sie sagten, Sie wollten das Zeug hier haben.« Ein munteres guten Morgen war nicht angebracht. Ich legte die Papiere hin und wandte mich zum Gehen.

»Bleiben Sie. Setzen Sie sich.« Brummig.

»Ich habe eine Menge zu tun.«

»Hören Sie zu.« Ohne auf mich zu achten. »Kam mir plötzlich in den Kopf ... muß mindestens fünfzig Jahre her sein.« Die Trommel intonierte einen melancholischen Rhythmus klangloser, dumpfer Randschläge. Harold sang leise; er hat eine angenehme Baritonstimme.

»›My mama done tol' me –

When I was in knee pants' – kennen Sie das?

She gave you the glad eye –

But when that sweet voice is done‹« – er wechselte ins hohe Register –

»›A woman's a two-face –

A troublesome thing what leave you to sing –

The Blues, in the Night.‹«

Er begann zu pfeifen, eine komplizierte Klarinettenfioriture, gut wie alle seine Imitationen, und die erkannte ich –

»Artie Shaw.« Vor meiner Zeit, aber ich kann mich aus meiner Studienzeit auch an die Duke-Ellington-Platten erinnern.

»Gut, gut.« Anscheinend hatte ich eine Eins bekommen. Mal eine Abwechslung zu der sonstigen Drei. Er legte die Trommelschlegel weg und drehte sich herum.

»Ich erinnere mich deutlich, Ihnen gesagt zu haben, Sie sollen sich setzen. Sie sind jetzt ein Stern an unserem Firmament. Unser Krimiexperte. Ein echter Bulle.«

»Ja.« Leichthin. »Wie Schimanski.« Der skandalöse Kommissar aus dem deutschen Fernsehen ist mein Lieblingspolizist. Er frißt nur ungesundes Zeug und brüllt alle an. Das ist lebensecht. Selbst die vielen verschiedenen Arten, wie Schimmy sich immer wieder in die Nesseln setzt, sind mir vertraut, auch wenn kein Polizist, den ich kenne, so knallhart und so talentiert ist; am wenigsten ich.

»Ich meine es ernst.« Mit ärgerlichem Blick. »Wir sind hier nicht im *Tatort* – wir sind hier in einer Behörde, in der delikate und wertvolle Arbeit geleistet wird.«

»Na, Sie haben doch damit angefangen, daß Sie Artie Shaw gespielt haben.«

»Seien Sie still. Als Sie noch bei der Polizei tätig waren, haben Sie doch eine Menge Verbrechen untersucht, einschließlich Morde.«

»Hin und wieder, ja. So häufig kommen sie auch wieder nicht vor. Mit der Kamera kann man die tollsten Sachen machen, aber die Gerüche bekommt man nicht her. Ungewaschene Füße und ungelüftete Zimmer, haufenweise dreckige Wäsche im wörtlichen wie im bildlichen Sinn. Körperlich und moralisch sind sie heruntergekommen, und sie stinken. Es gibt Spezialteams für die Gangster und die Drogenhändler. Gewöhnliche Kriminalbeamte wie ich kriegen die stinkenden Socken und die kaputten Ehen.«

»Sie machen einen richtigen Fetisch aus Ihrer Ehe, hab' ich den Eindruck.«

Es ist lästig, das erklären zu müssen. »Fast alle Polizeibeamten sind geschieden. Den Frauen passen die unmöglichen Arbeitszeiten und die unmögliche Arbeit nicht. Polizisten hausen in verwahrlosten Wohnungen, wo niemand abspült oder die Bettwäsche wechselt, und die wechselnden Freundinnen sind so verdreckt wie sie selber. Sie trinken fast alle, und sie schlucken fast alle Tabletten. Eine Frau muß schon einen starken Charakter haben, um das auszuhalten. Ich mußte mich entscheiden, und ich habe mich entschieden, daß sie immer an erster Stelle kommt, ganz gleich, was passiert. Das ist der Preis, den man bezahlt. Der Bulle im Roman oder im Kino mag ein flotter Liederjan sein; der echte Bulle ist eher ein Vorstadtspießer.«

Und, ich hätte sagen können, ich bin verdammt froh, da raus zu sein. Um den Preis, hierhergeschickt zu werden. Was von den meisten als eine Art sibirisches Exil betrachtet wird. Es ist sogar *en vogue* vorzugeben, es sei eine schreckliche Bestrafung, für die ein hohes Gehalt und angenehme Bedingungen nicht im entferntesten Entschädigung genug sind. Und wenn es die Männer nicht so empfinden, dann auf jeden Fall die Frauen; es brodelt hier förmlich vor Unzufriedenheit.

Harold tat so, als hätte er das Interesse verloren.

»Ho!« Er griff zu seinen Trommelschlegeln. »Mir ist gerade noch eine Textzeile eingefallen... ›Clicketyclack, they're echoing back, the Blues – in the Night!‹«

Es ist nichts mit ihm anzufangen, wenn er in dieser Stimmung ist, wie Miss Huntingdon weise erkannt hatte.

Man hört Geschichten, die durch das Erzählen nicht verlieren, und einem deshalb nachgeworfen werden. Man liest da von einem Ingenieur, aus Paris selbstverständlich, dem eine Stellung mit einem Jahresgehalt von achthunderttausend angeboten wurde – guter Gott, das sind sechzigtausend im Monat –, und der ablehnte, weil er in Metz hätte leben müssen; aus irgendeinem unerfindlichen Grund haben sie Angst vor dem Osten, und Bruce ist ja im Nordosten. Natürlich werden wir alle grün vor Neid bei der Vorstellung von riesigen Gehältern, die Technikern oder Marketingleuten in der Privatwirtschaft angeboten werden.

Man neigt – oder ich jedenfalls tue das – zu der Vermutung, nur die eigenen Landsleute seien so: sie und die Engländer, die für ihre Xenophobie so berühmt sind wie die Franzosen und sich über die Würstchen und das Klima beschweren (obwohl sie alle weit mehr verdienen, als sie zu Hause bekommen würden). Meine deutschen Kollegen sind milde Seelen, aber Vera, die gewissenhaft mit den Ehefrauen Umgang pflegt, berichtet, daß sie alle stöhnen.

»Ein ständiges Gejammer über die mangelnde Lebensqualität hier. Ach? Sage ich, wären Sie denn lieber in Stuttgart? O ja, jederzeit. Die Holländerinnen glauben alle, daß niemand außer ihnen ihre Lieblingsklagen ernst nimmt – oh, Sie wissen schon, daß die Leute Pelzmäntel tragen, in der Kantine rauchen, südafrikanisches Obst kaufen und die Belgier schlampig sind. Auch wenn es sauber ist, so sauber wie in Holland ist es nie, und so weiter.«

Und die Belgier selbst? Sie sind immer noch felsenfest

davon überzeugt, daß es in Flandern nur Untermenschen gibt. Man erzählt sich da eine Geschichte von einem leitenden Angestellten hier, einem geborenen Brüsseler, meine ich, dem eine Versetzung nach Antwerpen drohte: »Vancouver, wenn Sie wollen, meinetwegen auch Buenos Aires, aber niemals, niemals nehme ich Anvers.«

Vera und ich fühlten uns hier wohl – wir schätzten uns verdammt glücklich und sahen uns verwundert an. Was stimmte denn da bei uns nicht?

Der Leser glaubt vielleicht, ich sei über die Gebühr weitschweifig. Ist das hier ein Krimi? Dann kommen Sie endlich zur Sache. Wie in Schimanskis Abenteuern, wo man ihn unablässig in wilder Aktion sieht, wie er herumrennt, ißt, trinkt und sich umzieht (dauernd fällt er in die grauenvoll verschmutzten Gewässer des Duisburger Hafens). Aber das ist nur das Physische. Das Metaphysische lassen sie weg, weil das die Fernsehzuschauer langweilen würde.

Hier geht es um uns – die Europäer. Es fällt uns nicht leicht, von mehreren hundert Jahren nationalistischer Propaganda abzulassen; von dem, was man uns in der Schule eingebleut hat, daß wir Franzosen oder Engländer oder Tschechen sind. Veras Kämpfe mit ihrem Tschechentum sind absolut angemessen.

Für mich war es leichter: ein Zufall der Geburt; irgendwelche erblichen Gene; irgenwelche atavistischen Instinkte (und vielleicht vor allem die Distanziertheit des Polizeibeamten): Dies alles brachte einen sehr französischen Charakter hervor. Und meine Theorie ist, daß die Franzosen eben deshalb so darauf beharren müssen, Franzosen zu sein, weil sie der Herkunft, dem Blut nach so unterschiedlich sind.

In dieser Geschichte geht es um Harold – der äußerst englisch ist. Um Iris, die Anglo-Irin ist, und das ist etwas sehr Eigenartiges, aber dank Vera und Eamonn Hickey, der Ire ist, bekomme ich eine Ahnung. Ohne ein gewisses Bemühen, Vera, mich und Eamonn zu verstehen, wird man Harold nicht verstehen.

Und was die so nette Stadt angeht, so ist sie für uns ein sehr passendes Zuhause. In Belgien (politisch eine neue und künstliche Konstruktion) streitet man – mit, das muß man sagen, größter Wonne – seit vierzig Jahren über den Status von Brüssel. Eine französischsprechende Stadt in einer Enklave mitten in Flandern. Am Ende hat man ihr – des Streitens müde – einen eigenen Status gegeben. Die Stadt ist Belgiens Dritte Region geworden. Wir – die Europäer – leben in ihr.

Das Haus, das ich gekauft habe, ist in Schaerbeek, eine Gemeinde am Nordostrand von Brüssel, wie der Name verrät, ›in Flandern‹. Aber ist sie flämisch? – Von wegen! Wie in Brüssel gibt es eine Oberstadt und eine Unterstadt. Oben auf dem Hügel sitzen die guten Bürger, man könnte von einem französischen Ghetto sprechen, und das wäre nicht falsch. Unten sitzen lauter Türken mit langen Kleidern und Kopftüchern.

Mir fällt ein, daß ich noch einige Formalitäten zu erledigen habe, das heißt eine Menge äußerst überflüssigen Papierkrams im Rathaus von Schaerbeek.

Ich freue mich darauf, nachzuprüfen, wieviel Wahres an diversen haarsträubenden Geschichten ist: zum Beispiel, daß der *Burgomaster* zur Registrierung von Geburten, Todesfällen und Verehelichungen extra einen Apartheid-Schalter eingerichtet hat. Auf dem Schild darüber steht angeblich: ›Nur für Flamen‹.

Harold führt sein Kreuzverhör auf seine eigene hinterhältige Weise. Ohne sich auf ein früheres Gespräch zu beziehen, pflegt er urplötzlich einen Schuß abzufeuern. Ein, zwei Tage später –

»Aus was für einer Familie kommen Sie?« Ganz ohne Bezug.

»Darüber weiß ich herzlich wenig. Die sind alle gestorben oder abgehauen. Ziemlich obskur alles. Ich bin von einer Tante großgezogen worden.« Er wird doch merken, vermute ich, daß ich nicht darauf scharf bin, mich darüber zu unterhalten.

»Aber Sie sind Franzose?«

»Ich denke schon. So in etwa. In Frankreich gibt es massenhaft Leute, die Schimanski heißen, und wer weiß, woher die kommen? Ich habe nicht immer eine französische Mentalität. Vera behauptet, ich hätte englisches Blut in mir – ›der aquitanische Bastard‹ –, Sie wissen ja, wie die Engländer sind; bilden sich ein, halb Frankreich gehöre ihnen.«

»Ja, ich verstehe schon. Und Vera hat Ihnen Englisch beigebracht?«

»Das weiß ich nicht. Wir haben es uns gegenseitig beigebracht, denke ich. Ich hatte immer ein gewisses Sprachtalent. Sie ist viel besser als ich, aber sie liest auch viel mehr. Literarisch gebildet. Sie kann plötzlich in Tennyson schwelgen.«

Harold konzentrierte sich auf einmal auf seinen Schreibtisch, der voll unordentlicher Papierhaufen lag, und die Stimme stieg in den tiefsten Baß hinunter.

»›My great agony, my bliss – my anxiety,
my lovely paradise;
I love her bitterly too, and hate her affectionately always.‹«

(Mein tiefster Schmerz, meine Wonne – meine Furcht,
mein schönstes Paradies;
Ich liebe sie bitter und hasse sie stets mit inniger Zuneigung.)

»Was ist das denn? Eine Art Haiku?«

»Gar nicht schlecht getippt. Die Übersetzung von Jan Morris einer traditionellen walisischen Versform.«

»Wales bedeutet Ihnen wohl viel?« Ich erinnerte mich des kleinen Fleckchens Erde.

»Nicht besonders. Vor allem bedeutet es Iris etwas.« Und wechselte das Thema.

Was kann – soll – man ernst nehmen? Den Juristen: den ganz sicher; ein anerkannter Fachmann wie Suarez spricht mit Respekt von ihm. Nicht Beziehungen oder Begünstigung haben ihm diesen Posten eingebracht. Ein guter Administrator; seine Fähigkeiten zu Synthese und Analyse sind auffallend, und Mr. Hickey stimmt zu. Den Rechtsanwalt: ich habe seine Fähigkeit erwähnt, aus schwerfälligem Schwulst klare, einfache Sätze zu machen. Überzeugend bei Kommissionen und Ausschüssen, mit denen Regierungen ja gesegnet sind, hier, in Brüssel genauso wie überall sonst, begegnet man ihm angeblich mit großem Respekt. Selbst die Mittelbeschaffung, erste und vornehmste Aufgabe der Behörde, scheint für ihn kein Problem zu sein. Der Raum ist knapp bei uns (wie bei allen hier), aber die, die schon länger hier sind als ich, versichern mir, daß Mr. Claverhouse bekommt, was er will.

Und den Schauspieler. Man erklärt mir das als ›typisch englisch‹, daß es bei den Gerichten theatralisch zugeht und daß es im Garrick Club traditionsgemäß immer ebenso viele Richter wie Wanderschauspieler gab. Wahrscheinlich. Manchen gehen die exzessiven Possen auf die Nerven. Aber die Lebhaftigkeit ist animierend. (Harold würde das Wort ›anima‹ im Lexikon nachschlagen und erklären, daß dieser Satz eine Tautologie ist). Er ist oft tagelang abwesend; im Büro ist es still, ernsthaft und, man muß es sagen, ziemlich langweilig. Man merkt es gleich, wenn er wieder da ist: Ah, *la joie de vivre*, sagt Miss Huntingdon.

Gerade hatten wir eine dieser Abwesenheiten, eine Woche diesmal, hinter uns. Ich sauste durch den Flur an dem Büro vorbei, das sich drei oder vier Sekretärinnen teilten, und hörte

Fetzen von Gesang – nicht nur Harolds Stimme, obwohl sie die kräftigste ist –, in die sich Gekicher mischte. Ich schaute hinein. Bei uns hat eine neue Sekretärin angefangen, groß, mit glattem, hellen Haar; schüchtern, aber, wie man entdeckt hat, mit einer hübschen Altstimme. Harold hatte sich sofort auf sie gestürzt.

»Jetzt mit mir – wir beide zusammen –

›Maybe I'm only supposed to stay in your arms awhile ‹ – und dabei werfen Sie einen Blick über Ihre Schulter, so richtig sexy, auf Bogart, und dann im Sprechgesang,

›As others have done‹.« Dies im tiefsten Baß. Das arme Ding war verlegen, wurde aber von den anderen ohne jede Boshaftigkeit angefeuert.

»Jetzt Sie allein von Anfang an –

›Maybe it happens this way ...‹ He, das ist gut.« Und er selbst schwang sich mit Grandezza zu Tenorhöhen empor.

»›I hope in my heart that it's so.
In spite of how little we know!‹«

»Captain Macheath«, sagte Huntingdon vergnügt, »wird sich nunmehr jeden Moment in Lotte Lenya verwandeln.« Das junge Mädchen lächelte, obwohl den Tränen nahe und verlegen über die Neckerei.

Er ist süchtig auf diese sentimentalen Liedertexte der vierziger Jahre, wenn auch nur ein bißchen wahre Musik sie begleitet – dies hier mußte Hoagy Carmichael sein. Weshalb diese merkwürdigen Wiedererweckungen aus der Adoleszenz? Was hat das zu bedeuten? Welche Bedeutung hat das Haiku? Aber ich höre mich an wie ein Polizist; das letzte, was ich sein möchte.

Und »Unsinn«, sagte Vera. »Er singt eben gern. Und nach dem, was du erzählst, singt er gut. Harmlose Eitelkeit. Den Mädchen schadet das doch nicht.«

Einfach ›typisch englisch‹ eben. Sie haben eine Laienspielgruppe. Niemals würde man dergleichen bei den Franzosen antreffen. Die Deutschen haben Chöre, und bei den Holländern, heißt es, ist es ein Streichquartett. Warum zum Teufel denn nicht?

5

Vera Castang

Wir haben uns angefreundet – und da höre ich sofort auf. ›Angefreundet‹, ist das ein zu starkes Wort? Freundschaften mit Frauen waren nie mein Fall. Das klingt, als hätte ich viele Männerfreundschaften gehabt, was natürlich nicht zutrifft. Schreiben, die richtige Wahl der Wörter, ist so schwer wie das Zeichnen. Dennoch, seit ich ›zu Hause‹ war, bin ich auch in meiner Haut, in mir selbst mehr ›zu Hause‹. Macht das einen Sinn? Kann ich sagen, daß Iris und ich uns gut verstehen? Ich glaube, daß auch sie nicht von ›angefreundet‹ sprechen würde.

Im Haus habe ich irrsinnig viel zu tun. Es starrt vor Dreck, und ich schrubbe und schrubbe, und Wunderbares kommt zum Vorschein. Marmor im Vorsaal, ein schönes, glattes Einlegemuster. Gutes Holz an der Treppe. Auch an den Türen und Fenstern, unter einer gräßlich dicken Schicht alter Farbe. An den hohen Zimmerdecken sind sehr schöne Stuckverzierungen. Ich jage Henri die Leiter hinauf, damit er erst einmal tüncht, ehe das große Streich- und Tapezierprogramm in Angriff genommen wird. Langsam kann man aus den Fenstern sehen. Schön. Ja, mir gefällt Schaerbeek sehr gut.

Aber zur Putzfrau lasse ich mich bestimmt nicht machen.

Es kommt mir vor, als hätte ich mein gesamtes Eheleben mit Putzen zugebracht. Aha, sagt Henri, wenn ihm das vorgeworfen wird, aber diesmal ist es dein Haus.

Na und? Die ›Kate‹ war auch unser Haus. Jeder, der einmal in einem alten französischen Bauernhaus gelebt hat, müßte wissen, wie das ist. Steinplatten auf dem Küchenboden und unebene Fichtendielen. Schiefe Wände. Umständlich, treppauf, treppab. Die Kinder waren klein, spielten drinnen und draußen, trugen Schmutz herein. Der Speicher war voller Staub und Spinnweben. Alte Häuser mögen ja sehr romantisch sein. Aber warten Sie mal, bis Sie in einem leben müssen, wenn Sie zu arm sind, um sich eine Putzfrau zu leisten. Aber hier lass' ich mir die portugiesische Putzfrau nicht nehmen.

Die zweite Unzufriedenheit, die ihren Ursprung in der Vergangenheit hat – warum hat es bei mir nie zu einer richtigen Berufsausbildung gereicht? Weil ich ein Krüppel war. Anfangs saß ich tatsächlich im Rollstuhl, und später hinkte ich lange Zeit sehr stark, bewegte mich ungeschickt. Die Leute, selbst nette Leute, sahen mich schief an. Ihr Rücken, ja? Ja, oder meine Beine oder mein Hintern oder irgend etwas. In ihnen setzt sich die Vorstellung fest, daß man wahrscheinlich auch im Kopf nicht ganz richtig ist. Wir könnten Sie in der Telefonzentrale unterbringen oder so – meinen Sie, Sie würden das schaffen? Ich wollte eine richtige berufliche Ausbildung, und worin? Und dann kamen die Kinder.

Jetzt bin ich in nichts gut genug.

Praktisch alle diese Frauen hier in Brüssel haben wenigstens Teilzeitjobs, Aushilfsstellen. In der Bibliothek, beim Standesamt, im Kindergarten oder Krankenhaus. Die besseren sind *Les Dames Patronesses*, die sich um verwahrloste und verlassene Kinder kümmern. Es gibt die üblichen guten Werke, warme Kleider für rumänische Kinder. Verdienstvoll und dilettantisch. Keine dieser Gewissensberuhigerinnen macht sich je klar, daß eine einzige ausgebildete Fachkraft, Krankenschwester, Lehrer oder Techniker, Wagenladungen voll Altkleider und edler Gefühle wert ist. Und eine Fachkraft bin ich eben nicht. Ich war auf guten Kunstschulen in Bratislava und Prag. Ich zeichnete gut, kann ein wenig malen. Ich bin dennoch eine blutige Dilettantin. Iris versteht das.

Ich erinnere mich an die Tage, als ich Gefängnisbesuche machte. In meiner Jugend war ich in bezug auf Henris Arbeit bei der Polizei voller Idealismus. Er brachte sie in den Knast; da mußte ich doch etwas für sie tun. Das Kostbarste, was ich ihnen brachte, waren Toffees. Tee und Teilnahme sind so schlecht nicht, sie haben auch ihren Wert. Ich habe, glaube ich, einiges Gute bewirkt, ehe dem Direktor das Ganze unsympathisch wurde, und er meinte, ich sei subversiv. Sie sollten sich doch nur *ruhig* verhalten. Her mit dem Valium. Wie dem auch sei, am dringendsten brauchen diese Jungen Sex. Auch da war ich keine Fachkraft. Selbst wenn so etwas möglich wäre, was es ja nicht ist.

Die Wohnung in Woluwe St.-Pierre – ja, die war scheußlich. Und da, dieses Haus ist wunderbar, auch wenn es aus dem frühen neunzehnten Jahrhundert stammt, und ich mich noch immer nach etwas Modernem sehne. Lerne spanisch, dachte ich mir. Henri spricht es, fließend und schlecht. Es klappte aber nicht, weil ich, ehrlich, viel schneller vorankomme als der Rest der Gruppe, und das ist langweilig. Die Tanzgruppe macht Spaß, wir kostümieren uns; knallen mit den Absätzen, werfen unsere Röcke und zeigen unsere Unterhosen. Es tut uns gut, so zu tun, als seien wir Andalusierinnen, und es ist außerdem absolut *lächerlich*. Ich komme auf Touren, wie Henri es ausdrückt. Auch das ist lächerlich.

Iris hatte ebenfalls beschlossen, Spanisch zu lernen. Sie sagt, sie sei völlig unwissend, was nicht stimmt, sie ist eine hochgebildete Frau. Sie ist älter als ich, gut fünfundfünfzig. Elegant angezogen und eine schöne Frau. Ich muß sie immer ansehen. Aber keine Mißverständnisse bitte. Ich weiß, die lesbische Liebe ist im Trend, aber für mich nicht das Richtige, tut mir leid. Hier gibt es überall Frauen, die sich gegenseitig trösten. Ich kann das verstehen, weil die meisten Frauen ein trostloses Leben führen. Trösten wir, Iris und ich, uns gegenseitig? Ich glaube ja, aber wir ziehen uns dazu nicht aus.

Ihr Gesicht besitzt eine starke Schönheit. Ausgeprägte Züge, umrahmt von diesem kurzen, wirren Haar, zum Malen. Sehr große Augen und ein großer Mund. Ich versuche, das zu malen, bisher mit wenig Erfolg. Sie ist verzweifelt über die große unförmige Nase. Ist die aber nicht besser, als ohne herumzulaufen, wie so viele amerikanische Frauen, die aussehen wie die Pekinesen? Zu Hause und in der Schule wurde ihr eingebleut, sie sei reizlos und unansehnlich. Engländer und Iren finden an ausgeprägten, starken Zügen nichts Bewundernswertes. Was ist sie? Es ist nicht einfach, das zu verstehen. ›Anglo-Irin‹ – was ist das?

Sie hat es mir erklärt, ausführlich, weil die irische Geschichte kompliziert ist. Grob gesagt, die Engländer eroberten und kolonisierten von frühester Zeit an: Normannen, und sie ist normannischer Abstammung, kommt aus einer dieser alten Familien. Nicht gerade Hauteville – Robert Guiscard ist mir ein Begriff –, aber so ähnlich, Räuber und Banditen, die aus der Normandie fortzogen, um Land zu suchen, und es in Sizilien oder Irland fanden, Landbesitzer wurden, Schlösserbauer. Ihr Bruder – sie hatte einen Bruder, zwölf Jahre älter als sie, und dazu einen Haufen Schwestern – war der letzte Baron, aber da besaßen sie schon keinen Penny mehr. Die Männer hatten alle Namen wie Tancred und Humphrey. Die Frauen bekamen die Namen von Blumen oder Tugenden. Beinahe hätte man sie Prudentia getauft (ein Scherz wahrscheinlich, weil sie die Jüngste war).

Ist das nicht bemerkenswert? Nein, sagt sie, an den Normannen ist nichts Außergewöhnliches; man findet ihre Nachkommen heute noch, wenn auch jetzt nur noch wenige mit Geld und Titel.

Das war in Ordnung in den Zeiten, als alle katholisch waren. Aber als die englische Krone die Religion wechselte, fing der Ärger an. Und ihre Familie war nicht nur katholisch, sondern gehörte auch noch zur Anhängerschaft der Yorks (ich habe da nur eine vage Ahnung) und setzte sich ziemlich in die Nesseln. Von da an verlor sie an Vermögen und Bedeutung, weil nachfolgende englische Regierungen straften und konfiszierten – gut, gut, ich weiß von den Religionskriegen. Das sind immer die schlimmsten. Wir hatten sie zu Hause auch, zur Genüge. Cromwell kommt mir vor wie der Schlächter von Magdeburg. Ob Katholiken oder Protestanten, sie sind austauschbar, wenn es um Barbarei und Bestialität geht. Irgendwann ging die Familie zum Protestantismus über, um ihre Haut zu retten, wenn es auch, falls ich richtig verstanden habe, weniger um die Haut als um den Grundbesitz ging.

Ein merkwürdiges Paar sind wir. Die kleine Madame Castang, entschieden plebejisch, auf einem Stuhl mit Armlehnen sitzend, dem mit der geradesten Rückenlehne, die Knie zusammen und die Lider gesenkt wegen des Blocks auf ihrem Schoß. Sie macht eine Bleistiftskizze von Iris, die sich gern seitlich auf dem Sofa zusammenrollt, den Kopf in die Hand gestützt und darunter viele, sorgfältig arrangierte Kissen. Eine klassische Pose, mit den beiden Rundungen, die sich die Waage halten, Arm und Handgelenk zu Hüfte und Schenkel. Mrs. Claverhouse nun entschieden Lady C. Volltönende, gedehnte patrizische Stimme.

Dieses Drehen des Fähnchens nach dem Wind ist die große Familienschande. Irgendein Urgroßvater merzte sie wieder aus; offen gesagt, mir ist der historische Hintergrund nicht vertraut genug. Menschen, die vor zwei Jahrhunderten gelebt haben, sind für Iris lebendig, sie kann mit ihnen Gespräche führen. Aber vor allem darf man nicht vergessen, daß Katholischsein einen noch mehr zum Iren macht und darin kulminiert, anti-englisch zu sein. Wir sind am Knackpunkt der ganzen Geschichte angelangt.

Ich saß da und ließ mir erzählen. Ich würde Iris' Vertrauen nicht mißbrauchen. Es ist gut jetzt. Ihr Geheimnis, arme Frau, war bei mir sicher.

Ein älterer Bruder und eine Schar Mädchen. In adeligen Familien der Sohn der Augapfel, wenn er der einzige ist. Das Familienerbe, die Tradition, der Titel. Für den Jungen auch eine schwere Last.

Es brodelte in seinem Kopf, der Katholizismus und der Haß auf England. Man kann es bis heute in der IRA sehen. Wir sehen es mit der Optik der Engländer. Die sind auch nicht besser, wenn es darum geht, ihre eigenen Verbrechen weißzuwaschen, aber ich bin überzeugt, Iris hat recht, wenn sie sagt, daß sie wirklich nicht begreifen. Sie sehen es nicht als ein Verbrechen. Sie waren immer die gerechten, gütigen, toleranten Herren. Die Iren sind die tollwütigen Diebe und Mörder, ohne Wahrheit und ohne Ehre.

Ich habe gerade genug moderne Geschichte nachgelesen. Ulster, die Provinz im Norden, voll schottischer Presbyterianer, die das konfiszierte Land an sich rissen. Eine berühmte militärische Kaste, die dem Empire Soldaten und Verwalter lieferte, und als die anderen drei Provinzen endlich ihre Unabhängigkeit erhielten, war Ulster nicht bereit zu folgen. Die schwarzen schottischen Protestanten – ich habe von dieser calvinistischen Mentalität eine Ahnung – betrachteten die Iren als Gesindel. Eine normannische Familie, die seit mehr als siebenhundert Jahren auf ihrem Land sitzt, betrachtet sich selbst aber nicht als Abschaum. Und auch nicht als tollwütig. Von ihrem Standpunkt aus tat der Junge nichts Wahnsinniges.

Er war zwölf Jahre älter als Iris; 1941 war er achtzehn. Ein hochaufgeschossener, kräftiger, blonder junger Mann, gewohnt, zu Pferd zu sitzen, ein Schwert zu tragen. Er ging zur SS. Ich weiß von vielen anderen, die das auch taten. Was ist denn mit Léon Degrelle, hier, aus Belgien? Der Katholizismus, die armen Unglückskinder wurden alle pro-Franco aufgezogen (Iris war noch zu jung). Nicht nur unser eigener guter Tizo predigte rotglühenden Faschismus. Viele verrückte Monsignori führten Feldzüge gegen die Bolschewiken. Degrelle hatte einen ganz berühmten namens Lupe de Mayol, offizieller Geistlicher einer ganzen SS-Division, und Sie hätten Himmlers Gesicht sehen sollen, als man von ihm verlangte, das zu schlucken. Die Heilige Kirche schweigt jetzt still wie das Grab zu all diesen Episoden. Iris, die großen Augen weit geöffnet, hat phantastische Geschichten (sehr wahrscheinlich keine Phantasien) über die irische Geistlichkeit zu bieten.

Der Junge bekam posthum auch noch das Ritterkreuz. Er fiel vor Smolensk. General Gottlob Berger, dieser anständige Mann, sorgte dafür, daß die Auszeichnungen zusammen mit seiner persönlichen Belobigung heimlich über die deutsche Botschaft in Dublin zur Familie gelangten. Tja, das war das Ende der Familie. Der Vater lebte keine sechs Monate mehr, die Mutter vielleicht noch zwei Jahre. Ausgeblutet. Diese alten Familien sind häufig merkwürdig saftlos, und wenn eine Krise auftritt, fehlt ihnen die Widerstandskraft. Sie hatten ihr ganzes Geld verloren, und dann brannte ihr Haus nieder.

Auch das ist seltsam. Iris sieht es als eine Art Jüngstes Gericht. Das Haus hieß *Spanish Point*. Kein Schloß (sie hatten ein Schloß besessen, doch das wurde drei- oder vierhundert

Jahre früher dem Erdboden gleichgemacht), aber es hatte ein besonderes Gesicht – niedrige runde Türme und gekrümmte Kolonnaden, die zu einem Mittelflügel zusammenliefen. Ihre Beschreibung, von Wehmut und Heimweh gefärbt, ist verwirrend, und zeichnen kann sie nicht. Viele dieser Häuser wurden niedergebrannt, vor allem im Bürgerkrieg 1922. Die üblichen Repressalien. Das ihre wurde verschont. Von beiden Seiten abwechselnd besetzt, und nicht einmal ein Kratzer an den Möbeln. Nur damit es dann um 1947 herum durch ein Unglück niederbrannte. Iris' Kindheit verbrannte mit ihm. Ich bin keine Psychiaterin. Die Mädchen machten Schlimmes durch. Sie spricht jetzt mit Humor davon. Man kann sehen, daß vieles gut war an de Valeras Irland. Vieles auch nicht.

Dies alles zog sich über mehrere Tage hin. Ich hörte zu und zeichnete. Iris ging hinaus und machte Tee – Irin genug, um den Tee eimerweise zu trinken. Als sie einmal angefangen hatte zu reden, gab es kein Halten mehr.

Wie viele von uns gibt es, die nicht mehr nach Hause können?

Ich war Slowakin, und bin ich jetzt Tschechin? Iris, die keine Engländerin sein möchte und Angst hat, Irin zu sein. Eamonn Hickey ist auf seine verschlossene Weise ein Freund geworden, und er sagt, er kann sich nicht darüber klarwerden, wer schlimmer ist, die irischen Katholiken oder die schottischen Calvinisten. Oder Henri, der nicht weiß, was er ist, aber immer unfranzösischer wird.

Gehört nicht Harold Claverhouse auch hierher? – so englisch und so sehr bereit zu sagen, er hasse es. Ich werde nicht klug daraus – aus der schrecklichen Kluft zwischen den Klassen, Nord-Süd, Reich-Arm.

Überall begegnet man Russen, die sich danach sehnen, nach Hause zurückzukehren und sich fürchten, es zu tun. Und die Deutschen! Die ziehen die Vereinigung durch, so schnell sie können, und behaupten, sie seien begeistert. Und haben eine Heidenangst. Niemand weiß, wie viele Deutsche es im Osten gibt (und warten Sie erst mal, bis Sie einen treffen, dessen Eltern Schlesier sind). Es geht ihnen wie dem Zauberlehrling. Da kommen plötzlich unübersehbare Schatten anmarschiert, und sie haben die Zauberformel vergessen.

Wir bemühen uns, ein Europa für uns alle zu bauen – ja, auch für die, die stur zu Hause sitzen und von ihrer Souveränität schwafeln. Man kann das alles hier studieren, in Belgien, das erst ein Land wurde, als man die Franzosen und die Holländer los war und mit den Wallonen und Flamen dastand, die alle wütend aufeinander einschlugen; sie tun es noch. Ist das alles, was wir sind? Kleine streitsüchtige Stämme? Was wollen wir denn mit den Ungarn in Transsylvanien tun?

Es muß Iris und mich einschließen und Raisa auch. Es wird ein unglaublich hartes Stück Arbeit werden.

6

Henri Castang

wann zu jetzt und baum zu blatt
lacht sie sein glück weint an seiner statt

Ich bekomme einiges von Vera ab, die große Schwierigkeiten hat, ihr Tschechischsein zu verlernen – denn niemals in all den vergangenen Jahren hat sie sich auch nur im entferntesten als Französin gefühlt – und Europäerin zu werden. Ich sollte es verstehen, da ich selbst dabei bin, meine französische Haut abzuwerfen. Ich bin mit einem Nachbarn ins Gespräch gekommen, der aus dem Teil kommt, ›den sie Deutschland nach

1918 abrasiert haben‹. Er hat einen deutschen Namen, er ist Deutscher; nein, ist er nicht, er ist Belgier. Eines unserer anregenderen Gemeinschafts-Mitglieder.

Auch auf der Ex-Polizisten-Ebene habe ich meine Schwierigkeiten. Ich habe keine Lust, für irgendeine Parallel-Polizei den Laufburschen zu spielen. Sie (wer auch immer ›sie‹ sind) haben zwei Versuche gemacht, mich weichzukneten – ›mit meinen Eiern zu spielen‹ ist ein Ausdruck, den ich in Flandern gelernt habe. Einen dritten wird es nicht geben, das kann ich Ihnen versprechen. Doch mein Polizisteninstinkt und meine ganz gewöhnliche Vorsicht flüstern mir zu: Bleib ruhig. Ja, und locker auch.

Vera ist ganz dick mit Iris und erzählt keinen Piep; weibliche Geheimniskrämerei. Ich trage meine eigenen kleinen Gefechte aus und sage ihr nichts davon. Es verliehe ihnen zu große Bedeutung, sie Spione zu nennen, aber ich wünschte doch, ich wüßte, wer sie sind. Ene, mene oder mu.

Ich bin, ob ich will oder nicht, wieder bei der polizeilichen Ermittlungsarbeit gelandet. Warum nicht? – Es ist doch sowieso das einzige, wofür ich ausgebildet bin.

O Gott, ich hätte es kommen sehen müssen. Ach, das ist dieser Quatsch, den man hinterher immer sagt. ›Es‹ nicht – aber die Warnsignale hätte ich sehen müssen. Es fehlte nicht an ihnen. Wozu ist denn Erfahrung da?

Auch das sagt man, und die Antwort lautet ›zu nichts‹. Jedes Mal ist das erste Mal.

Ich habe nie eine Erfahrung gemacht, die mit dieser im entferntesten Ähnlichkeit hatte. O ja, ich habe mit Morden zu tun gehabt, die aus heiterem Himmel kamen: hochgeachtete Herren, die letzten, von denen man gedacht hätte usw., usf. Aber das hier; es ist so öffentlich und so privat. Schlagzeilen in der *Bildzeitung*, und natürlich stürzt sich die gesamte Revolverpresse darauf, mit der Betonung auf dem englischen

Aspekt. Die Belgier regen sich auf, und ich – ich kann sehen, wie ich mit allem fertig werde. Tut mir leid, ich muß nur mal Dampf ablassen; ich weiß schon, daß ich Unsinn rede.

In einem bürokratischen System muß man natürlich den Amtsweg gehen. Aber ich fand mich steil nach oben geschossen, wie in einem Expreßaufzug. Wie die Engländer zu sagen pflegen: Nicht einmal mit der Bootsstange würde man diese Sache anrühren. Kein schlechtes Bild; man findet manchmal in Kanälen ganz abscheuliche Dinge, die hochsteigen, wenn man sie anstößt. Ich landete vor der Tür des Generalsekretärs höchstpersönlich.

Er verschwendet keine Worte. Sah mich mit dem berühmten unsichtbaren Auge an. Seine Stimme veränderte die Tonhöhe nicht.

»Alles läuft weiter wie bisher.« Es macht ihm nie Mühe, frostig zu klingen. »Ich habe einen geschätzten Mitarbeiter verloren. Niemand ist unersetzlich. Ich nicht. Sie nicht.«

Kapiert.

»Die Sache wird wie jede andere Presseangelegenheit behandelt. Niemand hat etwas zu verheimlichen, und es wird nichts verheimlicht.

Sie – Sie verfügen über geeignete Berufserfahrung.«

Wahrhaftig, er hatte seine Quellen auf dem Schreibtisch liegen – mein Dossier. Es geht doch nichts über die richtige Information zur richtigen Zeit, und genau diese Bemerkung machte er.

»Mit den Engländern wird es Ärger geben. Bei den Belgiern habe ich keine Befürchtungen, mit denen werde ich schon fertig. Ihre Aufgabe ist es, dafür zu sorgen, daß ich jederzeit auf dem laufenden bin. Ich möchte Berichte von Ihnen, täglich, wenn nötig, bis der Wirbel sich legt. Ich werde veranlassen, daß Ihnen alle Geräte und Einrichtungen zugänglich sind, die Sie brauchen. Ich werde soweit wie möglich dafür sorgen, daß Ihnen die Kooperation der Polizei und der Gerichtsbehörden sicher ist. Die werden ihre Ermittlungen anstellen, und Sie die Ihren.

Es wird vielleicht Diskrepanzen geben. Ich erwarte sie sogar, und ich möchte über die Situation bis ins kleinste unterrichtet werden. Sie brauchen keine Angst zu haben, daß andere außer mir Ihre Kommentare oder Schlußfolgerungen zu sehen bekommen. Sie brauchen weder Verleumdung noch Klatsch oder politische Intrigen zu fürchten.« Er legte seine Hand flach auf den Hefter vor sich, als wollte er verhindern, daß er aufflog.

»Ich habe hier das Empfehlungsschreiben des Direktors der *PJ*, mit dem er Sie für den Posten vorschlägt, für den er uns einen Kandidaten aussuchen sollte. Ich kenne ihn. Ich habe mit ihm gesprochen. Sie sind unbestreitbar ein fähiger Mann und ebenso unbestreitbar indiskret. Ich will hoffen, daß Sie Ihre Lektion gelernt haben.

Denken Sie daran. Ich stehe mit aller Autorität, die Sie brauchen, hinter Ihnen. Sie bekommen einen Titel, um Kommissare und Sekretäre zu beeindrucken – sagen wir, Sonderberater. Er ist nicht dazu gedacht –«, das Lächeln war scharf wie die Kante einer Glasscherbe – »Ihnen einen Tisch im Restaurant zu sichern, wenn Sie nicht reserviert haben. Ich möchte Fakten, Faktoren und Vermutungen haben. Wenn Sie sich Umständen gegenübersehen, mit denen Sie nicht fertig werden, setzen Sie sich mit meiner Sekretärin in Verbindung. Ich gebe Anweisung, Sie jederzeit vorzulassen – mißbrauchen Sie das Privileg nicht. Das ist alles.«

»In Ordnung.«

»Und, Castang –«

»Ja?«

»Wir haben es mit Menschen zu tun. Mit armen Menschen. Denken Sie daran, daß wir nichts anderes sind.«

»Natürlich.«

Ich suchte die Sekretärin auf. Sie war womöglich noch beängstigender als der Generalsekretär. Sie hatte eine gravierte Karte da, einer Hochzeitseinladung ähnlich – man hatte so einen Fall vorausgesehen –, auf der etwas von Sondervollmacht und vertraulichen Einrichtungen stand. Sie trug meinen Namen ein, unterschrieb die Vollmacht, ging hinein und holte sich auch seine Unterschrift.

»Die bekommt nicht gerade jeder. Diese hier bekomme ich zu gegebener Zeit zurück.« Und reichte mir ihre eigene Karte mit der Durchwahl. »Wenn ich nicht hier bin, stellt es automatisch durch. Er hat mir gesagt, was er will.«

Ich nickte. Es hatte irgendwie große Ähnlichkeit mit der Schlacht in der Bretagne. Erschien mein kleiner grüner Punkt auf dem Radarschirm, so würde man ihm einen Moment folgen, bis eine Stimme irgendwo in unterirdischen Gewölben sagte:

»Freundschaft«. Nur würde es heutzutage keine Waaf-Uniform mit gepflegtem Blondhaar und dem gepflegten Akzent eines englischen Nobelinternats sein. Eher ein japanischer Roboter, der sagte »Handabdruck« oder was sonst einem die Tür zum unterirdischen Bunker in Fort Meade, Maryland öffnete. Ich kenne niemanden, der es weiß; oder wissen möchte.

Der Generalsekretär war wenigstens noch ein Mensch, selbst wenn seine Sekretärin kein bißchen so aussah und redete wie J. Edgar Hoover.

Ich fuhr nach Hause. Ich würde eine Weile nicht ins Büro gehen. Ich hatte telefonisch ein paar hastige Erklärungen gegeben, die mit bodenloser Gelassenheit aufgenommen wurden. Harold ist sehr häufig abwesend, und diesmal würde seine Abwesenheit voraussichtlich von längerer Dauer sein.

Und wer interessiert sich für mich? Wir hängen beide im Limbo, aber das ist nun mal die Natur der Bürokratie. Es ist ja nicht so, als wäre ich im Strafrecht eine Autorität. Es ergab sich nur gerade, daß sie jemanden mit meiner Erfahrung suchten, quasi zu praktischem Ausgleich und Kontrolle von Harolds echter Sachkenntnis. Wir haben uns mit dem römischen Recht herumgeschlagen – entsetzliche Paragraphenreiter, diese Römer – und diesem sehr englischen Begriff, schwierig für jeden, der auf dem Kontinent studiert hat, dem sogenannten *Common Law*, dem vom Billigkeitsrecht unterschiedenen strengen Recht. Harold, wie zu erwarten, bestens vertraut mit diesem beeindruckenden Geflecht von Gewohnheitsrecht und Rechtsprechung. Ein guter und geduldiger Mentor. Kürzlich hat er mich durch das Labyrinth (voller Minotauri) des amerikanischen und des kanadischen Rechts gelotst. »Große Ähnlichkeit mit Ariadne haben Sie nicht«, hatte ich gesagt. »Die hat bestimmt nach Fisch gestunken.« Typisch. »Dauernd diese Tintenfische in den kretischen Kochtöpfen.«

Unsere Beziehung ist freundschaftlicher geworden. Ist das das richtige Wort? Kumpelhafter? Harold hat – ich kann einfach nicht ›hatte‹ sagen – da so eine Vokabel, die ›Jolyon Wagg‹ heißt. Sie stammt aus dem genialen englischen Spezialwortschatz Seraphin Lampions, des liebenswürdig vertraulichen Versicherungsvertreters in den Tintin-Büchern – man muß Tintin verstehen, wenn man versuchen will, Belgien zu verstehen...

Harold ist praktisch mit jedem auf ›Jolyon Wagg‹, setzt mit seiner beredsamen Liebenswürdigkeit alles durch, was er gerade will. Es ist aber auch eine Maske, hinter der sich der sensible, verletzliche und verschwiegene Mann verbirgt, der nicht leicht Freundschaft schließt.

Wir waren beide erschöpft nach einer Kreuzfahrt durch das

Deliktrecht. Wer zum Teufel hat das nur erfunden? Auf Englisch heißt es ›*Torts*‹, und das klingt sehr nach den Normannen, die auf ihre langweilige Art genau solche Paragraphenreiter waren wie die Römer: Erst begeht man die empörendsten Handlungen, und dann produziert man gewundene und grauenvoll komplizierte gesetzliche Rechtfertigungen dafür, daß man Frauen vergewaltigt oder den Leuten die Augen aussticht. Die Könige aus dem Geschlecht der Plantagenet waren darin besonders gut. Wir saßen ziemlich spät noch im Büro und tranken ein Glas.

»Kommen Sie doch noch mit zu mir, ich möchte Ihnen etwas zeigen.«

»Gut. Ich rufe nur Vera an und sage ihr, daß ich später komme.«

Wir stiegen in den berühmten Lancia – sechzehn Vergaser (oder sind es Ventile?), Turbo. Turbulent ist das richtige Wort. Mr. Toad, sagte Eamonn Hickey (es ist einer der grundlegenden Texte zum Verständnis der Engländer, wie auch *Alice* oder *Wiedersehen in Brideshead*). Wer war das gleich, der Pup-pup machte? Neben Blackstones *Kommentaren* muß man sich auch mit Jabberwocky vertraut machen.

Er hat im Haus einen Raum für sich, das, was die Amerikaner *den* nennen, eine Männerdomäne, in die sie vor den tyrannischen Frauen flüchten. Eine vernünftige Idee, weil ein Mann, selbst wenn er es nicht nötig hat, unter den ausgestopften Tigern kernig und männlich zu sein, einen Ort braucht, an dem er mal eine Schweinerei machen kann, ohne diese gräßliche Aufräumerei hinterher. Die Frauen wollen einen Platz für sich; das ist genau das gleiche. Dieser Raum war voller Bücher und Musik; ein Keller mit, sagen wir, Modelleisenbahnen hätte mich überrascht. Wobei man natürlich nie weiß, was sich hinter der Fassade eines Hauses verbirgt.

Ich fühlte mich geschmeichelt, glaube ich. In das private Reich eines Mannes eingeladen zu werden, ist nicht nur ein Zeichen der Freundschaft; es zeigt Vertrauen. Männer sind mißtrauische Geschöpfe. Als Polizist wäre ich mißtrauisch gewesen – ach, was können da für Komplikationen entstehen –, aber ich bemühte mich zu lernen, kein Polizist zu sein. Ich befand mich unter Menschen, deren öffentliches Leben voller Pflichten und Verantwortung war, starkem politischen Druck ausgesetzt, die im Privatleben Kompensation suchen. Ich glaube, es hätte mich nicht gewundert, Harold mit einem Funkgerät anzutreffen, über das er mit Leuchtturmwärtern Schach spielte. Selbst die Modelleisenbahn – ich meine, warum zum Teufel nicht?

»Möchten Sie etwas trinken? Etwas Alkoholisches? Oder lieber etwas anderes? Kaffee?«

Ich war durstig und nahm ein Perrier. Von Iris war nichts zu hören und zu sehen; das Haus schien leer zu sein. Ich erinnere mich, daß ich überlegte, was sie den ganzen Tag mit sich anfing. Eine einsame Kinogängerin? Streifte sie mit dunkler Brille wie die Garbo durch die Stadt? Hatte sie Liebhaber?

Der Raum war groß, Platz für viele Möbel. Er hatte zwei Schreibtische und zwei Schränke, um die er zu beneiden war, sehr schöne viktorianische Arbeit, unzählige kleine Mahagonischubladen, genauestens eingepaßt, für Sammelgegenstände gedacht – Schmetterlinge oder Mineralien oder napoleonische Spielzeugsoldaten. Für so etwas braucht man Geld und Muße. Ein Polizist hat beides nicht. Zigarrenbauchbinden? – Nein, das schien zu trivial für einen Mann von Harolds Kaliber. Er sah meinen begehrlichen Blick. Ich schreinere ein bißchen, aber zum Möbeltischler reicht es natürlich nicht. Jetzt, da ich ›Senior‹ bin, werde ich mich vielleicht auf die Suche nach einem Stück Zedern- oder Kirschholz machen und etwas mehr Ehrgeiz entwickeln; ich arbeite gern mit meinen Händen.

Harold sah zu, daß seine Zigarre gut zog, trank aus einem großzügig eingeschenkten Glas Kognak und zog eine der kleinen Schubladen auf. Innen mit pflaumenfarbenem Samt ausgeschlagen.

»Es war ein glücklicher Zufall, daß ich die gefunden habe. Eine Sonderanfertigung, und ich habe die ganze Geschichte gekauft.«

Er hat alte Fotografien, ich sage einfach Daguerrotypien, weil ich von diesem Gebiet nichts verstehe; es gibt mehrere technische Prozesse und Variationen, auf Glas, auf besonders präpariertem Papier, elfenbein- oder pergamentbeschichtet, manche silbrig, andere sepiabraun – wunderbar zarte Nuancen von Licht und Schatten. Die handwerkliche Kunst dieser alten Knaben (und auch Frauen) im letzten Jahrhundert; ich hatte ja keine Ahnung gehabt; atemberaubend. Viele in aufwendigem Rahmen: Zweiglein und Schnörkel, Stuck, Vergoldung, Schnitzerei und Voile mit Samtmuster: Sie mußten eine Menge Geld wert sein, aber das ist nicht der springende Punkt. Der springende Punkt ist, daß es lauter erotische Fotografien waren. Harold lachte. Herzhaft.

»Der Voyeur, alter Freund.« Man geht also auf das Spiel ein. Pornos waren es eindeutig nicht, wenn auch einige verdammt nahe daran waren. Vor einem Gericht wäre die Grenze unmöglich zu ziehen (wie bei vielen unserer Begriffe, bei denen die Formulierung einer rechtlichen Definition so schwierig ist wie jede Aufgabe, die man einem viktorianischen Fotografen stellen könnte). Hier etwa würde man fragen, wie anspruchsvoll der subjektive Blick des Sammlers ist.

»Genau das ist es«, sagte Harold entzückt. »Einige dieser alten Burschen waren nämlich entschieden unanspruchsvoll, im Gegenteil ausgesprochen derb. Man muß sieben. Porno und Päderastie kann man an die Händler zurückverkaufen. Das tut dem Geldbeutel gut, denn dieses Zeug ist verdammt teuer. Ich habe gerade einige da. Ich zeige sie Ihnen.«

Er griff in eine andere Schublade und brachte vielleicht zwanzig vom üblichen Kaliber zum Vorschein; Hausmädchen in Häubchen und Schürzchen, und edwardianische Damen, denen die spitzenbesetzten Pumphosen heruntergezogen wurden, damit der gleichermaßen übliche bärtige Gentleman in geistlicher oder akademischer Tracht sie züchtigen konnte: eigentlich recht lustig und vielleicht weniger derb als ... »Ja, finde ich auch«, sagte Harold. »Was einem nicht gefällt, ist der Wunsch zu erniedrigen, zu demütigen oder Rache zu üben, hm, nicht?« Doch ja, und diese behaarten viktorianischen Schwänze, die sich in erstaunlich buschige viktorianische Muschis bohren, reifen Gesäßbacken, die in feuchtem moosigen Dickicht überreife Feigen umschlossen, sind eben doch derb.

»Aber die hier gefallen mir.« Balthus-Mädchen, mit geheimnisvollen Gesichtern auf einem schäbigen Sessel in einem spärlich möblierten französischen *château*. Draußen wird wahrscheinlich ein feuchtfröhliches Weinfest gefeiert, und im Weinlager werden von Georges Simenon dralle Bauernmädchen *détrussées* (›Klein-Anni ging in den Keller, um einen Krug Wein zu holen‹, berühmter Monolog Lotte Lehmanns, bei dem Richard Strauß sich kaputtlachte). Aber hier in diesen verblichenen Louis-Philippe Zimmern, im glanzlosen, reichlich mottenzerfressenen Grau und Gold, in diffusem, gedämpftem Licht sind die Mädchen, die ihre Kleider ablegen, fern, distanziert: kein keuchendes Atmen. Selbst die lesbischen, ungeheuer beliebt um 1880, junge Mädchen, die bereits entkleidet sind und von reifen Damen, diese ihrerseits im gefälligen Negligée gelockerter Korsettverschnürung, schmachtend umarmt und liebkost werden, sind selten vulgär und selten schmutzig. Eine Köstlichkeit Nabokowschen Stils, diese wiederholten Dreierkonstellationen von Achselhöhle und Scham, sehr Ada-Lucette, aber als Porno könnte man es schwerlich bezeichnen. Man befindet sich nicht in der Welt der Bergman-Bischöfe, die sich allzu eingehend für die auf dem Topf sitzende Fanny oder Alexanders Matrosenkragen interessieren.

Ich erinnere mich, Harold locker und entspannt in Gesellschaft seiner Zigarre und seiner Mädchen zurückgelassen zu haben. Strahlend, leise lachend, ohne die geringste Sorge der Welt.

Dieser Harold, der mir da auf dem Sofa gegenübersitzt, völlig aus den Fugen und desorientiert, in seinen Kleidern geschrumpft, ist nicht wiederzuerkennen. Die kräftige, glatte Advokatenstimme stolpert und stottert, die Tonhöhe flackert wie der Blick, das gesunde braungebrannte Gesicht ist fleckig. Er ist nicht ganz da. Ganz sicher ist er nicht bei klarem Verstand, und selbst seine Körperkoordination ist völlig außer Tritt. Wie er ohne Unfall in seinem überzüchteten, schnellen Auto hierhergekommen ist, ist ein Rätsel. Ich ging zum Vorderfenster; wir waren im Wohnzimmer im ersten Stock; ja, der Lancia stand draußen, halb auf dem Bürgersteig; nur ein kleines bißchen schief. Der Schock zeigt sich in den merkwürdigsten Formen. Abseits von der großen Ringstraße ist um diese Abendzeit nicht viel Verkehr.

Elf Uhr. Vera ist zu Bett gegangen und schläft, wie ich hoffe, mittlerweile. Wir sind beide Morgenmenschen. Gut so; wenn ein Frühaufsteher eine Nachteule heiratet, kann das Probleme geben. Vor zwanzig Minuten pusselte ich im Morgenrock herum, mit den abendlichen Erledigungen beschäftigt: Ist das Gas abgestellt, der Thermostat heruntergedreht, sind die Läden geschlossen, die Türen abgesperrt, die Mülltonne draußen? Sie hat vielleicht die Glocke gehört, sich flüchtig gefragt, wer das sein kann – wie ich das tat –, wahrscheinlich jemand, der sich in der Hausnummer geirrt hat, und ist dann eingeschlafen; was immer es auch sein mochte, ich würde schon damit fertig werden. Als ich die Tür öffnete, soweit die Kette es zuließ, sah, daß es Harold war – ausgerechnet –, bedeutete ich ihm automatisch mit einer Geste, leise zu sprechen, denn Stimmen prallen von diesem Marmorboden ab und steigen den Treppenschacht hinauf. Er schwankte, und ich glaubte, er sei betrunken. Erst als ich ihn hinaufbefördert und auf dem Sofa deponiert hatte, ging mir auf, daß es etwas Schlimmeres war. Glasige Augen, lallende Sprechweise, lieber Gott, stockblau, der gute Harold, und das ist überhaupt nicht seine Art. Sie verstehen? – rein gesellschaftliche Verlegenheit.

»Trinken Sie lieber nichts mehr.« Was konnte ich ihm geben, ohne daß er danach die Treppe hinunterstürzte? Die Toiletten sind hier auf dem Zwischenabsatz; das ist die vernünftige Architektur des vergangenen Jahrhunderts.

»Ich habe nicht viel getrunken.« Überrascht. Die Stimme klar, der Ton höchstens verblüfft. Da dachte ich an Tabletten. Aber Harold ist kein Drogie. Ein plötzliches, niederschmetterndes Virus vielleicht?

»Möchten Sie dann einen Drink?«

»Ja. Whisky. Was Sie da haben.«

Es stand noch eine halbe Flasche Rotwein vom Abendessen da; der würde ihm nicht schaden. Seine Zähne schlugen aufeinander, und er hatte Mühe, das Glas ruhig zu halten, hätte sich den Wein beinahe auf sein Hemd gegossen. Er kippte ihn hinunter, verkrampfte seinen Unterkiefer, aber die Augen wurden klar.

»Iris getötet«, sagte er. Er sagte nicht, ich oder er oder sie. Aber mein schläfriger Geist ging in Habachtstellung. Harold ist hergekommen, weil er Hilfe braucht. Weil ich Polizist bin oder war. In dem Haus ist etwas Schlimmes geschehen. Ein gewaltsamer Einbruch? Ist Iris die Treppe hinuntergestürzt? Ich weiß von Vera, daß sie viel trinkt – und allein.

Ich begann also Polizeifragen zu stellen; kurz, einfach. Aber die Antworten ergaben keinen Sinn. Immer offenkundiger wurde lediglich, daß ich hinfahren und mir die Sache ansehen mußte, denn was immer es war, er war nicht in der Verfassung, sich darum oder auch nur um sich selbst zu kümmern. Er leerte die Flasche und wurde ruhiger, aber die Augen fielen ihm zu. Ich kam zu einer Entscheidung.

»Ich kümmere mich darum. Geben Sie mir Ihre Schlüssel.« Unser Auto stand in der Tiefgarage und seines blockierte den Bürgersteig. »Ziehen Sie Ihr Jackett und Ihre Schuhe aus. Legen Sie sich hier hin und schlafen Sie ein bißchen.«

Er gehorchte ohne Widerrede. Aber das war nur ein vorübergehendes Einschlafen nach der Erregung; er konnte jederzeit wieder aufwachen, und was dann? Ich mußte Vera wecken. Sie wachte leicht auf und war nur eine Sekunde unwirsch. Wie immer in einer Krise, gleich welcher Art, war sie klar und zuverlässig. Sobald sie begriffen hatte, war sie auf den Beinen, schlüpfte in eine Hose und eine Bluse. Nein, Morgenröcke, wenn Fremde im Haus sind, das kommt für Vera nicht in Frage. Harold ist mein Freund, nicht ihrer.

Es war ein ruhiger, schöner Sommerabend. Unsere Straße schlief schon; ein paar Lichter hier und dort, ein Mann, der den Hund auf die Straße führte. Der prachtvolle Motor sprang sofort an, und ich nahm schleunigst den Fuß vom Gaspedal; das ist kein Volkswagen. Ich war angespannt, und meine Füße fühlten sich verkrampft an. Ich schaltete sehr vorsichtig. In der Stadt war dichter Verkehr, aber locker, fließend, man fuhr ja nach Hause, und ich brauchte nur an den Kreuzungen die Augen offenzuhalten und auf einen leichten Fuß zu achten. Aufmerksam und der Maschine gegenüber sensibel sein zu müssen, half mir, die Dramatik aus der Situation herauszunehmen. Ganz gleich, was geschehen ist, ein Polizist gerät nicht in Erregung. Dafür bin ich immer noch Polizist genug. Die leichte, flüssige Fahrweise des Lancia, seine Sicherheit in den Kurven waren genau das, was ich wollte.

Iris ist zweifellos schwer verletzt und vielleicht sogar tot. Harold kam nach Hause und fand dort etwas so Erschreckendes vor, daß er völlig aus dem Gleichgewicht geworfen wurde. Er macht sich Vorwürfe, fühlt sich schuldig, derartige Übertragung kommt häufig genug vor. Bei so einem hypernervösen Organismus kommen die Dinge direkt an die Oberfläche, Schock ist traumatisch, er weiß nicht, was er tun soll. Er kommt zu mir, eine gute und rührende Demonstration, daß er mich als Freund sieht. Ich bin Polizist, und er kann diese eine Facette unserer Beziehung sehen; daß ich weiß, was zu tun ist, ganz sachlich und ohne Dramatik. Harold ist vor allem ein Mensch, der gern dramatisiert; alle seine Reaktionen sind theatralisch.

Fange etwa auch ich jetzt an zu dramatisieren? – Hinter mir war ein Auto; der Abstand zwischen den Lichtern und die Konturen der Silhouette wurden allmählich allzu vertraut. Ich bremste ab, während ich in meiner Seitentasche nach einer Zigarette kramte; der Wagen überholte nicht. Ich fuhr etwas schneller, und er hielt mit. Als wollte man mich wissen lassen, daß man da war.

Daraufhin versuchte ich es mit einem einfachen Trick: Ich tat so, als sei ich mir des Wegs nicht sicher, hielt vor einer Kreuzung, wie es ein unsicherer Fahrer zu tun pflegt, der nach einem Wegweiser sucht. Der Wagen wartete ein Stück hinter mir, wie ein Hund, der ein ausgebrochenes Schaf treibt: mit freundlichen Gesten, aber auch mit Drohungen.

Ich dachte an Flucht; es gibt genug Autobahnen rundherum und wenige Autos, die so geschwind sind wie der kleine Lancia. Ich hatte schon genug um die Ohren. Ich beschloß, es zu ignorieren. Frage: Wer war mit Harold gekommen? Oder hatte er in meiner Straße herumgelungert? Wenn ich ankam, würden wir sehen, was geschah.

Es geschah gar nichts. Ich nahm Tempo weg, bog in Harolds Auffahrt ein, und er fuhr geradeaus weiter. Zwischen Bäumen eingekeilt, konnte ich nichts sehen. Kein Lichtschein; er hatte seine Scheinwerfer ausgemacht. Vielleicht hielt er an; es war mir immer noch egal. Es konnten Räuber gewesen sein, auf der Suche nach einem Kandidaten, der sich Angst einjagen ließ, wie die Typen, die im Dunklen eine Frau verfolgen und hoffen, daß sie Angst bekommt.

Ach, vergiß es. Konzentrier dich auf das Hier und Jetzt.

Das Haus war dunkel und still. Das fand ich merkwürdig. Wenn etwas Ungewöhnliches passiert, schaltet man doch nicht einfach alle Lichter aus und geht. Oder doch? Die Menschen halten an den sonderbarsten Gewohnheiten fest. Sparsamkeit beim Stromverbrauch; Veras Gewohnheit, immer überall die Lichter brennen zu lassen, macht mich oft fuchsteufelswild. Ich konnte eine andere, schwärzere Möglichkeit sehen: daß Harold, der etwas Entsetzliches in diesem Haus vorgefunden hatte, instinktiv versuchte, es aus seinem Blick zu verbannen. Polizisten werden nicht fürs Phantasieren bezahlt, und ich knipste ein Feuerzeug an, um das Haustürschloß sehen zu können und den Schlüssel zu finden. Dies hier ist kein Reihenhaus, sondern eine Villa, und die Wohnräume befinden sich im Erdgeschoß. Ich war oft genug hier gewesen, um mich auszukennen, aber ich mußte nach den Lichtschaltern suchen. Und ich fand Iris.

Ich bin, ich war Beamter bei der Kriminalpolizei. Ich war auf allen einschlägigen Polizeischulen; ich wurde ausgebildet und erhielt den letzten Schliff auf den Straßen von Paris. Ich habe also alles gesehen. Das zerfetzte, verbogene Metall bei einem schweren Verkehrsunfall schneidet wie eine Sense. Stich mich, und ich blute. Aber mähe mich mit der Sense nieder, und du bist von oben bis unten voller Blut. Und was Türen angeht – geh an ihnen vorüber. Keine Szene, die die Phantasie liefert, ist so grauenvoll wie die Wirklichkeit, aber wie die Krankenschwester hat der Polizist gelernt abzublokken.

Und jetzt bin ich ein braver kleiner Federfuchser. Viel Schmutz in den Köpfen gibt es hier, bei der Europäischen Gemeinschaft, aber die körperliche Gewalt, die gehört – na, sagen wir, nach Korsika. Ich bin das nicht mehr gewöhnt. Ich blieb stehen wie vom Donner gerührt und wandte mich ab. Ich weiß, wo die Flaschen stehen, und ging auf steifen Beinen dorthin. Ich brauchte einen Moment und einen Schluck von Harolds Whisky, ehe ich mich konzentriert, in den Griff bekommen und wieder herumgedreht hatte. Polizeibeamter jetzt und nur Polizeibeamter.

Diese bläuliche Verfärbung bedeutet Zyanose und gehört zur Asphyxie, diese tiefroten Male jedoch bedeuten Erwürgen. Hervorquellende Augen, geplatzte Blutgefäße, leichte Blutungen aus dem Ohr, es kann am Tod und an der Todesursache keine Zweifel geben, aber wir werden dennoch den *médicin-légiste* holen müssen. Wie heißt er auf englisch? – Ah ja, *forensic pathologist*. Und wir brauchen die zuständige *PJ*. Das *CID*, auf englisch. Welche Rolle, werden Sie fragen, spielt es, wie das auf englisch heißt? Ich will es Ihnen sagen: Es ist ein Abstandnehmen, ein automatisches Distanzschaffen. Das lernt man hier in Brüssel. Beim Englischsprechen wird englische Denkweise vermittelt; das gleiche gilt für Französisch. Harold spricht beide Sprachen unterschiedslos und gleichermaßen gut, aber er hat mich gelehrt, bei der Prüfung eines jeden Gedankens innezuhalten und mich zu fragen: ›Wie werden die in Dänemark das finden?‹ Denn die

Dänen, sehen Sie, sind für die Gemeinschaft so wichtig wie die deutsch-französische Achse. Denken Sie niemals an England, wenn Sie nicht auch an Irland denken. Wie Mr. Hickey zu sagen pflegt, *vive la différence*.

Denn es soll noch schlimmer kommen.

Iris hatte ein Hauskleid an, ein langes Ding, grün mit schwarzen Streifen, das vorn durchgeknöpft war. Darunter hatte sie nichts an, das war nur allzu offensichtlich. Blut aus der Vagina, wie es aussah. Ich ging nach hinten, in den rückwärtigen Teil des Hauses, und fand die Hintertür in der Küche unverschlossen.

Ein Szenarium begann sich umrißhaft abzuzeichnen. Ich weiß nicht, ob es Gewohnheit war, in so einem Hausmantel herumzulaufen, ohne etwas unterzuziehen. Vielleicht nahm sie vor dem Zubettgehen gern noch ein Bad oder eine Dusche. Vielleicht hatte sie sich ausgezogen, wie ich zuvor, und war hinausgegangen, um nach den Türen und dem Gas zu sehen. Vielleicht hatte sie ein Geräusch gehört. Ich war nicht hier. Es ist möglich, daß Harold es uns sagen kann – es ist möglich, daß sorgfältige Abgrenzung (Absperrung?) und akribische Arbeit an der *Identité Judiçiaire* uns (wer ist ›uns‹?) die Rekonstruktion ermöglichen. Ich schlug mir zunächst einmal alles aus dem Kopf. Ich bin die Polizei; dies ist der ›Tatort‹; ich bin in einem knallroten Lancia hier herübergebraust wie Schimanski. Ich bin Harolds Freund, und meine Loyalität gilt zuerst ihm. Arme Iris. Die Knöpfe waren aufgesprungen, die beiden Flügel des Kleides brutal auseinandergerissen, so daß die Frau vom Hals abwärts entblößt war. Ein klassischer Fall von Vergewaltigung und Mord. Ich konnte die Erinnerung daran nicht abwehren, wie Vera – ja, meine Vera – mit schrecklich knapper Not – ja, es hätte genauso ausgehen können. Sie hatte eine Waffe gefunden und damit ihrem Angreifer den Schädel eingeschlagen. Es gibt noch andere

Gründe dafür, warum diese Erinnerung mir unangenehm ist, aber die sind belanglos. Iris hatte keinen Schürhaken und keine brauchbare chinesische Vase gefunden. Sie hatte sich gewehrt, die Arme.

Du darfst nicht in Rage geraten oder zu brüllen anfangen wie Schimanski. Das hilft nichts.

Aber ich kann jetzt verstehen, daß das Harold, als er spät abends hier hereingekommen war und die Lichter angedreht hatte, aus seinem normalerweise unerschütterlichen Gleichgewicht geworfen hatte.

Ich konnte hier nichts tun, und ich durfte nicht herumpfuschen, sonst würde die Brüsseler *PJ* sauer reagieren. Ich mußte weg, zurück zu Harold, und tun, was nötig war. Am besten, ich sperrte die Küchentür ab, ließ die Lichter brennen und ging.

Wann war ich zuletzt hier gewesen? Vor zwei Wochen, um mir die erotischen Fotos anzusehen: Ach Mist, die wird jetzt die *PJ* finden und sich auf ihre plumpe Art darüber mokieren. Was hatte Harold damals gesagt (sarkastisch einen ehemaligen britischen Obersten Kronanwalt wiederholend)?

»Pornographie darf man niemals so herumliegen lassen, daß das Personal sie zu sehen bekommt. Oder die eigene Frau«, hatte er hinzugefügt. Und dies war Pornographie: Iris nackt, vergewaltigt, tot; für das Personal zu sehen. Es hatte ihn um so härter getroffen.

Und Pornographie ist auch die Verletzung der Intimsphäre. Ich war wieder draußen, saß im Lancia und merkte, daß ich die Hände über meinen Augen hatte. Ich hockte da wie ein Fleischkloß; beeindruckend würde ich aussehen, wenn ein vorüberfahrender Streifenwagen mich bemerken und anhalten sollte, um zu fragen, was zum Teufel ich hier zu suchen habe. Erschüttert wie ich war, fuhr ich langsam.

Leider hat auch die Polizei ihren Galgenhumor. Bitte halten Sie das nicht für Gefühllosigkeit – es ist weit eher ein Abwehrmechanismus. Aber diese blasse Färbung, so zwischen Blau und Violett – ich habe schon gehört, daß man sie Lavendel bezeichnete. Es ist die Farbe der Wieseniris. Man hatte der Toten einen passenden Namen gegeben.

Sie ist tot, und nichts, was wir tun, kann sie jetzt noch beschmutzen oder klein machen. Dennoch bemühen wir uns, den Toten Achtung zu erweisen. Das ist bei allen Völkern ein Glaubensartikel. Die Verbrechen der Hitler-Stalin-Ära finden wir abscheulich, weil die Lebenden gemordet und den Toten die Achtung versagt wurde. Die Schändung eines Friedhofs ist für uns schrecklich, weil den Toten die Würde geraubt wird.

Meine arme Freundin, ich durfte sie nicht einmal zudekken. Das ist leider Vorschrift, und ich habe zu oft erlebt, daß die Polizei bei ihrer Ermittlungsarbeit durch gutgemeinte Pietät behindert wurde. Nun kommen viele schwere Schritte und forschende Blicke. Viel hängt davon ab, was das für ein Beamter ist, dem die Leitung der Ermittlungen übertragen wird, aber es kann sein, daß sie dich hierher zurückbringen und zwingen, sie anzusehen. Es wird ihnen nämlich der Gedanke im Kopf herumgehen, daß du sie getötet haben könntest.

Wie soll ich Harold das erklären? Wie soll ich ihm sagen, daß auch mir dieser Gedanke im Kopf herumgeht, weil es sein muß, verstehst du. Man wird deine Privatsphäre und deine Würde angreifen, und Iris' Würde, die der Toten, mißachten. Das ist einer der häßlicheren Aspekte der Arbeit der Mordkommission.

Die belgische Justiz hat keinen sehr guten Ruf, für mich das Stichwort zu sagen, nein, aus vollem Hals zu rufen: ›Wer hat den denn schon?‹ Bei einem Mord wirst du auf eine Tatsache stoßen, die dir bekannt ist (wir haben darüber gesprochen), aber die du aus einem Instinkt heraus, den du nicht kontrollieren kannst, ablehnst: wie beim Erbrechen. Du wirst feststellen, daß die gesetzlichen Instrumente der Ermittlungsarbeit bei Mord und die Leute, die sie gebrauchen, unsensibel, brutal und häufig inkompetent sind. Deine Frau liegt nackt, mit gespreizten Beinen auf dem Boden. Einen Dreck werden die sich um ihre Intimsphäre kümmern. Oder um deine.

Dies waren nur einige unerfreuliche Gedanken, die mir durch den Kopf gingen, während ich den Lancia ziemlich langsam, sehr ernst und nicht sehr geschickt durch die Sommernacht zurück nach Schaerbeek fuhr.

7

Vera Castang

Was konnte ich tun? Harold halb im Koma, halb in diesem Zustand völliger Überreiztheit. Er konnte zu allem fähig sein. Reden konnte ich nicht. Ich bin schon in meinen besten Momenten nicht gut im Reden. Und was gab es auch zu reden? Ich kenne Harold ja gar nicht so gut. Ich weiß ziemlich viel über ihn, aber das ist etwas anderes. Er ist der Mitarbeiter und Vorgesetzte meines Mannes. Bis zu einem gewissen Grad ein Freund. Ich kann das nicht beurteilen. Männerfreundschaften bilden sich auf Weisen, mit denen wir Frauen nichts zu tun haben. Ich bin die Freundin – ja, ich will das Wort akzeptieren – seiner Frau. Durch Iris weiß ich also einiges über ihn oder kann meine Schlüsse ziehen oder meine Vermutungen anstellen. Viel ist es nicht. Frauen sind weit zurückhaltender, als Männer glauben. Männer stellen sich immer diese Kaffeekränzchen vor, bei denen Frauen, nach dem Motto ›Unter uns Pfarrerstöchtern‹, Vertrauliches und Geheimes herumerzählen. Sich entblößen. Nicht meiner Erfahrung nach. Ich tue es nicht, Iris tut es nicht. Was kann Iris zugestoßen sein? Das ist wirklich beunruhigend.

Ich machte also ein bißchen Musik. Das klarste, beruhigendste, was mir einfiel. Meine Kollektion an Platten, Bändern, was auch immer, ist nichts besonderes. Ich wußte, daß ich Oper oder großes Orchester jetzt nicht hätte aushalten können. Also Beethoven-Klaviersonaten? Harold reagierte kaum. Mir taten sie gut. Das sind die Pianisten, die ich mag. Die emotionalen wie Rubinstein oder Horowitz, um die so ein Wirbel gemacht wird, liegen mir gar nicht. Ich verstehe nicht viel von Musik. Henri auch nicht, aber er ist meiner Meinung. Unvergleichlicher Schnabel: Luzidität. Balance, ja? Genaues Gleichgewicht zwischen kühler Distanz und innerer Beteiligung. Henri pflegte zu sagen: »Ich wünschte, die Policía könnte dem nahe kommen.«

Er blieb lange weg, aber ich sah nicht auf meine Uhr, und ich war nicht müde. Er kam mit einem so düsteren Gesicht und so schwerem Schritt herein, daß ich sofort wußte, es mußte etwas Schlimmes sein.

Harold sprach leise und gefaßt: »Vera hat mir netterweise Gesellschaft geleistet. Wir haben die Waldstein und die Appassionata gehört. Ein großartiger Pianist, dieser Backhaus. Und dann die Hundertelf, phantastisch.« Es war seine Partystimme.

»Wie geht es Ihnen, Harold?«

»Viel besser, danke.«

»Okay, wenn wir es auf eine rein sachliche Ebene stellen? Am besten behandelt man das als eine logische Aufeinanderfolge. Punkt A zu Punkt B und so weiter querfeldein. Klingt das akzeptabel?«

»Ja. Dank Ihnen beiden.«

Eine Art bemühter Lebhaftigkeit bei beiden. Es ist, denke ich mir, ihr Dienstverhalten.

»Ich habe es mir angesehen. Es ist schlimm. Sie ist tot. Ich konnte nichts mehr tun. Alles weist auf einen verbrecherischen Überfall hin. Ich glaube nicht, daß etwas beschädigt oder gestohlen wurde, aber die Hintertür war nicht abgesperrt. Wir müssen einen Einbrecher vermuten. Wir müssen vermuten, daß Iris oben war, sich fertigmachte, um zu Bett zu gehen, ein Geräusch hörte und herunterkam. Würde sich das mit ihrem Verhalten, wie Sie es kennen, decken?«

»Ja«, antwortete Harold. Seine Stimme war völlig ohne Emotion. »Was auch immer – Mut hatte sie.«

»Dann müssen wir dem ins Auge sehen. Sie kam herunter, stellte ihn – es war gewiß ein Mann –, und er saß in der Falle. Sie flüchten praktisch immer, wenn sie jemanden hören. Es kann ein kräftiger Mann mit einer Schußwaffe gewesen sein, aber im allgemeinen mögen sie keine Risiken und Komplikationen. Lieber türmen sie und schreiben es ab. Aber wenn sie in die Enge getrieben werden, dann wehren sie sich. Wie jeder das in so einer Situation tut. Sie verstehen, ich spreche aus allgemeiner Erfahrung.« Harold nickte ernst. »Es hat ein Kampf stattgefunden. Er ging für Iris sehr schlecht aus. Vielleicht hat sie geschrien. Er packte sie bei der Kehle.

Es ist wahrscheinlich, daß er dann ohne einen Gedanken daran, was er eigentlich im Haus gewollt hatte, floh.«

Harold neigte in stummer Zustimmung den Kopf. So vieles ungesagt; mir ging eine Frage im Kopf herum. Ich wollte sie nicht aussprechen. Henri sah es, spürte es, drehte sich mit einem Gesicht wie ein Richter, der das Todesurteil spricht, zu mir herum. »Ja. Was du denkst, ist auch wahr.« Ich konnte nicht anders als die Hände vor mein Gesicht schlagen. Die Männer waren beherrscht.

»Ich bin Polizeibeamter, Harold. Ich habe mit solchen Situationen Erfahrung. Ich hatte keine Wahl, verstehen Sie, als alles so zu lassen, wie es war. Ich meine damit, daß ich nichts anrühren durfte.« Harold nickte nur. »Und ich habe auch jetzt keine Wahl.« Henri deutete auf das Telefon auf dem Beistelltisch. »Brüsseler Polizei. Kripo. Pathologe. Alles, was dazugehört. *Procureur du Roi.* Wenn ich es unterlasse, geht es mir an den Kragen; um so mehr, da sie sehr schnell feststellen werden, wer ich bin. Sie würden mir selbst die kleinste Abweichung vom Normalverfahren nicht verzeihen. Ich könnte mir so etwas selbst nicht verzeihen. Und auch Sie, das kann ich mit Vertrauen sagen, würden es nicht verzeihen. Aber man wird nicht viel auf mich hören. Zuerst jedenfalls nicht. Ich muß Sie warnen – man wird sich auf Sie konzentrieren. Sie waren dort, Sie haben sie gefunden. Sagen Sie ihnen die einfache Wahrheit, ohne emotionale Untermalung. Können Sie das aushalten?«

Und wieder nickte Harold.

Er hatte so einen Allerweltsnamen. Deguelder, glaube ich, bin aber aus mehreren Gründen nicht sicher. Er sprach einen so starken lokalen Dialekt, daß es beinahe komisch war, und er nuschelte außerdem. Ich war nie sicher, ob ich ihn richtig verstanden hatte, und sagte Dinge wie: »Ja, ich bin sicher«, wie man das tut, wenn man nicht sicher ist. Ich nannte ihn *Monsieur l'Inspecteur*, in respektvollem Ton, und das kam gut an. Ich erfuhr auch später seinen genauen Namen nicht, weil Henri ihn auf den ersten Blick nicht mochte und ihn nur ›Dégueu‹ nannte, eines von Lydias Worten, Jugendslang, ›Kotz‹ etwa.

Weil er unhöflich und grob war und ekelhaft dazu. Hinterher findet man Entschuldigungen. Es ist leicht zu sagen, daß er wahrscheinlich müde war, verärgert, so spät in der Nacht noch hinaus zu müssen, durch die ganze Stadt bis nach Schaerbeek, nur um dort zu hören, daß eine weitere Fahrt quer durch die Stadt auf ihn wartete. Und er war hier auch nicht in seinem Element. Die Belgier im allgemeinen haben gute Gründe, die EG-Leute nicht zu mögen. Sie verdächtigen uns, mit einigem Recht, unterfordert und überbezahlt zu sein. Für sie sind wir Parasiten, die ihnen die guten Wohnungen wegschnappen und die Mieten in die Höhe treiben; wir sind schuld am Verkehrschaos und an scheußlichen teuren Mammutbauten; wir sind bereit, Wahnsinnspreise für Dinge zu bezahlen, die die Einheimischen sich nicht leisten können; wir sind ganz allgemein von hochnäsiger und herablassender Art.

Und darum spielte er demonstrativ den ›kleinen Mann‹ und sprach Platt. Voller Abneigung gegen Henris Pariser Französisch und Harolds gebildete Diktion. Man sah förmlich, wie er dachte, ›eingebildetes Pack‹. Eisern entschlossen, sich auf keinen Fall herumstoßen oder manipulieren zu lassen. Man kann es ihnen nicht verübeln, es gibt ja wirklich Schiebung genug, und er hatte sicher ganz recht, Vertuschungsmanöver zu argwöhnen. Er wußte, daß er nur der diensthabende Kuli war und daß ihm die Sache spätestens in ein paar Stunden aus der Hand genommen würde. Aber er war der erste in einer langen Kette von Vertretern der Policía (um Henris Wort zu gebrauchen) und der Gerichte, und er war entschlossen, seine Autorität auszuspielen. Er war ein großer, zäher Bursche, nichts als Knochen und Muskeln, gutaussehend auf eine konventionelle Art, mit glatten Zügen und welligem blonden Haar, bewußt hartem Gesichtsausdruck und einem elektrisch blauen Auge, das einen richtiggehend anfunkelte. Harold, der mittlerweile schrecklich müde aussah, behandelte er von Anfang an wie einen Kriminellen und Henri als Begünstiger nach der Tat, und zweifellos argwöhnte er alle möglichen

Ungeheuerlichkeiten, die nur darauf abzielten, die Wahrheit zu verheimlichen und zu verschleiern.

Natürlich kam das bei Henri schlecht an. Jeder mit einem Funken Menschlichkeit hätte einen Mann, der gerade etwas so Schlimmes durchgemacht hatte, gestützt, vielleicht sogar geschützt. Und er haßt tyrannische Polizisten. Er behauptet, und ich bin sicher, da hat er recht, daß ein ermittelnder Beamter viel mehr erfährt, wenn er geduldig und höflich ist. Er muß es ja wissen. Er hat Hunderte solcher Erstvernehmungen geleitet. Erfahrung, Sachkundigkeit. Er reagierte gereizt auf das, was er für Schlamperei hielt.

»Und wer sind Sie?« fragte der Herr Inspektor grob. (Wahrscheinlich noch so ein verdammter kleiner Rechtsverdreher. Schon diese eingebildete Art zu reden!)

»Soso, na dann seien Sie gegrüßt, Herr Kollege.« Und nicht etwa nur ein gewöhnlicher Ex-Polizist, o nein; gleich ein *commissaire divisionnaire*. Worauf der gute Inspektor äußerst brummig wurde, und man kann es ihm kaum übelnehmen. Sie hatten beide schuld. Wenn Henri nicht so angespannt gewesen wäre, nicht so traurig gewahr der Tatsache, wie angreifbar Harold erscheinen mußte, hätte er nicht so gereizt reagiert. Ich konnte nicht anders als beide Seiten sehen.

Viel Palaver. Polizeiarzt, Fotografen, der ganze Apparat der *Identité Judiçiaire* – und alle mußten erst aus den Betten geholt werden. Es war inzwischen Mitternacht, und ich wurde selbst langsam sehr müde und befahl Dégueu ziemlich brüsk, gefälligst leise zu sprechen (seine Stimme war so kratzig und metallisch wie sein Haar). »Es sind Kinder im Haus, die schlafen.« Er spürte die Feindseligkeit.

»Ihr Leute von der Gemeinschaft seid doch alle gleich. Euch geht's immer nur darum, euch eine Sonderbehandlung zu sichern. Aber Sie werden genauso behandelt wie jeder andere hier.«

Dann gingen sie endlich alle. Henri legte mir die Hand auf den Arm und sagte überflüssigerweise: »Versuch jetzt ein bißchen zu schlafen.« Ich fühlte mich inzwischen total aufgedreht und konnte natürlich nicht schlafen; ich lag da und machte mir Sorgen.

Ich mußte aufstehen wie immer, um den Mädchen das Frühstück zu machen und sie in die Schule zu befördern, und ich mußte mich natürlich benehmen, als sei nichts geschehen. Henri erschien rotäugig, kurz angebunden und einsilbig, war sehr höflich zu mir, um gleich für einen Tag mit lauter Leuten zu üben, zu denen er höflich sein mußte. Kinder sind einer gespannten Atmosphäre gegenüber sehr sensibel und benehmen sich als Reaktion darauf selber schlecht, und es schien mir eine Ewigkeit zu dauern, bis sie endlich abdampften.

»Und?«

»Schlimm. Sie haben Harold für die Nacht aufs Kommissariat gebracht. Nacht! Das war vor zwei Stunden. Du kannst dir vorstellen, wie ich geschlafen habe.«

»Ich bin am Ende so fest eingeschlafen, daß ich dich nicht einmal kommen hörte.«

»Angebrüllt hab' ich sie, sie sollen ihn schlafen lassen; händeringend versucht, ihnen klarzumachen, daß er nicht in der Verfassung sei, Fragen zu beantworten; in seinem Zustand war er ja fähig, alles zu sagen, und genau das hat er auch getan, und das hat alles natürlich nur noch schlimmer gemacht. Dégueu ist überzeugt, daß er Iris getötet hat. Vielleicht hat er's ja auch getan, aber Beweise gibt's weder für das eine noch für das andere.«

»O Henri!«

»Was schief anfängt, läuft meistens auch schief weiter. Dann kam ich in die Bredouille. Ich sagte, ich ließe es nicht zu, daß ihm ständig ein Bulle auf der Pelle sitzt; also saß er herum, während sie in einer Ecke Kriegsrat hielten. Mir schwante schon, daß sie ihn mitnehmen würden, darum sagte ich ihm, er solle ein paar Sachen packen, und ehe einer wußte, was los war, stand der verrückte Kerl unter der Dusche. Sah sie an, als kämen sie vom anderen Stern, und sagte, er hätte sich so scheußlich gefühlt und gemeint, mit einer Dusche würde er wieder einen klaren Kopf bekommen.«

»Aber weshalb hätte er denn nicht duschen sollen? Das war doch ein sehr vernünftiger Gedanke.«

»Vera, mein Kind. Wenn legitime Gründe vorhanden sind anzunehmen, daß ein Mann seine Frau getötet hat, dann ist auch Anlaß zu der Vermutung gegeben, daß er seine Frau vergewaltigt hat.«

»O mein Gott!«

»Ja, und dann nimmt man den Mann mit aufs Kommissariat und schlägt ihm eine ärztliche Untersuchung vor. Eine ganz normale Untersuchung von einem Polizeiarzt, aber man kann darauf bestehen, und wenn er sich darüber aufregt, sieht das schlecht aus, und es wandert eine Notiz in seine Akte. Wenn nun aber keine Spuren feststellbar sind, können – und werden – sie sagen, er hätte geduscht, um die Spuren zu beseitigen.«

»Und gibt es denn – wie hast du es formuliert? – legitime Gründe?«

»Negativer Art. Es gibt keine Spuren eines Einbruchs. Die *IJ* scheint ziemlich gründlich gewesen zu sein. Meine Spuren jedenfalls haben sie sichergestellt. Deswegen gab's auch gleich noch mal Scherereien. Ich mußte mit aufs Präsidium, und da hat man mich erst mal erkennungsdienstlich behandelt und mir dann sehr freundlich vorgeschlagen, ich solle mich doch auch einer ärztlichen Untersuchung unterziehen. Denn wenn es keinen Einbrecher gibt, und ich Iris nicht vergewaltigt habe, dann kann es nur Harold gewesen sein.«

Beinahe hätte ich »O Henri!« gesagt.

»Ja, mein Schatz, ganz recht. Vergewaltigung in der Ehe ist ein rechtlicher Begriff.« Mit ein paar Funken schwarzen Humors: »Warte nur, bis du noch ein paar Ehemänner gehabt hast.«

Da ich mich bemühe, ehrlich zu sein, muß ich sagen, daß ich zwar niemals von meinem Mann vergewaltigt wurde, daß er aber ein paarmal, wenn ich nicht bereit und willens war, sehr nahe daran war, Gewalt anzuwenden, und ich würde denken, jede Ehefrau unter der Sonne kennt diese Erfahrung, auch wenn sie es im allgemeinen im betreffenden Moment schafft, sie zu vertuschen. Aber verdrängt sie sie auch hinterher immer?

»So sieht es nun aus«, sagte er munter, um mich aufzuheitern. »Es gibt viele andere Möglichkeiten. Und darum möchte ich gleich hin, um sie näher in Augenschein zu nehmen. Aber zuerst muß ich einen Haufen Telefonate führen. Zum Beispiel mit Eamonn Hickey: ›Kennen Sie zufällig einen guten Strafrechtler?‹«

Sekretärinnen und die Hierarchie: Mr. Claverhouse ist heute morgen leider verhindert. Eine Rasur; die Wirkung ist katastrophal. Bleich und ausgezehrt; glasig die Augen, die tiefer denn je im Schädel liegen, dazu ein dunkler Anzug und ein Schlips wie ein achtbarer Fischhändler, aber er mußte auf dem Präsidium einen guten Eindruck machen.

Ich blieb meinen Gedanken überlassen, und schön waren sie nicht. Wie die Gans binde ich mich fürs Leben. Ich bin mehr als die Hausfrau, genau wie Henri mehr ist als der Versorger, und wir sind beide mehr als Vater und Mutter unserer Kinder. Das ist keine Binsenwahrheit, obwohl es eine sein sollte. Es wurde ungeheuer wichtig für mich, als ich von Schuldgefühlen darüber überwältigt wurde, eine Versagerin zu sein, der lästige tschechische Klotz am Bein, der die Karriere meines Mannes und seine Zukunftsaussichten so geschädigt hatte. Iris empfand ähnlich, sie hat es mir praktisch gesagt. Schwer für sie mit einem so offensichtlich brillanten Mann wie Harold. Ich erzählte ihr damals, daß ich mich erst, als ich in die Tschechoslowakei zurückgekommen sei, auf eine reale Weise wieder ganz und heil gefühlt, mich mit meinem früheren Leben und den vielen vergeudeten Jahren ausgesöhnt und etwas von der wahren Bedeutung von Erfolg und Mißerfolg verstanden hätte. Wenn sie nach Irland zurückkehren würde, könnte sie vielleicht mit sich ins reine kommen. Es ist nämlich Schwerarbeit, Europäerin zu sein. Der Ort, an dem wir geboren wurden, der uns gemacht und geformt hat, dessen Luft und Erde und Wasser wir in der Kindheit in uns aufnahmen, vermischt sich mit der fahnenschwingenden Sentimentalität nationalistischer Vaterlandsliebe, und besonders schwer ist es für die Inselbewohner. Dieses ganze Gequake von Solidarität – bei unserer eigenen Wahrheit und unserer Loyalität untereinander fängt es an, komme, was da wolle.

Wenn Harold Iris wirklich das Grauenvolle angetan haben sollte, reißt mich das in Stücke.

Sie hat zwei Kinder, Söhne. Sie sind in England, Studenten, einer schon fertig, glaube ich. Was bedeutet das für sie? Ich vergaß, das Henri gegenüber zu erwähnen. Sie müssen informiert werden. Wie und von wem? Henri hat genug Sorgen. Harolds Sekretärin, Miss Huntingdon, soll ja eine nette und kompetente Frau sein. Sie weiß wahrscheinlich Bescheid. Ich kenne sie nicht.

Ich sehe es ständig bei unserer Arbeit für *Accès*. Fünfundneunzig Prozent der Fälle sind die Folge zerrütteter Ehen oder, genauer gesagt, werden von Leuten produziert, die nicht hart genug an ihrer Ehe arbeiten. Dafür gibt es allzu viele Gründe. Ich muß heute hin (wir wechseln uns ab), und ich kann nicht absagen. Die Beschäftigung damit wird jedenfalls helfen, den Druck dieser neuen Katastrophe, der mir wie ein großer schwarzer Hund im Genick sitzt, zu erleichtern. Tatsächlich ist das hier eine typische Accès-Situation, wenn sie auch selten so weit gehen, zu töten. Ich werde darüber sprechen. Das wird mir helfen, meine Gedanken zu ordnen.

Ziemlich viele von uns in der Gemeinschaft, Männer und Frauen, waren der Meinung, wir sollten uns sozial engagieren, und zum Teufel mit dem schlechten Gewissen wegen übertariflicher Bezahlung und Privilegiertheit. Zum Teufel auch mit den Leuten, die sagten: Was, noch so eine bürokratische Einrichtung in Brüssel? Wir hatten hier einen guten Ausgangspunkt. Ein paar ehrgeizige Leute bei uns sagen, wir können das Projekt zu einer international bekannten und angesehenen Organisation wie Amnesty oder Greenpeace ausbauen. Aber Henri und ich begnügen uns damit, zu tun, was wir können. Er als ehemaliger höherer Polizeibeamter war ein echter Fang, obwohl er meinte, in Wirklichkeit disqualifiziere ihn das. Ich bin nicht viel nutze, aber wir helfen alle zusammen, Buchhaltung und Schreibarbeit, es gibt für uns alle zu tun.

Es entsprang dem Gedanken des *›Point Jeunes‹* in Lille. Sie starteten ein Projekt in Paris, und, das ist typisch, niemand wollte es finanzieren. Aber in Lille bekamen sie Unterstützung vom Départment und von der Stadt, und sie haben ihre Räume gleich gegenüber vom Bahnhof, ein strategischer Punkt, weil alle Kinder, die von zu Hause durchbrennen, ob in Valenciennes oder sonstwo, auf dem Bahnhof landen.

Es ist ganz einfach. Jugendliche kommen, weil sie Hilfe suchen. Hier können sie eine Mahlzeit bekommen, schlafen, duschen, ihre Kleider waschen. Das Prinzip ist noch einfacher. Die Kinder sollen erst einmal wieder zu Atem kommen, Zeit zum Nachdenken haben und sich in die Hand bekommen.

Sie haben ungefähr zehn Leute, sind rund um die Uhr

geöffnet, helfen mit Tips, bemühen sich aber, jedes Diktat zu vermeiden, weil es nur zu einfach ist, verwirrten und unerfahrenen Jugendlichen irgendwelche Lösungen aufzuzwingen. Man versucht, ihnen ein wenig Vertrauen zu geben, das Gefühl, daß sie nicht wieder betrogen werden – »Fahr erst einmal nach Hause, dann können wir versuchen, eine Lösung zu finden« –; das hören sie doch von allen Seiten, und natürlich fühlen sie sich verschaukelt. Man versucht ihnen, ohne sie zu bedrängen, eine Vorstellung von Eigenverantwortung zu geben und ihnen nahezubringen, was es braucht, damit man sich fähig fühlt, sie zu übernehmen.

Henri war zu Beginn sarkastisch und skeptisch.

»Was, noch so ein Amateurverein von Weltverbesserern! Hör mal, die gibt's in Frankreich doch wie Sand am Meer. Alles sehr verdienstvoll, alle mit äußerst komplizierten Namen, die sie auf alberne Abkürzungen reduzieren. Da gibt es sogar einen, der sich Snatem nennt, *Service National d'accueil téléphonique pour enfance maltraitée*...! Und ich könnte dir noch ein Dutzend mehr nennen. Das sind doch Splittergruppen, die streiten untereinander, keine hat einen richtigen Status, ordentliche Finanzierung oder ein ordentliches Programm, null Koordination, kein Mensch hat je von ihnen gehört, und keiner nimmt sie ernst.«

»Aber Castang, wir sind hier nicht in Frankreich.«

»Ja, da hast du recht.«

Vielleicht weil einige von uns höhere Beamte sind, gesellschaftlich und dienstlich einen gewissen Einfluß besitzen, mit den Wegen der Bürokratie vertraut sind, bekommen wir vom Staat eine gewisse Unterstützung (und – fragen Sie mich nicht, wie – finanzielle Mittel). Und die Stadt Brüssel (oder ist es die Region?) stellt uns ein Haus zur Verfügung. Als es Henri gelang, aus seiner eigenen eingebauten Polizisten-Bürokratie auszusteigen, war er ein Gewinn.

»Nein, bitte nicht das Institut für Kinder und Familie. Schau doch, alle diese Namen wie *Offene Tür* sind unklar und sentimental; das ist eine tödliche Kombination. *Ac* und *Seil*, ein Willkommen und etwas Beratung, Access vielleicht.« Jemand protestierte mit dem Einwand, Access sei eine Kreditkarte. »Ja, richtig. Aber Accès nicht«, entgegnete Henri, den Franzosen hervorkehrend.

Henri war es auch, der sagte, wir müßten Anwälte an der Hand haben.

»Wenige sind echte Kriminelle, aber die Polizei behandelt alle, als wären sie welche.« Aus langer trauriger Erfahrung.

Und was da alles kommt! Junge Mädchen mit glasigen Augen, die Finger um ein leeres Tablettenröhrchen gekrallt; wir wissen inzwischen, wann wir den Rettungsdienst anrufen müssen. Aggressive Jungen, die herumbrüllen und drohen, alles kurz und klein zu schlagen. Sie machen mir angst. Ich vermute, es kommt daher, daß wir keine Kriege mehr haben; sämtliche Generäle der NATO bangen ja davor, sich eines Tages überflüssig zu wissen. Jungen brauchen etwas, auf das sie einschlagen können, und selbst eine steinewerfende Intifada würde die Gewalt fokussieren, die jetzt in die Fußballvereine einströmt. Ich würde es für normal, ja für einen recht guten Instinkt halten, mit Steinen auf die Regierung zu werfen, aber die ist ja so wabbelig und formlos, daß sie kaum befriedigende Ziele bietet. Außer der Polizei, wie Henri sagt. Mit herzhaftem Lachen.

Ich tauge nicht viel. Ich spreche nicht einmal flämisch. Aber es kommen viele deutsche und englische Kinder zu uns. Zweifellos werden bald tschechische Hooligans aus den Zügen springen, entschlossen, die herrlich reichen Wessis auszuräubern. Es sind auch nicht nur Kinder. Diese traurigen Männer, die über vierzig sind und deren Arbeitskraft keiner mehr haben will. In unserer Welt muß man jung sein. Ich sehe

Frauen, die älter sind als ich und herumlaufen wie Fünfzehnjährige. Und weil es so im Trend ist, homo zu sein, kommen Mädchen, die sich als Jungen entpuppen, und umgekehrt. Natürlich nehmen sie alle Drogen. Ihr Leben ist häßlich und langweilig. Schluß mit Drogen ist wie Schluß mit Sex.

8

Henri Castang

(schlafen wachen hoffen dann)
sprachen ihr nimmer schliefen ihren traum

Der *commissaire central* hieß Mertens. Ein dunkelhäutiger Mann mit feinem dunklen Haar und ausdrucksvollen Augenbrauen, die in die Höhe stiegen und sich zusammenzogen und sehr viel gedämpfte Skepsis vermittelten; meine Größe, also klein für einen Polizeibeamten, aber um einiges breiter. Intelligente blaue Augen, die nichts über seine Gedanken verrieten, was genau seiner Absicht entsprach. Kriminalkommissare gibt es in jeglicher Ausführung, und ich habe weitreichende Erfahrung mit ihnen. In seinem Büro raucht er Pfeife, auf eine Weise, die mir zu verstehen gab, daß er mir kein Wort glaubte. Er war höflich, freundlich und nannte mich, voll liebenswürdigen Desinteresses daran, was ich einmal für einen Posten innegehabt hatte, ›Herr Kollege‹. Wenn du ein schlauer Kopf gewesen wärst, dachte er wahrscheinlich, hätten sie dich in Paris behalten, statt dich auf diesen Posten hier zu setzen, aber er lächelte weiter, gar nicht versessen darauf, irgendwelche Urteile zu fällen.

Ich rechnete damit, daß zwei Faktoren mir helfen würden.

Die Brüsseler *PJ* hatte sich in letzter Zeit ihre weiße Weste ziemlich bekleckert; das passiert natürlich in jeder Polizeitruppe, aber hier hatten sich einige hohe Beamte den Unmut ihres Ministers zugezogen und waren wegen Praktiken suspendiert worden, auf die ich im Detail nicht eingehen werde, weil mir klar ist, daß ich höchstens eine blasse Ahnung davon habe, was tatsächlich vorgefallen ist, und auch nie mehr erfahren werde. Mertens hatte zweifellos eine weiße Weste, aber er würde sicher etwas zugänglicher sein, wenn ich ihn darauf hinweise, daß man zu diesem Zeitpunkt auf Medienwirbel nicht scharf sein konnte.

Der zweite Faktor war die Tatsache, daß solche Posten vor allem politische Posten sind, die man erlangt, indem man ein guter Politiker ist, der ich noch nie gewesen bin. Er mußte somit für viele wichtige Dinge sensibel sein, für die Kommission zum Beispiel, oder die Insulaner, wie Harold sie nennt; angesichts der Tatsache, daß Harold Engländer war, würden alle höheren Beamten erst einmal einen Moment innehalten. Niemand hat den ungeheuren Skandal um das Fußballspiel im Heyssel-Stadion vor einigen Jahren vergessen. Bestialisches Verhalten (ich stelle dieses Wort ›bestialisch‹ in Frage; nur der Mensch verhält sich so schlecht) britischer Hooligans führte zum Tod vieler unschuldiger Menschen. Geschickte Manipulation von seiten der Insulaner, die ihre Arroganz noch mit kolossaler Frechheit krönten, ließ den Eindruck entstehen, als sei das alles die alleinige Schuld der Belgier gewesen, denen man vielleicht schlampige Sicherheitsvorkehrungen vorwerfen konnte, die aber keinen Menschen getötet hatten. Selbst dem Manager jenes anderen bekannten Fußballteams, der Sträflinge von Auschwitz, kam dieses geniale und sehr britische Argument nie in den Sinn: Niemals wären die Juden in solcher Zahl getötet worden, hätten sie nicht mit solcher Macht in die Baracke gedrängt.

Der Herr Nachtdienstinspektor war etwas allzu versessen darauf gewesen, diesen Briten zu zeigen, wer Herr im Haus war, und den verdammten Franzosen auch gleich, wenn wir schon mal dabei sind. Strenggenommen war er im Recht gewesen, aber dieser Tölpel, der Mertens' Untergebener war, war plump und taktlos verfahren, und dafür brauchte er dringend eins auf die Finger.

Mertens lächelte, rauchte seine Pfeife und wich und wankte nicht.

»Ja. Mir liegt sein Bericht vor. Ganz recht. Schriftliche Berichte, Herr Kollege, wie Sie ja wissen – ich war nicht dabei. Ich vermute, sein Benehmen ließ einiges zu wünschen übrig. Wir sind inzwischen beide ein bißchen alt dafür, aber wir erinnern uns doch, wie hart die Nachtschicht für jeden ist. Meistens haben die Leute auch noch kräftig getrunken. Ihr Mr. Claverhouse« – in mildem Ton, in den Papieren kramend, bis er den ärztlichen Befund gefunden hatte – »scheint einen ziemlich hohen Alkoholspiegel gehabt zu haben. Ich mache das keinem zum Vorwurf; er hatte ein schreckliches Erlebnis hinter sich. Aber er ist der Schlüsselzeuge, nicht wahr? Mein Mann hatte keine andere Wahl, als ihn mitzunehmen. Sie hätten genauso gehandelt.«

»Die Art und Weise –«

»Ja. Hier steht nichts von irgendwelchen Beulen oder Schrammen. Sie wollen doch gewiß keine körperliche Mißhandlung unterstellen, oder irre ich mich? So wie man das bei den Leuten erlebt, die beruhigt werden müssen und dann im Vernehmungszimmer irgendwie auf die Schreibmaschine fallen. Oder bei diesem Arzt in Paris, ein Schwarzer, glaube ich, den man so lange in diesen unglaublich engen Handschellen ließ, daß er schwere Durchblutungsstörungen bekam. Hm?« Er hob den Hörer seines Telefons ab, sprach, wartete, sprach, legte auf. »Er hat gefrühstückt und schläft jetzt wieder. Niemand hat ihm sein Bett weggenommen. Die Ruhe wird ihm guttun. Ich kann mir vorstellen, daß Sie mit ihm sprechen wollen, aber wozu die große Eile? Ich würde mir eigentlich gern einmal sein Haus ansehen. Wollen wir nicht zusammen hinausfahren und den Tatort besichtigen? Es würde mich freuen, Sie dabei zu haben. Ihre Erfahrung kann mir nur von Nutzen sein. Sie kennen den Weg, soviel ich weiß. Sie waren dort.« Ja.

»Na ja, und der Staatsanwalt ist auch noch da, nicht wahr?« Immer noch im Konversationston, ruhig, im Fond eines Polizeiwagens, eines normalen schwarzen Mercedes der unteren Klasse, genau wie ein Taxi. Seine Pfeife hatte er im Büro gelassen. Keine Notwendigkeit, den Maigret zu spielen. »Dienstwagen. Der wird sich das auch ansehen wollen. Und der Untersuchungsrichter, aber Ihnen ist das alles ja vertraut. Wie viele Schlüssel gibt es übrigens? Ich habe einen, Sie auch?«

»Nein, ich hatte mir nur vorübergehend einen geliehen. Er war, wie Sie sagten, sehr durcheinander, im Schock. In starker Erregung. Leicht angetrunken. Ich hatte keine Möglichkeit zu beurteilen, wieviel von allem Realität war. Wenn überhaupt etwas. Oft phantasieren sie ja. Wie sie auch phantasieren, schuldig zu sein. Das brauche ich Ihnen nicht zu sagen. Ich mußte selbst hinfahren und mir ein Bild machen. Sie wissen, daß ich, sobald ich mich informiert hatte, keine Sekunde verlor, Ihre Leute anzurufen.«

»Alles absolut ordnungsgemäß«, sagte Mertens beschwichtigend. »Keine Putzfrau oder so, die einen Schlüssel haben könnte?«

»Ich bezweifle es. Die Dame war nicht berufstätig. Sie wäre zu Hause gewesen, um solche Leute hereinzulassen. Wir werden ihren Schlüssel wahrscheinlich in ihrer Handtasche finden.«

»Ich wollte nicht unterstellen, daß Sie oder sonst jemand dort herumgeschnüffelt haben.«

»O doch, das wollten Sie; nur hab' ich es nicht getan.«

»Da war doch die unverschlossene Tür. Wir haben Ihren Handabdruck auf ihr gefunden; dort, wo Sie sie angefaßt haben, um sie sehr ordentlich abzuschließen. Sie könnten sie zuerst geöffnet und dann geschlossen haben, um Verwirrung zu stiften. Nein, für solchen Hokuspokus sind Sie zu schlau.«

»Oder zu ehrlich.«

Er drehte den Kopf und maß mich mit einem langen Blick. »Dem Material zufolge, das wir haben, war kein Fremder im Haus. Aber sie ist erwürgt worden. Und vergewaltigt. Bleiben Sie beide. Sie selbst, das kann man ja wohl nicht im Ernst glauben. Ihre Erklärungen sind gut. Sie sind ja auch ein Profi. Sie werden vom Ehemann bestätigt, und ich glaube, eine Kollision zwischen Ihnen können wir ausschließen, hm?«

»Ich glaube nicht, daß ich Mr. Claverhouse irgendeinen Anlaß zur Eifersucht oder Wut gegeben habe.«

»Nein, und Ihre Frau glaubt es auch nicht. Und ich ebensowenig. Nur der Formalität halber möchte der Staatsanwalt jedoch eine theoretische Möglichkeit nicht ausschließen.«

»Autopsie.«

»Ja, die wird er haben wollen, nicht wahr? Ich möchte sie im übrigen auch. Bei einem Mordfall erfolgt sie automatisch, aber er hat sie zu veranlassen. Wir haben die Körpertemperatur, und wir werden den Mageninhalt erfahren. Aber sie war allein, soviel ich weiß, sie könnte jederzeit ein Butterbrot gegessen haben. Die Todeszeit könnte früher oder später liegen, als wir vermuten, habe ich recht?«

Der Wagen hielt an, und Mertens stieg aus, um in aller Ruhe einen Blick in die Runde zu werfen, auf das Grün der Umgebung, die Landstraße, die von ihr zurückgesetzte Villa, Rasen und Nadelbäume.

»Eine Umfrage in der Nachbarschaft wird uns nicht viel helfen, wie?« Er zog die Schlüssel heraus, und wir gingen ins Haus. Er sah sich alles genau an, ein guter, gründlicher Polizeibeamter.

Ein *IJ*-Team nimmt genaue Maße und stellt detaillierte Zeichnungen her. Aus jeder erdenklichen Perspektive werden zahllose Fotos gemacht, mit erstklassigen Objektiven und bei scharfer Beleuchtung aus unterschiedlichen Entfernungen. Gegenstände wie Türklinken und Fenstergriffe, Telefonapparate und Lichtschalter sowie die Fernsteuerungen elektronischer Geräte werden nach Fingerabdrücken untersucht; die Ergebnisse sind selten zwingend, aber man kann ja immer wieder herkommen und es noch einmal versuchen. Küche und Badezimmer werden untersucht, Gerüche, Feuchtigkeitsgrad, Temperaturen notiert. Denn es kann wichtig sein zu wissen, ob der Toaströster vor kurzem benützt wurde oder die Seife noch naß ist. So arbeitete jedenfalls unsere *IJ*, und ich sah keinen Grund anzunehmen, daß man es hier anders machen würde. Mr. Mertens machte mir den Eindruck eines Beamten, der sein Handwerk versteht.

Man konzentriert sich auf die Leiche, wenn eine da ist. Haare, Knöpfe, winzige Kratzer oder Tränen; polierte, staubige oder fettige Flächen. Man erfährt, wie gut das Haus in Ordnung gehalten wurde. Sie haben kleine Röhrchen und Tüten für Proben, und Unmengen von Etiketten. Ihre Ausrüstung ist gar nicht so raffiniert, aber es ist zu hoffen, daß das Labor modern ausgestattet ist. Bei der französischen Polizei ist das Geld immer knapp; die Deutschen haben mehr als genug. Wie die Belgier gestellt sind, weiß ich nicht.

Ein Polizeiarzt möchte, wenn er kommt, eine Leiche herumdrehen und an ihr herumfummeln; Rektaltemperatur; Anzeichen von Blutergüssen; Leichenflecken und so weiter. Man kann da ernsthaft behindert werden von wohlmeinenden Leuten, die ihren Vorstellungen von erster Hilfe gefolgt sind oder dafür gesorgt haben, daß ›alles anständig aussieht‹. Im Grunde braucht ein ermittelnder Beamter, so oft ich selbst, gar nicht der große Detektiv zu sein, sondern sollte vielmehr ein genauer, gewissenhafter und pingeliger Archäologe sein. Alles verifiziert und gegengezeichnet, weil Leute müde, faul, nachlässig, zerstreut, gehetzt sein oder einfach ein paar Gläser zuviel getrunken haben können. Hinterher kommen die Kommissare an und zerpflücken alles. Kann sein oder auch nicht, daß sie Untergebene decken. Das hängt im allgemeinen davon ab, ob sie später eine Notwendigkeit sehen, sich selbst oder einander zu decken. Oder ihre Freunde und Leute, denen sie eine Gefälligkeit schulden, und einflußreiche Zeitgenossen, die das richtige Ohr kennen und ihm etwas zuflüstern. Aber ich bin ja aus dem allen jetzt heraus. Oder glaubte es zu sein.

Der Herr Inspektor Dégueu, der diese Arbeit erledigt hatte, war im Umgang mit Menschen grob und sogar brutal (ich nahm es ihm gar nicht einmal so übel, obwohl ich das natürlich nicht laut sagen durfte; er fand uns alle sehr lästig). Aber ich hatte keinen Grund, ihn zu verdächtigen, Fakten oder Beweise verdreht zu haben. Was den Herrn Kriminalkommissar Mertens anging, so wanderte er mit den Händen in den Hosentaschen umher, sagte wenig, schaute viel, machte sich mit der Topographie gründlich vertraut, forderte mich auf, so genau wie möglich meine Handlungen zu rekonstruieren, mir meine Beobachtungen, Überlegungen und Reaktionen ins Gedächtnis zu rufen, und gab keinen Kommentar. Er konnte so ehrlich sein, wie er (offensichtlich) kompetent war, und konnte aber auch ein durchtriebener Fuchs sein. Er verriet nichts. Zu der Fotosammlung sagte er nur, nachdem er einige Schubladen geöffnet und wieder geschlossen hatte: »Bestimmt eine Menge Geld wert, meinen Sie nicht?«

Beim Weggehen, nachdem er sorgfältig abgesperrt hatte: »Ich glaube, ich lasse das Haus lieber bewachen. Viele Wertsachen. Wir wollen doch keine Einbrecher –«, mit sarkastischer Betonung. »Der Staatsanwalt wird es vielleicht versiegeln lassen wollen. Hm, Gott sei Dank, noch keine Presse. Wird nicht lange dauern. Den Nachbarn ist gestern nacht bestimmt etwas aufgefallen. Hey, wo ist denn Mr. Claverhouse geblieben? Soll ich Sie in der Stadt absetzen?«

Ich mußte ein Wörtchen mit der Hierarchie sprechen. Das führte mit bemerkenswerter Geschwindigkeit zum Generalsekretär. Und als ich von dort zurückkam, wartete eine telefonische Nachricht. Es ging wirklich Schlag auf Schlag: Der Staatsanwalt wollte mich sprechen. Schon wieder so hohe Gesellschaft.

Denn der *Procureur du Roi* ist in der Justiz ein hohes Tier. Es gibt da wie bei den Kommissaren unterschiedliche Arten, von ordentragenden Generalstaatsanwälten bis hinunter zu Hilfsstaatsanwälten, die so blaß und mager sind wie Selleriestengel. Schöne alte Holztäfelung und ein edler Empireschreibtisch mit massenhaft bronzierten Acanthusblättern, die wie dazu gemacht waren, mich ins Stolpern zu bringen, ließen vermuten, daß ich ein ziemlich hochstehendes Exemplar der Gattung erwischt hatte. Paul Albert de Coninck war um die Fünfzig und hatte einen rassigen Jagdhundkopf, Resultat mehrerer Generationen aristokratischer Zucht, in der Form noch hervorgehoben durch das borstig kurzgeschnittene graue Haar. Eine lange, spitze Nase, ein langes, glattrasiertes Kinn. Wohlgebildete feine Hände spielten mit einer Dunhill-Zigarette, verächtlich, obwohl doch die Werbung behauptet, sie sei die beste. Höflich und mit ruhiger Stimme kam er ohne Umschweife zur Sache.

»Was mir an Fakten bekannt ist, ist wenig, aber bedeutsam. Wenn ich jetzt rekapituliere, würden Sie dann die Freundlichkeit haben, zu bestätigen oder zu erläutern? Sie scheinen bisher der einzige zu sein, der in Besitz der relevanten Tatsachen ist.«

»Mr. Claverhouse.« Ein Franzose hätte Cleveroose gesagt, aber er nicht; er war in Oxford gewesen. Man konnte nicht umhin, sich an Harold zu erinnern, wie er ›gut bei Stimme‹ auf seinen Tisch trommelnd ›*Up with the banner of Bonnie Dundie*‹ deklamiert. »Eine Schlüsselfigur innerhalb der Gemeinschaft. Seine Frau ist getötet worden. Er erscheint als der logische Verdächtige. Monsieur Mertens sagt mir, strenggenommen könnten auch Sie der Täter sein, und empfiehlt –« ein etwas ominöses Lächeln –, »das zu ignorieren. Er hat Sie lieber da, wo wir Sie brauchen. Ferner hat der Generalsekretär mich gebeten, Ihnen unsere Einrichtungen zur Verfügung zu stellen. *Dont acte*«, eine lakonische französische Version von *Le Roi le veult*. »Denn man möchte diese Sache diskret behandelt sehen. Da wird *doigté* gebraucht; unsere deutschen Freunde würden sagen, Fingerspitzengefühl.« Er illustrierte, Trauring an der einen pergamentgelben Hand, einen schlichten goldenen Siegelring an der anderen.

»Also gut, Monsieur Castang, ich weiß, Sie waren in Frankreich bei der Polizei. Bemühen Sie sich bitte, Ihre Talente nicht so einzusetzen, daß es mir zur Verlegenheit gereichen könnte, sonst sähe ich mich nämlich gezwungen, die Genehmigung zum Gebrauch unserer Einrichtung rückgängig zu machen. Ich habe bisher noch nie das Vergnügen gehabt, Mr. Claverhouses Bekanntschaft zu machen. Wahrscheinlich wird sich im Lauf des heutigen Tages Gelegenheit dazu ergeben. Es kann sein, daß ich sowohl in seinem eigenen Interesse als auch in dem der Justiz seine weitere Inhaftierung empfehle. Ich hoffe –« wobei er höflich aufstand –, »daß sich Gelegenheit ergeben wird, unsere Bekanntschaft zu vertiefen, vielleicht unter weniger amtlichen Umständen.« Bei dem

Kommando Wegtreten führt man, soweit ich mich erinnere, eine Wendung nach rechts aus und stampft mit dem linken Fuß auf, ehe man aus der Reihe tritt.

In Mertens' Büro wurde Kriegsrat gehalten. Eamonn Hickey hatte nach ordnungsgemäßer Unterrichtung Rechtsbeistände herbeigeschafft. Gregor, Rechtsanwalt, war groß, sandblond, massiv, Laetitia, Rechtsanwältin, war eine gutaussehende statueske Jüdin. Sie bedrängten Mertens und hörten sich dabei richtig blutdürstig an.

»... menschenwürdige und halbwegs komfortable Unterbringung.«

»Selbstverständlich werden wir auf Anklageerhebung dringen, um Einsicht in die gesamte Akte zu erhalten, die sich, wie ich argwöhne, als äußerst mager entpuppen wird.«

»... *se constitue partie civile.*« Als Zivilpartei, eine rechtliche Fiktion, koppelt man sich vom Strafverfahren ab, um mit aller Vehemenz um Schadenersatz zu streiten. Mertens lächelte so krampfhaft wie ein Mann, der in eine Prügelei verwickelt ist und zusehen muß, wie seine zwei Gegner sich mit abgebrochenen Bierflaschen bewaffnen.

»Ah, Monsieur Castang. Ein Beteiligter –«, sehr freundlich. »Darf ich bekannt machen?«

»Doch kein Interessenkonflikt?« fragte Laetitia hellwach. Vera mag sich über die Schweine beklagen, aber jeder Mann betrachtet eine Frau, die ihm zufällig über den Weg läuft, erst einmal als mögliches Objekt der Begierde. Die Schweine juckt es ein ganz kleines bißchen. Sie würden Laetitia als appetitlichen Happen beschreiben. Ja, wirklich beklagenswert, nicht wahr?

»Aber nein«, sagte Castang, der schmutzige Kerl, »ich vertrete einzig und allein die Verteidigung. Das ganze Verfahren ist absolut lächerlich.«

»Eine klare Selbstbezichtigung –«, Mertens lachte gemein.

»Der Staatsanwalt hat mit Ihnen gesprochen?« fragte ich. Er nickte jovial und paffte an seiner Pfeife. »Also Besuchsrecht zu jeder Zeit? Privilegiert?« Das hieß, zu den gleichen Bedingungen wie Gregor und Laetitia. Anwälte haben das Recht, sich in einem Sprechzimmer mit ihren Mandanten zu treffen, und zwar ohne daß irgendein neugieriger Gefängniswärter ihnen Gesellschaft leistet. Der normale Besucher genießt diese Rechte nicht.

»Ihr Leute von der Gemeinschaft bekommt wirklich alle Privilegien. Ich wäre geneigt, mich da auf einen Disput einzulassen, aber Monsieur de Coninck bestimmt, und ich beuge mich. Sie genießen die gleichen Rechte wie die hier anwesenden Herrschaften.«

»In diesem Fall können wir –«, sagten sie beide gleichzeitig, ehe einer den anderen um Entschuldigung bat. Ein Schweigen, das ich brach.

»Es gibt da einige Punkte. Der Staatsanwalt erhebt Anklage, etwas anderes kann er kaum tun, wenn Mr. Claverhouse einen entsprechenden Antrag stellt – wie Sie ihm zweifellos raten werden. Ich kann also zunächst sagen, daß das Haus ungefähr so offen und zugig ist wie das San-Siro-Stadion. Die Hintertür war offen, und ich habe sie geschlossen. Ich bin bereit, das zu beeiden. Sie könnte gut zur Haustür gegangen sein, weil es dort geläutet hatte. Nichts, was wir über sie wissen, weist sie als argwöhnische oder ängstliche Frau aus, sie war sowohl unbefangen als auch selbstsicher. Sie hat vielleicht geglaubt, ihr Mann hätte seine Schlüssel verlegt, oder es kann sich jemand mit einer plausiblen Geschichte in ihr Vertrauen geschlichen haben, ausgeschlossen ist das keinesfalls. Wir haben trockenes Sommerwetter, diese Teppiche sind nur durchschnittlich staubig, Schuhe mit Ledersohlen hätten da keine feststellbaren Abdrücke hinterlassen.«

Mertens paffte seine Pfeife und sagte nichts.

»Wir haben also eine durchaus achtbare Hypothese. Ein Mann verschafft sich Zutritt zum Haus, mit der Absicht zu plündern, sieht sich einer attraktiven Frau im Morgenrock gegenüber, denkt, eine kleine Nummer wäre auch nicht schlecht. Aber sie wehrt sich, es geht zu weit, und er flüchtet auf dem Weg, auf dem er gekommen ist, und denkt vor lauter Schreck gar nicht mehr an Diebstahl.«

Poch, poch machte die Pfeife auf einem großen Marmoraschenbecher, der wie ein Weihnachtsgeschenk treu ergebener Mitarbeiter aussah; es war höflicher, aber lauer Applaus. »Eine Eins minus, Castang. Nicht ganz erste Klasse.«

Er wußte es, ich wußte es. Der, die und das wußten es – es war Wasser mit dem Sieb geschöpft. Das Polizeilabor hatte die gefundenen Spuren noch nicht ausgewertet. Es hatte sich noch nicht einmal jemand die Fotos genau angesehen. Aber, wie die Engländer zu sagen pflegen, sechs zu vier, daß sie Spuren eines Einbrechers ebensowenig zeigten wie die Stelle, an der Captain Blood seinen Schatz vergraben hat. Wenn sie Harold nicht festnageln konnten, stand ich jederzeit für sie zur Verfügung.

»Ich verstehe, daß Sie sich Mut machen wollen«, fuhr Mertens fort, »aber nehmen Sie an, ich teile Ihnen mit, daß ich mich heute morgen kurz mit Ihrem Freund unterhalten habe. Er ist ausgeruht, ruhig, bei klarem Verstand. Schlicht gesagt, er gibt alles zu.«

»Das hätte vor Gericht keinerlei Beweiswert.«

»Man würde ein solches Geständnis als erzwungen ansehen, aufgrund vielfältiger traumatischer Bedingungen.«

»Ebenso schlicht gesagt, es wäre bedeutungslos.« Das gleichzeitige Gequake war keineswegs harmonisch; wir lächelten alle drei, zuckten mit den Achseln und baten um Entschuldigung.

»Darüber«, entgegnete Mertens, »wird der eminente Professor von der Louvain Universität entscheiden.« Ein selbstauferlegter nächster Schritt; der Staatsanwalt würde selbstverständlich ein psychiatrisches Gutachten einholen lassen.

»Man könnte dem entgegenhalten«, sagte Gregor eine Spur pompös, »daß dies die Reaktion jedes sensiblen Menschen ist, der durch eine entsetzliche Entdeckung außer sich gerät.«

»Mertens«, sagte Laetitia mit überraschend tiefer Stimme, »ich habe keine Ahnung, ob Sie verheiratet sind, und wenn ja, ob schon längere Zeit.«

»Auf das, was die Leute Polizeikommissaren erzählen, kann man sich nie verlassen.« Ich konnte diese Bemerkung mit aller Aufrichtigkeit einwerfen.

»Guter Gott, Mann«, sagte Gregor, »er verbringt die Nacht im Gefängnis und weiß nicht, wo der Alptraum anfängt und wo er aufhört.«

»Ich würde gern selbst mit ihm sprechen«, erklärte ich. »Sie erheben doch keine Einwände, Mertens?« Zur Antwort griff er zum Telefon, brummelte, steckte einen Bleistift in sein anderes Ohr und drehte ihn mit Genuß gegen ein inneres Jucken, wobei er uns augenrollend ansah.

»Er ist oben beim Staatsanwalt, wurde unter Anklage gestellt und in komfortable Räume im *Königin des Himmels* verbracht.« Ein Bullenwitz; *Regina Coeli* ist das berüchtigte Zentralgefängnis von Rom, und sein Spitzname wurde für alle solchen Einrichtungen übernommen. »Wegen der nötigen Genehmigungen wenden Sie sich bitte an den Untersuchungsrichter. Beruhigen Sie sich erst mal alle. Jetzt kann sich der aufgewirbelte Bodensatz ein paar Wochen setzen. Sie wissen ja alle, daß Voruntersuchungen Fiktionen sind, die diesen Prozeß ermöglichen sollen. Und wenn der Wein dann klar ist, probieren wir ihn.« *Dont Acte*, wie der Staatsanwalt sagt.

Das *Palais de Justice* von Brüssel auf der Höhe des Hügels, Krönung der Oberstadt, hat eine Terrasse mit herrlichem Blick, und das ist so ziemlich das einzige Gute, was man von ihm sagen kann. Auch der Hradschin in Prag, ebenfalls gigantisch, hat so einen herrlichen Blick zu bieten. Aber er ist schön, was, milde ausgedrückt, hier nicht der Fall ist: Neoklassizismus des neunzehnten Jahrhunderts geschmacklosester Art.

Unser teures Palais in Paris (ich habe die Hand auf dem Herzen wie ein amerikanischer Würdenträger vor der Flagge) ist auch spuckhäßlich, jedoch geheiligt durch historische Assoziationen wie die Conciergerie und Saint-Chapelle und Marie-Antoinette: ein unglaubliches Labyrinth von Verliesen und Geheimgängen und *salles-des-pas-perdus* (Säle der verlorenen Schritte, das ist das in seiner poetischen Anschaulichkeit passendste Wort, das ich kenne). Es gibt Höfe und selbst ein winziges Gärtchen, in dem die heiligen Nonnen, die sich um die weiblichen Gefangenen kümmern, Fleißige Lieschen gepflanzt haben. Es gibt massenhaft Geister von Toten und einen Arzt, dem die Arbeit nie ausgeht; jeden neuen Tag sterben welche oder drehen durch. Höchst anregend, außer natürlich für Häftlinge, Richter oder Polizisten.

Dieser Justizpalast hier ist fast genauso groß, aber weniger komisch; ein monströser Kreml, düsteres Monument des Leidens und der Ungerechtigkeit. Die Geister hier entstammen der Belle Epoque, Georges Simenon mit seiner Pfeife und Maigret mit seiner, und der *juge d'instruction* Coméliau mit Pince-nez und Regenschirm, nörglerisch. So stark riecht es nach Mottenkugeln, steifen schwarzen Hüten und feuchten Mänteln mit Samtkrägen, daß ich angenehm überrascht war, zu sehen, daß der Untersuchungsrichter ein junger Mann in Jeans war, der nach Deo roch, sonst aber ganz menschlich war.

»Besuchserlaubnis? – Ja, selbstverständlich. Und Ihre Frau ebenfalls? Ach, übrigens, Castang, die Presse lauert schon, ich wollte Sie nur warnen, aber nein, von mir erfahren sie nichts, der Staatsanwalt sagte mir schon, wenn etwas durchsickern sollte, bin ich dran, dann werde ich gehängt und gehäutet wie – na, wer ist das noch? Marsyas – dieser riesige langweilige Schinken von Rubens. Oder ist es Tizian? Wir hätten hier den Platz, das Ding aufzuhängen, und wie gut es sich machen würde!«

In der Fernsehwerbung für Deos wimmelt es von jungen Damen, die schmachten und schmelzen und sich freudig entblättern, aber die Sekretärin (alle Richter werden von ihren Sekretärinnen gegängelt) war eine strenge Dame ganz in Schwarz, nicht der schmachtende Typ, und achtete sicher darauf, daß ihr Richter nicht über die Stränge schlug.

Mein Gott, bin ich müde. Harold muß bis morgen warten. Und heute ist auch noch Accès-Abend. Vera hat mich hoffentlich entschuldigt. Die Leute sind da Gott sei Dank sehr flexibel. Ich glaube nicht, daß ich heute abend noch verwahrloste Jugendliche aushalten könnte. Ich habe genug mit meinen eigenen zu tun. Die Mädchen haben im zweiten Stock ein großes luftiges Schlaf- und Arbeitszimmer voller Pop-Poster und merkwürdiger Musikinstrumente. Ich habe ihnen versprochen, das Abendessen zu kochen. Sehr dankbar sahen sie nicht aus, aber man tut, was man kann.

9

Vera Castang

»Ich habe Ihnen ein paar Sachen mitgebracht, Kleider und so.« Sie hatten meine Tasche durchgesehen und mich nach Waffen und Bierflaschen untersucht, wie sie das jetzt vor dem Fußballstadion tun. Aber nur oberflächlich, und sie ließen mich mit ihm allein. Zweifellos war das die privilegierte Art. Ich hätte Feilen oder Schraubenzieher an der Innenseite meines Beines festgeklebt haben können. Man muß sich an die andere Seite des Tischs setzen, und es ist ein Mann da, der aufpaßt, daß man sich anständig benimmt. Heutzutage haben sie unheimlich kleine Intimzimmer für die Ehefrauen. Ich war nie in dieser Situation gewesen. Ich denke doch, sie würden zur Durchsuchung der Ehefrau, bevor sie sie hineinlassen, eine Frau holen. Drogen zum Beispiel brauchen ja so wenig Platz. Sie können alles mögliche verbieten. Sie hätten auf das Eau de Cologne deuten und sagen können: »Glas ist nicht erlaubt.«

»Ich hoffe, die Hose ist richtig. Männer haben immer so viele Sachen, die sie gar nicht anziehen oder von denen sie sich nicht trennen können, obwohl sie gar nicht mehr in sie hineinkommen.« Ich redete zuviel, weil ich verlegen war. Harold war seit drei Tagen im Gefängnis, und ich kenne ihn gar nicht gut, dennoch sitzen wir uns hier gegenüber und müssen unter wenig verheißungsvollen Umständen Konversation machen.

»Oh, ich habe jetzt wirklich allen Komfort. Sogar einen Kleiderbügel. Ich habe ein Zimmer für mich allein, der absolute Luxus. Mit eigenem Waschbecken und Toilette, Dusche zweimal die Woche.«

»Haben Sie mit den anderen hier Kontakt?«

»Sie hatten ziemliche Schwierigkeiten, sich zu überlegen, wer für mich geeignete Gesellschaft wäre. Beim Hofspaziergang bin ich mit zwei älteren Herren zusammen. Der eine ist ein Versandhausbetrüger, der andere ein ungetreuer Buchhalter. Ich hatte mich schon auf die große Langeweile gefaßt gemacht, aber sie haben die faszinierendsten Geschichten auf Lager.«

»Haben Sie Fernsehen?«

»Nein, Gott sei Dank nicht. Sie haben mir netterweise einen Apparat angeboten, aber ich habe abgelehnt. Man wird auch so genug infantilisiert. Abends gehen sie durch die Reihen und fragen, ob man eine Schlaftablette haben möchte. Aber ich habe Bibliotheksbücher. Das nimmt einen in Anspruch; sie bringen die Kataloge, und man schreibt auf, was man haben möchte. Sie haben überraschende Schätze. Man erwartet Agatha Christie, aber sie haben tolle Sachen wie Peter Cheyney und Daphne du Maurier, eine wahre Goldgrube an Meisterwerken der dreißiger Jahre. Ich werde langsam zum größten lebenden Experten über den Saint. Wußten Sie, daß man die Uhr nach ihm stellen konnte, weil er genau vier Zigaretten in der Stunde rauchte? Und daß er nach einem harten Tagwerk des Judenprügelns die hundert Meter immer noch unter zehn Sekunden laufen konnte? Nein, das wußten Sie natürlich nicht. Man gebe mir die gesammelten Werke über diesen Tausendsassa, und ich bin der glücklichste Mann der Welt.«

»Das Essen ist akzeptabel?«

»Ausgezeichnet, so verdauungsfreundlich. Eine ethische Frage beschäftigt mich allerdings. Was ist vorzuziehen, sauberer rostfreier Stahl oder angelaufenes Silber? Iris war ein solcher Snob, sie behauptete immer, Inox schmecke fettig, auch wenn man es noch so gründlich spült. Aber das Silber war immer schwarz, weil sie es haßte, es zu putzen. Und die *femme-de-ménage* wollte es natürlich nicht anrühren.«

Ich wollte nicht, daß er über Iris sprach, jedenfalls nicht in diesem Ton.

»Keine kleinen Schikanen, mit denen man Ihnen das Leben schwermacht? Nicht, daß ich sie abstellen könnte, aber es gäbe vielleicht Mittel und Wege, Abhilfe zu schaffen.«

»Nun ja, manche Leute drehen offenbar durch, wenn sie eingesperrt sind, und brüllen und schlagen um sich, aber ich finde es eigentlich recht erholsam. Ich meine, wenn tatsächlich einmal jemand an die Tür klopft, ist er immer nett und höflich und häufig interessant. Man muß hier allerdings eine neue Sprache lernen. Man hat zum Beispiel keinen Namen mehr, sondern eine Nummer. Und als Sie eben kamen, schepperte der Wächter mit seinen Schlüsseln und sagte so etwas wie: ›Los, Neuzugang, raustreten, Sie haben Besuch.‹ Und spätabends beobachten sie einen natürlich durch den Spion. Ich hoffe, ich verärgere die Leutchen nicht, wenn ich so rede. Glauben Sie, sie hören zu und nehmen das alles auf Band auf?«

»Es ist mir gleich, ob sie das tun oder nicht.« Ich merkte, daß ich etwas gereizt wurde, aber ich begriff, daß er diese alberne Spöttelei nötig hatte.

»Und die Frauen fehlen einem. Ich vermute, das wird mit der Zeit richtig schlimm werden. Als Sie eben hier hereinkamen, ein Bild von einer Frau, wenn ich das einmal sagen darf, eine Labsal für Herz und Auge.«

Ich lächelte nicht, weil ich das schon früher gehört habe. Die Gefängnisbehörden mögen es nicht, wenn man ›jung und hübsch‹ ist (nicht daß ich eines von beiden wäre), weil das angeblich die ›Insassen aufregt‹. Jede Frau, gleich welchen Alters, wird darauf achten, daß ihr Haar gut aussieht und sie ein hübsches Kleid trägt. Wenn der Insasse deswegen sexuelle Phantasien entwickelt, bekommt er sie auch anders, wird sie sich notfalls aus alten *Playboys* herausreißen. Was spielt es also schon für eine Rolle? Und wirke ich sexy, weil mein

Lippenstift nicht verschmiert ist? Wenn ich mit übergeschlagenen Beinen sitze, ist das vulgär?

»Sie sind ein frischer Windhauch, Vera, und der fehlt einem doch ziemlich. Ich habe mich ein wenig mit Kriminologie beschäftigt, und da sind sich alle Gelehrten einig, daß die Sommermonate am schlimmsten sind. Aber nichts geht über die Erfahrung am eigenen Leib, das muß ich sagen.«

»Harold, ich komme wieder, so oft Sie wollen. Die Verwaltung ist mit den Zeiten ziemlich flexibel. Was möchten Sie haben – Bücher? Stellen Sie eine Liste zusammen, und ich versuche, sie aufzutreiben.«

»Ah ja, eine Liste. Das ist eine gute Idee. Besser gleich auf lange Sicht planen, nicht?« Er wirkte plötzlich in sich gekehrt und abwesend. Ich kenne diese unvermittelten Depressionen. Ich habe sie schon früher erlebt. Ich mußte lernen, daß eine einzige Bemerkung, oft auch nur ein Blick dem andern das Herz von einer Sekunde zur andern unerträglich schwer machen kann. Wie banal auch immer. Gerade die Banalitäten des täglichen Lebens sind es, die ihnen ans Herz gehen.

»›Viele Gesichter haben die Götter,
und viele Geschicke erfüllen sich,
ihren Willen zu wirken.‹«

Die Augen schwimmen in Tränen. Ich habe vielleicht ›ach Mist‹ gemurmelt. Ganz leise.

»›Nicht das erwartete Ende tritt ein.
Das Undenkbare läßt der Gott geschehen,
wie hier zu sehen.‹ Das ist von Euripides.«

Bei mir ist das Schlimme, daß ich immer erst hinterher schlagfertig bin. Ich hätte sagen sollen: Ach, ich dachte, das sei Hitler, *Mein Kampf*.

»Das ist Unsinn. Wir begehen doch dauernd Dummheiten, manche sind katastrophal. Dann müssen wir uns eben am Schopf packen und die Dinge in den Griff bekommen.«

»Ja, hm, der Gedanke ist König Pentheus vielleicht auch gekommen.« Aber wieder mit normaler Stimme. »Als die Mänaden Hackfleisch aus ihm gemacht hatten.« Dennoch, er hatte sich gefangen. »Ich habe verstanden.

›Ach, ich fürchte, das wird eher
traurig für die Frau Medea.‹

Ich glaube, ein paar juristische Bücher täten mir gut. Wäre eine Abwechslung zum Saint. Habe ich das schon gesagt? – Man wird hier wirklich ein bißchen infantil.«

Das ist eine Stärke der Engländer, eine, um die ich sie beneide. Die Weigerung, sich selbst und ihren Kummer ernst zu nehmen. Er machte ein Gesicht wie jemand, der versucht, eine Erinnerung einzufangen.

»Jetzt weiß ich's – das ist natürlich Medeas Amme.

›Ach, hätte man doch ein Embargo
Verhänget über das Schiff Argo.‹«

Ich war froh, in das Lachen einstimmen zu können.

Zu Hause fand ich einen Riesenhaufen Bügelwäsche vor. Ich weiß wirklich nicht, wie diese Karrierefrauen das schaffen, ständig auf der Achse, gerade mal ein Päuschen, um sich mit Deo einzusprühen und ein paar Kondome in die Handtasche zu werfen, und dann von der Arbeit schnurstracks in Verführerinnenpose aufs Sofa. Auch Infantilisierung. Dahinter steckt der Gedanke, daß die Frau sich das beim Bügeln im Fernsehen anschauen soll, ganz glücklich, als Dummchen behandelt zu werden und sich als Folge auch in eines zu verwandeln. Ich behaupte nicht, mir tiefschürfende Gedanken zu machen. Aber die kleinen Rädchen drehen sich.

Iris war um einiges älter als ich. Fünfzehn Jahre ungefähr, fast eine Generation, durch den Krieg wurde der Altersunterschied noch größer. Ich meine, sie, die vor dem Krieg geboren ist, erscheint viel älter als wir, die wir danach geboren sind. So etwas prägt einen. Man denke nur an die schreckliche Geschichte des Bruders, der zwölf Jahre älter war als sie, mit dem sie aber das Wissen um das teilte, was selbst zu erfahren sie zu jung war. Sie konnte sich nur undeutlich an ihn erinnern, diesen großen, gutaussehenden Jungen. Das macht es wahrscheinlich um so schlimmer, könnte ich mir denken. Kein anderer Mann kann je diese Höhen erklimmen. Das elende Ende läßt ihn nur in um so heroischerem Glanz erstrahlen. In Rußlands Schnee verdiente er sich ein Ritterkreuz und starb, bevor er das Ende erleben konnte, und daran klammert sie sich. Um so mehr als ihr Vater ein liebenswürdiger Schwächling gewesen zu sein scheint. *Dépassé par les évènements.*

Aber dazwischen waren noch drei Schwestern. Ich kann mich nur an eine erinnern, Rosemary. Sanft und ziemlich passiv wie der Vater. Sie wurde Nonne, das arme Ding. Ich weiß, daß Iris getobt hat; ihr würde das nicht passieren. Was war mit den anderen? Wenn sie am Leben waren, mußten sie doch informiert werden. Gibt es im Haus nicht ein Adreßbuch oder so etwas? Ich muß Monsieur Mertens um die Erlaubnis bitten, mich umzusehen, da Henri bestimmt keine Zeit dafür hat. Ich war zwar keine enge Freundin, aber ich kenne sonst niemanden, der sich um diese Dinge kümmert. Und was ist mit der Beerdigung – und den Kindern? Ach, ich bin sicher, die Engländer veranlassen das alles, sie zeigen im Exil immer Solidarität.

Verdammt, hätte ich nur nicht so viel zusammenkommen lassen! War Henri vielleicht ungewöhnlich verschwenderisch mit Hemden? Oder möglicherweise ist es nur das heiße Wetter.

Ich kann Iris so klar sehen. Und vielleicht bin ich die einzige, die das kann. Was sieht Harold? Zerrbilder? Oder ist es wie ein Kreuzworträtsel voll schwarzer Kästchen, die er dunkel gemacht hat, so daß er jetzt nur Fragmente wahrnehmen kann?

Eine seltsame Mischung aus Mattigkeit und Vitalität. Sie konnte sich lamentierend aufs Sofa werfen. Sie verbrachte viel Zeit auf diesem Sofa. Auf einen Ellbogen gestützt, die Knie hochgezogen, eine schöne Linie von der Hüfte zum Fußknöchel, sie hatte sich diese langen, schmalgliedrigen Beine bewahrt. Sie hatte immer noch eine bemerkenswert gute Figur, obwohl sie zuviel trank. *Elle avait des beaux restes*, würden die Franzosen sagen. Sie war gut gebaut. Ein paar Falten, aber keine Schlaffheit unter dem Kinn. Klagte, ihr Busen sei geschrumpft und sie könnte keine ausgeschnittenen Kleider mehr tragen, aber sie konnte blendend aussehen, wenn sie wollte. Es waren diese ewigen Selbstbezichtigungen, eine Versagerin zu sein, die ihr schadeten.

Sie hat mir nie erzählt, wie sie Harold kennengelernt hat. Vielleicht kann ich es mir selber zusammenreimen. Er hat Henri einiges anvertraut, aber sind diese Dinge wahr? Grammar school, was immer das ist. Scheint eine höhere Schule zu sein, die besser ist als das durchschnittliche staatliche Gymnasium – diese Feinheiten englischen Minderwertigkeitsgefühls entziehen sich mir. Stipendium in Cambridge, glaube ich – kann es Clare gewesen sein? Es ist ein ›C‹ darin und ich glaube auch ein Christ, und auch ein Corpus Christi, oder ist das wieder etwas anderes? Man darf sich in englische Theologien nicht verstricken, besonders da auch noch ein Jesus mit im Spiel ist.

Und Iris' leise, etwas rauhe Stimme, nicht der schrille englische Sopran, aber auch nicht ›irisch‹ (ich habe Eamonn Hikkey in Verdacht, absichtlich zu übertreiben, damit die ›Ausländer‹ ihn nur ja nicht mit den Briten in einen Topf werfen. Wie schwierig es ist, sie können alle so empfindlich sein). »Zu Hause hatte uns eine Serie inkompetenter Hauslehrerinnen

Französisch und Deutsch beigebracht. Wir konnten gut reiten und schlecht Klavier spielen. Wir wußten nichts. Ach, doch, wie man eine gute Ehefrau wird, ohne einen Funken sexuelle Aufklärung natürlich. Ja, ich habe mich bemüht, eine gute Ehefrau zu sein, und da ich vieles erst durch schmerzliche Erfahrung am eigenen Leib lernen mußte, bin ich jetzt ein bißchen mitgenommen. In Dublin gab es genug gute protestantische Schulen. Und man hätte auch aufs Trinity College gehen können.

Ach, daß wir katholisch sein mußten! Das gräßliche Sacré Coeur, wo die Metzgerstöchter lernten, wie man sich in der feinen Gesellschaft benimmt.«

»Aber«, hatte ich eingewendet, »es waren doch bestimmt auch andere Töchter aus gutem Haus dort?«

Iris sah mich an, die beringte Hand unter dem Kinn, der Blick der schönen Augen überflutet von quälenden Erinnerungen.

»Ich könnte Ihnen einen Plan zeigen. Von Dublin, in dem alle die alten Häuser noch eingezeichnet sind. Sie wurden nicht niedergebrannt. Sie sind jetzt Vorortwohnsiedlungen. Die Jungen wurden nach England geschickt, zu den Jesuiten in Stonyhurst, den Benediktinern in Ampleforth. Von den Mädchen machte keiner viel Aufhebens. Oder man landete im nächsten Sacré Coeur, in Roehampton. Teuer. Wir lebten um diese Zeit schon von der Wohlfahrt. Wir waren zum verarmten Adel abgesunken. Und man ließ uns wissen, daß das Kloster für uns der richtige Ort sei. Rosemary, die Arme, hat es sich zu Herzen genommen. Man braucht es sich nur vorzustellen – Braut Jesu in irgendeiner Einrichtung, die Monsignore MacMahon wärmstens empfohlen hatte.«

»Wer ist das?«

»Die irische Mittelklasse –«, weit weg und ohne auf mich

zu achten. »Sie mußten alle Ärzte oder Rechtsanwälte werden. Kleine enge bigotte Geister. Die sich um den Unterschied zwischen Cosgrave und De Valera stritten. Die guten wurden alle im Bürgerkrieg erschossen. Der hat Irland ruiniert, das kann ich Ihnen sagen. Ach, warum erzähle ich Ihnen all diese schrecklichen Dinge, bin ich blau oder was?« Sie hatte dem Port zugesprochen, aber betrunken war sie nicht, nur unglücklich.

»Weil ich Tschechin bin. Vom Land. Slowakin, was noch schlimmer ist. Dreckiger. Katholischer. Ich habe mich strikt geweigert, ein Marienkind zu werden.«

»Ich war eines.« Wieder vom Zorn übermannt.

»Im weißen Musselinkleid, das ein bißchen knapp saß, mit blauem Band? Und haben Sie auch Rosenblätter gestreut und sind dabei verklärt lächelnd rückwärts gestolpert?«

»Genau.«

»Auf den Dörfern in Polen ist das immer noch Brauch.«

»Sie haben recht, keiner Engländerin würde ich das erzählen. Und auch keiner Irin.«

Sie hatten ihre Methoden, diese beiden, einander zu quälen. Aber hat er sie getötet? Henri sagt nicht, was er denkt. Brummelt Dinge wie: »Wenn er es nicht getan hat, ist schwer zu sagen, wer es sonst gewesen sein soll.« Es war oft genug seine Aufgabe, so etwas herauszufinden. Aber ihm sind die Hände gebunden. Er ist kein aktiver Polizeibeamter mehr, und darauf pocht er. Es sei nicht seine Sache, sagt er, Ermittlungen anzustellen. Harold ist sein Chef und auch sein Freund. Er sagt mit Recht, selbst wenn er noch bei der Kriminalpolizei wäre, würde er sich für befangen erklären müssen. Außerdem kommen noch die heiklen politischen Angelegenheiten dazu, als da sind: die EG-Zugehörigkeit, die unterschiedlichen Nationalitäten, die unklare Situation im Verhältnis zur Stadt Brüssel und zum belgischen Staat.

Immer muß ich an diese Kinder denken, diese zwei jungen Männer in England.

Ach, Mensch, wenn Henri nicht darauf bestehen würde, daß seine Hemden reine Baumwolle sein müssen, wäre dieser Job hier viel einfacher.

Ein prachtvoller Mann namens Mr. Simpson nahm sich der ganzen Sache an. Wie gut die Engländer diese Dinge zu arrangieren wissen. Er ist aus einer anderen Abteilung, und Henri kennt ihn nicht. »Landwirtschaft und Fischzucht«, sagt er vage. Sie tüfteln so theoretischen Kram wie Sojabohnenquoten aus. Wie viele Heringe man in der Nordsee fangen darf (und wer sie fangen darf). Was ist aus den verrückten Kühen geworden (verbrannt, vergraben oder ganz ahnungslos von den Franzosen gegessen)? Weinseen, Butterberge und Pfirsichpyramiden. Verdienstvolle Leute, und sie bekommen kaum Dank.

Mr. Paul Simpson (vielleicht gibt es noch andere). Groß, kräftig, würdevoll und vielleicht eine Spur pompös. Aber eine große Stütze ohne Zweifel. Herzog von Windsor genannt, wie wir hören, weil er die ganze Zeit vom Golfspielen spricht, nicht wegen seines Namens. Ich habe das alles von der Perle Miss Huntingdon. Aber ein freundlicher Mann, der darauf besteht, daß die Formen und das Protokoll gewahrt werden. Er hat die zwei Söhne in seinem Haus aufgenommen, obwohl er für alle ein relativ Fremder ist. Die Mutter ist unter tragischen Umständen ums Leben gekommen, der Vater ist richterlicher Entscheidung gemäß in Haft (der belgische Staatsanwalt scheint sich da diplomatisch und vage zu äußern, aber doch recht bestimmt), aber wir werden tun, was sich gehört. Große Beteiligung seitens der EG; der Generalsekretär (der sich gerade in Washington aufhält, vielleicht auch in Helsinki) ist vertreten, der Sarg ist absolute Spitzenqualität, ein Meer von Blumen, und es findet ein formeller Gottesdienst statt. Kirche von England natürlich. Iris war Katholikin, wenn auch vom Glauben abgefallen, Harold ist nichts, soviel man weiß, aber wir geben uns ökumenisch und irenisch in dunklen Anzügen. Das Aussehen der beiden jungen Männer sagt mir nichts. Beide sind dunkel, sehen eher Iris ähnlich als Harold.

Miss Huntingdon hat mir eine kleine Klatschgeschichte zugetragen; der ältere, der mit dem Studium fertig ist, habe gesagt: »Das war eine Ehe zwischen Stalin und Hitler.« »Natürlich«, fügte sie eilig hinzu, »meinte er damit nur, daß Harold autoritär und willkürlich sein kann und daß er seine Mutter rigide und starrköpfig fand, aber die Leute waren ziemlich schockiert, wie Sie sich wohl vorstellen können.« Ich kann mir denken, daß zwei Söhne im Studentenalter rebellisch sind, aber jetzt legten beide ihr bestes Benehmen an den Tag.

Die vielen, vielen Blumen, und darunter Iris, obduziert. Ich wollte, ich müßte nicht daran denken, aber Henri, der ständig mit Anwälten zusammenhockt, brummelte erst heute morgen, die Autopsiebefunde seien ungenau und nicht schlüssig. »Da ist was unterschlagen worden.« Was auch immer das heißen mag, es klingt schrecklich. Als ich ihn fragte, grummelte er, er habe den Verdacht, die Belgier seien mal wieder ›diplomatisch‹. Ich weiß aus früheren Berichten, daß einem da ein einziger riesiger Schnitt vom Thorax hinunter bis zur Scham gemacht und der Brustkorb mit der Säge malträtiert wird. Sägen sie einem auch die Schädeldecke herunter? Ich habe es vergessen. Ich freue mich, das sagen zu können. Ich ziehe es vor, mich nicht näher damit zu beschäftigen, aber Henri sagt, sie nähen die Schnitte wieder zu und richten den Leichnam für die Beerdigung her. O Gott, arme Iris. Aber ein Hoch den Engländern. Sie haben eine starke Front der Loyalität gebildet.

Wir fuhren nach Hause und tranken ein Glas, das wir dringend brauchten. Einen ›steifen‹ Whisky für jeden von uns, ehe ich mich umzog und mir eine Schürze umband. Ich hatte eine Zigarette angezündet und legte sie auf einen Aschenbecher, und der Rauch stieg in einem dünnen, wunderschön horizontblauen Strich auf, ehe er sich ins Nichts kräuselte, leb wohl, Iris. Sie hatte eine ganz gute Sopranstimme gehabt. »Mezzo«, sagte sie, »mit anderen Worten eigentlich untauglich.« Das stimmte nicht, sie sang gut und hatte in früheren Jahren viel Freude beim Chorsingen gehabt. »Ja, gut, das war eines der wenigen Dinge, in denen ich gut war. Aber sobald es ein bißchen kompliziert wurde, mußte ich passen, und Notenlesen habe ich nie gelernt. Alles, was ich tue, tue ich nur halb.« Arme Iris, überzeugt, eine Versagerin zu sein. Ich kenne das Gefühl. Ich kann in meinem Leben viele Parallelen finden. Mein Verstand ist langsam. Frauen sind nicht dümmer, aber ihr Verstand arbeitet anders als der der Männer. Harold, getrieben, brillant, ehrgeizig – war er mit Iris geduldig genug? Henri und ich, wir brüllen uns oft genug an. Wir haben beide auch schon mal Gegenstände durch die Gegend geworfen. Wir würden uns nicht umbringen. Ich habe manchmal gedacht, ich würde es gern tun. Den Gedanken hat jeder einmal, da bin ich sicher. Diese beiden haben sich geliebt, ich bin überzeugt davon. Und wie Henri sagt, jeder ist zu irgendeinem Zeitpunkt imstande zu töten. Wie sollen wir je Gewißheit haben? Ich wollte, es ließe sich einfach alles vergessen.

»Was hast du gemeint, als du gesagt hast, ›da ist was unterschlagen worden?‹«

»Der Bericht wirkt so zusammengestückelt. Unvollständig oder oberflächlich – ich habe ihn selbst nicht gesehen, aber die Anwälte sind unzufrieden. Sie ist erwürgt worden, das ist richtig; der kleine Knochen oder Knorpel am Hals war gebrochen. Das Innere der Vagina war sauber, sagen sie, sie ist gar nicht vergewaltigt worden. Das deckt sich nicht mit meiner Beobachtung. Alles etwas merkwürdig.«

10

Henri Castang

sterne regen sonne mond
(und nur der Schnee ist zu klären imstand...)

Bei der Beerdigung hörte ich Getuschel von rechtlichen Schritten, und daran konnte niemand etwas auszusetzen haben, nicht einmal Mertens. Es war kein Akt der Feindseligkeit; es ist eine atavistische Reaktion, ich kenne das von mir selbst. Ein Unfall im Ausland zwang Sie, einen Arzt aufzusuchen, und ich wette, es gab einen Moment, da verspürten Sie Mißtrauen gegen seine Methoden. Ja, zehn zu eins, daß Sie, sobald Sie wieder zu Hause waren, zu Ihrem Hausarzt rannten und sagten: »Ihr Kollege in Italien hat mir diese Tabletten verschrieben, halten Sie die für gut?« Worauf der ein Gesicht zog und sagte: »Nun, es ist nicht das, was ich...« Ohne einen Kollegen schlechtzumachen, hat er es geschafft, durchblicken zu lassen, daß der Mann wahrscheinlich ein Scharlatan war.

Mertens sagte, er sei nicht überrascht gewesen; es sei ›ein zugeknöpfter Herr‹ dagewesen. Abgesandter irgendeiner Londoner Anwaltskanzlei. Gregor und Laetitia waren auch nicht überrascht. Es gibt EG-Regeln für solche Anlässe, und die diversen Anwaltskammern haben quid-pro-quo-Abmachungen. Sie waren also unerschüttert, denn eine Krähe hackt ja der anderen nicht das Auge aus, und Anwälte werden immer bezahlt, ganz gleich, was passiert. Ich war derjenige, der vom Auftauchen Mr. Quentin Camdens überrascht war, der todsicher ein Queen's Counsel, ein Kronanwalt, ist und natürlich sofort QC getauft wurde und diesen Namen beibehielt.

Eindrucksvolle Persönlichkeit. Sehr höflich. Aber penetrant. Mit intensivem Blick, als er sagte: »Ich bin mir über den genauen Stand der Dinge hier nicht im klaren, Mr. Castang.« Man dachte unwillkürlich an Todesstrahlen.

Kein sonderlich großer Mann, kompakt, mit kräftigem Nacken und Brustkorb. Kein Fett. Hält sich gerade und sieht einem gerade ins Gesicht. Flutwellen können über diesen Mann hereinbrechen, ohne daß er eine Miene verzieht. Die Augen zwinkern nicht. Der runde Kopf mit dem sandblonden Haar ist nicht größer als normal im Verhältnis zum Körper, aber er sieht groß aus, so daß die goldgeränderte Brille eine Nummer zu klein scheint für diesen vernichtenden blauen Blick; das Seltsame ist, daß die Augen, wenn in Ruhe, blaßgrau sind und den Eindruck machen, daß der Mann einen guten Witz zu würdigen weiß. Er hatte keine prallvolle Aktentasche. Keinen ›gelben Kanzleiblock‹. Er hatte ein eher kleines Notizbuch in einer Innentasche, und Einzelheiten, auf die es ihm ankam, wurden langsam, in einer kleinen schwer leserlichen Handschrift dort eingetragen. Schwarze Tinte und ein Sheaffer-Füller. Zu mir war er jovial, in so perfekter Konzentration, daß die Arbeiter mit dem Preßluftbohrer draußen auf der Straße zu existieren aufhörten.

»Würden Sie mir diese unverschlossene Tür erklären? Ich habe das Haus noch nicht gesehen. Ich nehme an –« zu Gregor –, »daß die Pläne und Maßangaben der Polizei uns zur Verfügung stehen.«

»Es ist eine Villa. Solide gebaut, vielleicht so um 1910. Der dazugehörige Garten ist durch Gebüsch abgeschirmt. Auf das

Anwesen kommt man durch ein Tor und über eine Auffahrt. Im Prinzip kann jeder hinein, aber nicht ins Haus, ohne Spuren zu hinterlassen. Um das Haus herum führt ein Weg nach hinten zu einem gepflasterten Platz. Dort ist eine Tür, zur Küche, zum Heizkeller. Platz genug, um einen Wagen zu parken.«

»Das, was wir in England einen Lieferanteneingang nennen.«

»Richtig. Der Ölmann oder der Weinhändler.«

»Und diese Tür war offen. Sie bleiben dabei.«

»Ich habe nicht offen gesagt. Ich sagte unverschlossen und unverriegelt. Auf der Tür sind meine Abdrücke. Ich sah sofort nach, ob die Tür offen war, weil mir als erstes der Gedanke an einen Einbrecher kam.«

»Haben Sie etwas Bestimmtes daraus gefolgert?«

»Nein. Ich habe die Dame ja nicht gut gekannt. Rein vernunftgemäß würde ich sagen, daß es einen ganz banalen Grund hatte; vielleicht hatte sie noch den Ascheneimer ausgeleert. Der Hausmantel läßt darauf schließen, daß sie noch nicht zu Bett gegangen war und aufräumte, ehe sie abschloß.«

»Sie tippen nicht auf Besuch, ob nun erwartet oder nicht? Sie sind doch ein geschulter Beobachter.«

»Aber auch nicht mehr. Ausgeschlossen ist es sicher nicht. Man müßte natürlich den Charakter berücksichtigen.«

»Ziemlich hoher Alkoholspiegel, wie ich sehe.«

»Sie denken an Drinks mit jemandem, den sie kannte? Der dann sein Glas wusch und wegstellte? Nicht sehr plausibel. Gerade solche Möglichkeiten überprüft die Polizei sehr sorgfältig. Soviel ich weiß, wurde nichts dergleichen vermutet.«

»Hm, nur würde ich eben im Fall eines Einbrechers mehr Durcheinander erwarten – die Flucht, die Erregung. Um noch einmal auf die Autopsie zurückzukommen – Sie haben deutliche Male an ihrem Hals gesehen? Blutergüsse? Alle scheinen sich einig, daß sie mit bloßen Händen erdrosselt wurde, aber diese Maßangaben hier passen auf jeden. Auch auf mich.«

»Ich bin kein Pathologe. Ich weiß nicht, wie lange solche Male scharf bleiben. Die Fotos zeigen vermutlich den Zustand, wie er – hm, vielleicht drei Stunden nach der geschätzten Todeszeit war. Etwas vage, weil niemand weiß, wann genau sie gegessen hat.«

»Nehmen wir an, ich packte jemanden plötzlich an der Kehle, um ihn zum Schweigen zu bringen oder festzuhalten. Das kann doch, denke ich, durch Schock zum Tode führen, auch ohne andauernden Druck.«

»Ein Reflex des parasympathischen Nervensystems, ja, davon habe ich gehört, aber selbst erlebt habe ich so etwas noch nicht. Bei einer Asphyxie bleiben Spuren, kleine Blutungen in den Augen und solche Dinge. Das sollte aus den Befunden, die Sie haben, klar hervorgehen.«

»Klar ist bisher kaum etwas. Da haben wir beispielsweise diese Vergewaltigung, die sich als Nicht-Vergewaltigung entpuppt hat.«

»Ich kenne Fälle, wo Männer in der Hyperregung den Akt nicht vollziehen konnten. Diese Art der funktionellen Impotenz kommt sogar ziemlich häufig vor.«

»Und dieses Muster paßt Ihrer Meinung nach in die Hypothese der Polizei?« hakte Mr. Camden geschickt ein. Ich starrte ihn verständnislos an.

»Die Polizei hat mir ihre Arbeitshypothese nicht verraten. Aber ein solches Muster würde gelegentlich zu jedem von uns passen; auch zu Ihnen oder zu mir.«

»Nur damit ich Sie recht verstehe – Sie behaupten also, jemand, der eine Menge getrunken hat, in der Gegend herumstreunt, folgt einem plötzlichen Impuls?«

»Mir gefällt der Gedanke mit dem Einbrecher nicht«, sagte

ich. »Diese Typen trinken aus naheliegenden Gründen nicht und würden meiner Erfahrung nach schleunigst verschwinden, sobald sie spitzkriegen, daß jemand im Haus ist. Sie scheuen jede Komplikation.«

»Für so einen Menschen liegt das Erregende mehr im Eindringen in ein fremdes Haus als im Stehlen, meinen Sie? So ein Mensch befände sich in einem Zustand hoher emotionaler Spannung? Sagen wir, er findet die Haustür unverschlossen, dringt weiter ins Haus ein und sieht sich um, ob es was mitzunehmen gibt. Sie ist oben. Kommt herunter und ertappt ihn – der Rückzug ist ihm abgeschnitten. Er muß sie zum Schweigen bringen, verhindern, daß sie Alarm schlägt. Und im Kampf mit einer Frau, die nur einen Hausmantel trägt, gerät er in sexuelle Erregung?«

»Nehmen Sie an, was Sie wollen. Ich bin hier nicht vor Gericht.«

»Verzeihen Sie, Mr. Castang. Ich messe nur die Temperatur. Sie sind ein interessanter Zeuge, da Sie einen Polizeistandpunkt vertreten. Wieso besteht man so hartnäckig darauf, Mr. Claverhouse in Haft zu behalten? Weil man keinen anderen Verdächtigen gefunden hat und sich wahrscheinlich auch gar nicht die Mühe gemacht hat, zu suchen?«

»Der Spatz in der Hand erspart einem das Suchen«, stimmte ich zu. »Aber ich habe kein Recht zu behaupten, daß Mertens seine Arbeit nicht gründlich macht – diese Dinge brauchen Zeit. Um einmal als Polizeibeamter zu sprechen, Ihr Szenarium gefällt mir nicht besonders.«

QC lehnte sich zurück, kippte seinen Stuhl nach hinten, schob die Hände in die Hosentaschen.

»Mr. Claverhouse bleibt also Ihr Lieblingskandidat?«

»Monsieur Castang«, sagte Gregor mit seiner klimatisierten Stimme, »hat uns seine Gründe erklärt. Vielleicht wäre er bereit, noch einmal zu rekapitulieren.«

»Ich bin nun einmal Polizeibeamter. Ein Haus ist voll von Spuren seiner Bewohner; Haare, Haut und so weiter. Ein Haar von ihm auf ihrem Morgenrock bedeutet überhaupt nichts. Man wird etwas suchen, das nicht ins Haus gehört, ob man es findet oder nicht, mir wird man jedenfalls nichts sagen. Aber wenn man etwas Derartiges findet, muß man herausbekommen, zu wem es gehört; wir leben hier in einer Stadt mit einer Million Menschen. Man eliminiert den gelegentlichen Besucher, jeden, der mit gutem Grund im Haus zu tun hatte, Installateur, Elektriker, Gasmann. Man befragt die Nachbarn nach Herumtreibern, Pennern, Spannern, Exhibitionisten. Es bleibt irgendeine Kleinigkeit, ein Fädchen oder ein abgebrochener Fingernagel. Keinerlei Hinweise sonst. Es wurde nichts gestohlen. Wenn nicht ein verrückter Zufall hilft, daß zum Beispiel irgendwo eine Ehefrau oder Freundin sich über einen Kerl ärgert, der sie mit einer anderen betrügt, und wissen möchte, wer die andere ist, spricht alles dafür, daß man in einer Sackgasse gelandet ist. Man füttert also den Computer mit dem, was man hat, und hofft, vielleicht auf eine Wiederholung des Musters zu stoßen. Aber in neun von zehn Fällen liegt des Rätsels Lösung bei dem Mann, der die ganze Zeit da war. Simple Wahrscheinlichkeit.«

»Aber die Psychologie haben Sie ganz weggelassen«, bemerkte Laetitia.

»Die Polizei zieht konkrete Beweise vor«, erwiderte ich. »Die Psychologie – na, da haben Sie drei verschiedene Experten und drei verschiedene Bilder. Als ich Mr. Claverhouse etwa eine halbe oder eine Stunde nachdem er seine Frau gefunden hatte, sah, hatte er keine Ahnung, wie lange das her war. Er war im Schock und desorientiert. Er nahm alle Schuld auf sich. Er kann davon überzeugt sein, daß er sie getötet hat, und lebhafte Erinnerungen daran haben, wie er es getan hat. Assoziation. Dissoziation. Er weiß es nicht, und das ist Tatsache. Er hätte das Messer in der Hand halten können und wüßte es dennoch nicht. Nur würden dann wenigstens wir es wissen.«

»Sie schlugen ihm vor zu duschen«, sagte Camden.

»Nein. Aber ich hinderte ihn nicht daran. Er war schweißgebadet und betrunken dazu. Er hat ein hochempfindliches nervöses Temperament, mir ging es vor allem darum, ihn zu beruhigen. Ich habe da einen Fehler gemacht, und Mertens hat mich dafür durch die Mangel gedreht.«

»Vielleicht nicht gerade die Reaktion eines geschulten Polizeibeamten?« meinte Camden vorsichtig.

»Ich habe darüber nachgedacht. Darf ich der Gerechtigkeit halber sagen, daß ich mich als Freund betrachte und ihm helfen wollte, sich zu fassen? Darf ich sagen, daß ich froh bin, nicht mehr bei der Polizei zu sein, und diese Tatsache vielleicht unbewußt herausstrich?«

Camden lächelte. »Wir würden dennoch die Fragen stellen, die gewiß auch Mr. Mertens gestellt hat – was war es denn, das ihn so aus dem Gleichgewicht geworfen hat? Die Entdeckung seiner toten Frau? – Aber Sie sagen ja, Sie glauben, er habe sich das eingebildet.« Es war schwer, sich über seine gerichtsmäßigen Sticheleien nicht zu ärgern.

»Sie haben das Protokoll da in Ihren Unterlagen«, sagte ich ein wenig zu gereizt. »Harold kam hereingetorkelt und sagte etwas davon, daß er Iris getötet habe. Offensichtlich war etwas Dramatisches geschehen, weil er dermaßen außer sich war. Ich dachte an einen Haushaltsunfall; daß sie die Treppe hinuntergefallen sei oder im Bad einen elektrischen Schlag bekommen habe. Etwas Gewöhnlicheres als Mord und Totschlag. Ich darf Sie vielleicht daran erinnern, daß Unfälle um einiges häufiger vorkommen als Morde.«

»Ich verstehe schon«, sagte Camden. »Sie wollten nicht wie ein Polizeibeamter denken. Gut. Dann fanden Sie sich mit diesem erschreckenden Anblick konfrontiert. Ich würde meinen, daß Sie dadurch wieder in die Rolle des Polizeibeamten zurückkatapultiert wurden. Können Sie das akzeptieren? Und dürfen wir jetzt wissen, wie Sie als Polizeibeamter die Sache sahen?«

Ich ertappte mich dabei, wie ich mich tief in den Sessel drückte, in dem ich saß, und nach einer Zigarette kramte. »Lassen Sie sich Zeit, wir sind hier nicht bei Gericht –«, sagte QC sehr freundlich.

»Da wäre so was gar nicht erlaubt, wie Sie sehr wohl wissen. Polizeizeugen haben sich einzig an die beobachteten Tatsachen zu halten.«

»Sie sind aber nicht mehr bei der Polizei, Castang. Haben Sie sich nicht so.«

»Aus gefühlsmäßigen Vermutungen Schlußfolgerungen zu ziehen – das ist unzulässig.«

»Eine aufschlußreiche Antwort. Sie suchen nach einer Rechtfertigung für Ihre eigene Zimperlichkeit.«

Ich sah ihn unfreundlich an.

»Na schön, dann wollen wir doch mal sehen, ob ich Ihnen helfen kann. Sie rekonstruieren aus Fakten, die Sie gesehen haben, und aus Fakten, die Ihnen bekannt sind. Faktum ist ferner Ihre Erfahrung mit solchen Ereignissen. Eine Gewohnheit sachlicher Beobachtung. Dann, sagen Sie, wurden Sie von Ihren Emotionen überschwemmt, und das beeinträchtigt den Wert Ihrer Meinung.

Ich möchte Sie aber trotzdem hören. Sie könnte doch erhellend sein. Natürlich im Vertrauen – im strengsten Vertrauen.«

»Seien Sie still und lassen Sie mich nachdenken.« Angenommen, ich bin offen. Freimütig. Kann das Harold schaden? Mertens' Gedankengänge sind wahrscheinlich ähnlich. Wir sind beide von der Polizei.

»Ich habe mir eine Theorie gebildet, ja, die mit den Fakten

übereinstimmen würde. Ob sie mit den Charakteren übereinstimmt – das kann ich nicht beurteilen. Sie sind hier zwei Männer und eine Frau; Sie müssen sich selbst überlegen, ob die Theorie mit Ihrem Verständnis der menschlichen Natur übereinstimmt.

Mir hat die Geschichte vom Einbrecher, wie gesagt, nie gefallen. Ich kann nichts sehen, was sie stützt. Die unverschlossene Tür – für sich genommen eine Tatsache ohne Signifikanz.

Dann also ein Besucher? Oder ein heimliches Stelldichein? Das halte ich nach allem, was ich über Mrs. Claverhouse weiß, für höchst unwahrscheinlich. Nicht ihre Art. Im übrigen gäbe es dann Spuren, ein Glas, in dem ein Getränk war – irgend etwas in dieser Art. Dieses Konstrukt von den verwischten Spuren gehört in den Roman. Ein Polizeiteam sucht danach. Genau wie ein Versicherungsdetektiv, der festzustellen versucht, ob ein Brand zufällig ausgebrochen ist oder absichtlich gelegt wurde. In einem solchen Fall hätte etwas inszeniert werden müssen, und auch das hinterläßt Spuren. Eine frisch gesäuberte Oberfläche zum Beispiel ist weit fragwürdiger als ein Haufen Staub.

Ich sehe daher folgendes Bild: Eine Frau allein im Haus. Sie wollte zu Bett gehen, hatte gebadet oder geduscht, und ihr fiel plötzlich etwas ein, was sie noch zu tun hatte. Oder sie hörte ihren Mann nach Hause kommen und wollte ihm noch etwas sagen. Ich meine, es ist ein häusliches Bild.«

Alle drei Gesichter waren reglos, bar jeden Ausdrucks.

»Ein Mann kommt nach Hause. Es ist nicht früh, es ist nicht spät. Er hat gearbeitet oder sich amüsiert, ich weiß es nicht, und es interessiert mich auch nicht. Kann sein, daß er ein paar Gläser getrunken hat, aber ich weiß nichts über seine seelische Verfassung.

Ich weiß nicht, ob die Beziehungen zwischen den beiden

angespannt waren. Wie in den meisten Ehen geht es wohl auf und ab, stelle ich mir vor. Temperamente, Schwierigkeiten, ein Krach oder eine Versöhnung, das betrifft mich nicht. Ich unterstelle schlicht und einfach, daß da ein Mann mit seiner Frau schlafen wollte. Er ist vielleicht etwas in euphorischer Stimmung, sie schwebt im Morgenrock umher, ich brauche das wohl nicht weiter auszuführen.

Die Stimmung, denke ich, schlägt um, wenn sie ihn abweist. Ich könnte mir das vorstellen, ich betone das Wort. Und möglicherweise mit einer verletzenden oder kränkenden Bemerkung, die Zorn oder das Gefühl ungerechter Behandlung erwecken könnte, ganz wie Sie wollen, aber auf jeden Fall einen Kontrollverlust auslöst.«

Ich glaube nicht, daß es Wichtigtuerei war. QCs Beitrag war wirklich gut.

»Könnten wir den Ausdruck verwenden – ›am wunden Punkt getroffen‹?«

»Das würde gut passen, ja. Er fühlte sich wund, verletzlich. Und da wollte er vielleicht einen Ausgleich schaffen – ich möchte nicht von Rache sprechen – für gekränkte Eitelkeit, verletzte Männlichkeit, ich überlasse Ihnen die Wahl der Formulierung, indem er Gewalt anwendete. Finden Sie diese Vorstellung absurd?«

»Nein«, sagten beide Männer und die Frau zugleich.

»Sie liegt also in Ihrem Erfahrungsbereich? Oder ich sage lieber, im Bereich dessen, was Sie für möglich halten? Nun, ich wußte damals nicht, was ich heute weiß. Ich hatte keine Ahnung von einer vorübergehenden Impotenz. Aber wenn wir zugestehen, daß es ein Fiasko gab, was ja der Autopsiebefund zu bestätigen scheint, so erhärtet das die Theorie. Wir hätten ein Gefühl der Demütigung. Ist es zu stark, zu sagen, daß ein Mann, dieser Mann, nein, jeder Mann, sich entmannt fühlen würde? Übertreibe ich?«

»Nein«, sagten beide Männer.

»Ich gebe gern zu«, bemerkte Laetitia, »da wir uns hier ja, wie mir scheint, bemühen, ehrlich zu sein, daß ich gelegentlich das Wort von der ›kastrierenden Frau‹ gehört habe.«

»Bravo«, sagte Gregor in kollegialem Ton. Ich war nicht auf den Gedanken gekommen, mich zu fragen, ob sie verheiratet sind. Ich hatte nur eine geschäftliche Partnerschaft gesehen. Ich habe auch jetzt keinen Hinweis darauf, daß es anders ist.

»Sie könnte also etwas gesagt haben, das für einen Mann in dieser Situation äußerst verletzend war. Verstehen Sie? – Ich habe herauszufinden versucht, was denn so einen heftigen plötzlichen Impuls gegeben haben könnte. Weshalb sonst hätte er sie an der Kehle gepackt?«

»Um sie zu töten?« erkundigte sich Camden in einem Ton, als fragte er mich, ob ich meine Zigarette mit Streichholz oder Feuerzeug anzünden wollte.

»Um sie zu töten, nein, gewiß nicht. Wenn man plötzlich die Kontrolle verliert, sagt man vielleicht ›Ich bring' dich um‹. Das beweist keinen Vorsatz. Das Ziel war zweifellos, sie am Weitersprechen zu hindern. Ihr den Mund zu verschließen, der diese destruktiven Bemerkungen hervorbrachte. Aber der Rest ist nur noch Vermutung, das spare ich mir.«

»Aber wieso denn? Es ist doch sowieso alles Vermutung. Sie haben es in sich gewälzt, und für Sie ist es sehr lebendig geworden. Ich habe Fragen. Er packt sie also bei der Kehle. Hält er sie länger fest? Um sie am Schreien zu hindern – das wäre doch so ähnlich, als drückte er ihr ein Kissen auf das Gesicht?«

»Das finde ich nicht. Nein, nein, es wäre – äh – mehr ein ... äh ...«

»Sie nuscheln.«

»Mehr ein scharfer – plötzlicher...«

»Nicht unbedingt von längerer Dauer?«

»Nicht unbedingt, nein.«

»Ein Bremsversuch?«

»Ein Abwürgen eher.«

»Um sie zum Schweigen zu bringen?«

»Mehr als das, denke ich.«

»Aber rachsüchtig wäre zu stark?«

»Vor allem zu bewußt, meine ich. Er denkt ja nicht. Es ist ein ganz instinktiver, wenn auch natürlich wahnsinniger Versuch, sich der Spannung zu entledigen, die in ihm hochkommt. Ein Schuß ins Dunkle.«

»Ihnen wäre also ein Wort, das das Instinktive ausdrückt, lieber, nicht wahr? Ein Zupacken eher als ein Greifen?«

»Ja, das kommt der Sache näher.«

»Und es ist keine Überlegung dabei? Es formt sich keine Absicht?«

»Nein, nein. Kein Vorsatz.«

»Aber stünde hinter dieser überwältigenden Notwendigkeit, sie zum Schweigen zu bringen, vielleicht ein Wunsch, ein unbewußter, wenn Ihnen das lieber ist? Ein Wunsch, zu töten oder zu zerstören?«

»Moment mal. Jetzt gehen Sie zu weit. Ich bin kein Psychiater.«

»Ich wollte nur sehen«, sagte Camden kühl, »ob Sie der Theatralik auf den Leim gegangen sind.«

Ich wußte nicht, ob ich lachen oder wütend werden sollte.

»Lassen Sie mich Ihnen doch mal die Hände an die Kehle legen – ich bin auch nett und erlaube Ihnen, mir zu sagen, wann ich aufhören soll.«

Darüber strahlte er, aber vielleicht ja auch über seine erfolgreiche Demonstration.

»Gut. Sie sind der normale Mensch. Sie geraten in einen

unnormalen Zustand höchster Gereiztheit und Scham. Der Trieb zur Gewalt, der normalerweise unter Kontrolle ist, bricht sich einen schrecklichen Moment lang Bahn. Nur noch die eine Frage. Sie ist in seiner Reichweite.« Er streckte seine Hände über den Tisch. »Seine Hände schnellen vor und umklammern ihren Hals. Jetzt nur noch eine kleine Anstrengung, Mr. Castang. Angenommen, sie wäre nicht in Reichweite. Was tut man dann mit dieser unkontrollierbaren Spannung?«

»Oh – ich denke, dann würde man zu diesem ziemlich schweren, scharfkantigen Kristallaschenbecher greifen, meinen Sie nicht?«

»Ich scherze nicht«, sagte dieser gräßliche kleine Mann. »Ich denke, Sie haben analoge Situationen schon erlebt.«

Ja und nein. Die Phantasie ist ein mächtiges und gefährliches Instrument. Sie ist aber auch ein Hemmschuh. Ja, es gab Gelegenheiten, da habe ich mit Gegenständen geworfen. Vera kann einen reizen bis aufs Blut. Aber man wirft die Gegenstände nicht auf sie. Das Bild eines Wurfgeschosses, das einen Menschen an der Schläfe trifft, ist zu abschreckend. Man schleudert die Gegenstände auf den Boden, an die Wand. Mir ist aufgefallen, daß man zu billigen Dingen greift, die leicht zu ersetzen sind.

Aber wenn sie etwas Unerträgliches aussprechen und damit prahlen sollte. Da wären wir beim Kern der Sache. Ich wußte nämlich, daß sie es nicht getan hat. Daß sie es nicht tun würde. Und wenn ich diese Gewißheit nicht hätte? Nein, treiben Sie mich nicht zu weit.

Gregor und Laetitia hatten die ganze Zeit geschwiegen. Ein Rechtsanwalt manipuliert einen, jubelt einem geschickt die Wörter, die Modifikationen unter, die er hören will. Ein guter Strafverteidiger, der sein Handwerk versteht, lotst einen, wenn er merkt, daß man bei allzu eklatanten Suggestivfragen zurückschreckt, in sumpfiges Gebiet und tritt dann zurück, damit die Geschworenen zusehen können, wie man immer mehr den Boden unter den Füßen verliert.

»Kennen Sie«, fragte QC, »ein recht abgegriffenes Klischee des englischen Strafrechts – den Mann im Bus nach Clapham? Nein? Herr Jedermann. Er sitzt auf der Geschworenenbank, randvoll mit Vorurteilen und Fisch und Chips, aber für alles, was er als vernünftig akzeptieren kann, durchaus empfänglich.« Gregor und Laetitia sahen ein wenig aus, als hätten sie ihrerseits die Nase randvoll. »Und – akzeptieren *Sie* es?« blaffte er sie an.

»Die verletzenden Worte, ja, leider, wenn ich mal als Frau spreche. Sie sind nicht zurückzunehmen, wenn sie einmal ausgesprochen sind, und sie können einen Mann zur Weißglut treiben. So daß er vorübergehend den Verstand verliert? Vorausgesetzt, er ist entsprechend veranlagt, ja.«

»Ich bin es nicht, jedenfalls glaube ich es nicht«, sagte Gregor, »aber ich habe zu viele Scheidungsprozesse miterlebt, um nicht zuzustimmen. Ein Glas Whisky zuviel – ja, ich glaube, da ist der Würgegriff schon drin.«

»Gar nicht daran zu zweifeln«, bemerkte Laetitia, die ihn zu lau fand. »Wie oft habe ich schon geschlagene Frauen vertreten! Die Gewalt kann jede erdenkliche Form annehmen. Sehr häufig können diese Frauen gar nicht erkennen, welche Rolle sie gespielt haben, um sie zu provozieren oder zu begünstigen. Männer wie Frauen verfügen über ein ungewöhnliches Talent, Rechtfertigungen für sich zu finden.« Eine Ermahnung von der Ehefrau oder nur ein kollegialer Ellbogenstoß? Ich konnte es nicht sagen. Gregor jedoch fühlte sich angestoßen.

»Möglicherweise neigen wir zu leicht zu der Auffassung, sie beschränke sich auf die geringer Gebildeten in Positionen kleinlicher Autorität. Der Vorarbeiter in der Fabrik, der Sergeant bei der Armee. Polizisten –«, mit einem entschuldigenden Blick in meine Richtung.

»Der Postdirektor, der Generaldirektor, der Ayatollah und der Burgomaster«, meinte ich. »Alle Autorität ist kleinlich.«

»Das Anhängsel ›master‹ taucht hier auffallend häufig auf«, bemerkte Camden verschmitzt. »Wie ›chief‹ in Amerika.«

»Sie sind eben wie die Franzosen«, sagte ich zu ihm. »Ein Chef ist nämlich nicht wie bei Ihnen im Englischen ein Koch. Wenn Sie wüßten, wie oft ich das gesagt habe –« wobei ich die Hand an die Stirn legte – *»oui, chef!* Die ganze französische Gesellschaft ist hierarchisch gegliedert.«

»Welche Gesellschaft ist das nicht?« fragte Laetitia ziemlich schnippisch.

»Also, ich denke, wir sehen klar«, sagte Camden. »In England würde ich erwarten, daß die Krone formuliert. Hier auf dem Kontinent haben Sie klarere und deutlicher nuancierte Definitionen in Ihren Gesetzbüchern. Was ist es also – schwere Körperverletzung?«

»Es gibt mehrere mögliche Paragraphen, und der Staatsanwalt wird sich als vorsichtiger Mann gewiß einen Allerweltsparagraphen aussuchen, aber ›ohne Vorsatz zu töten‹. Bei angemessenem Vortrag unserer Argumente«, sagte Gregor wieder einmal pompös, »sollten wir so viele mildernde Umstände geltend machen können, daß wir höchstens mit einer Normalstrafe rechnen müßten, die dann bereits verbüßt wäre.« Camden warf ihm einen Blick zu, der sagte: Na, hören Sie mal, das können wir doch besser machen, bemerkte aber nur scherzhaft, er werde sich auf seine Experten verlassen.

»Sie –« und zeigte mit dem Finger auf mich – »und *commissaire* Mertens.«

Ich wollte kein Experte sein. Ich bin viel lieber nur ein kleiner Beamter in einer Stellung ohne Autorität.

Ich war todmüde.

11

Henri Castang

Müde? Ich dachte an Monsieur Adrien Richard. Seit langem im Ruhestand; mein ehemaliger Chef bei der *PJ*; ein bemerkenswerter Mann. Müde sein, pflegte er zu sagen, sei nichts als ein Geisteszustand. Er verabscheute Geisteszustände.

Und er ging Risiken ein, monströse manchmal; er riskierte seinen Rang als *commissaire divisionnaire* (der gleiche wie meiner), seine Stellung als prominente Persönlichkeit der Stadt, sowohl gesellschaftlich als auch amtlich, und als pflichtbewußter Beamter. Vieles, sagte er immer, kann man mit Frechheit, mit dreistem Bluff und unverschämtem Schwindel erreichen. Wenn du in der Klemme sitzt, und als Beamter sitzt man oft in der Klemme, dann ergreif die Initiative.

Ich sitze derzeit so richtig in der Klemme. Mir gefällt diese Geschichte mit Harold überhaupt nicht, und aus mehreren unangenehmen Ecken sind grelle Scheinwerfer auf mich gerichtet. Ich fühle mich nicht so sicher geborgen hinter komfortabler bürokratischer Anonymität, wie mir lieb wäre. Die jüngsten Ereignisse haben mich exponiert. Man hat mir eine Mission anvertraut und mir nur allzu klar befohlen, mit Diskretion zu Werke zu gehen. Das bedeutete, daß meine Freunde, die Spione, die bisher nur ein lästiger Juckreiz waren, einem losen Haar ähnlich, das einem hinten ins Hemd gerutscht ist, nunmehr zum Dorn geworden sind, der fest in meinem Fuß sitzt. Mir gefiel das Auto nicht, das mir zu Harolds Villa gefolgt war. Ich tat so, als kümmerte es mich nicht, aber es gefiel mir gar nicht. Ich mußte, ohne etwas tun zu können, eine Reihe boshafter kleiner Gags über mich ergehen lassen. Keine Initiative. Zeit, sich Adrien Richard ins Gedächtnis zu rufen. Er war mir schon in vielen unbequemen Situationen ein guter Freund gewesen.

Ein lächerlicher Reim dudelte mir im Kopf herum. Von ganz, ganz früher – das war doch Ella Fitzgerald, oder? Ein Scherz aus dem Jazz-Zeitalter, Ursprünge längst vergessen – ›I wrote a letter to my love and on the way I dropped it.‹ (Ich schrieb meinem Liebsten einen Brief und verlor ihn unterwegs.)

Ein Bluff. Frechheit. Ich wünschte, ich hätte Richard an meiner Seite. Ein feines Händchen bei der Abfassung von ›Amtsprosa‹. Kitzeln Sie sie, hätte er gesagt. Machen Sie dem Burschen ein Angebot, das er nicht ablehnen kann.

Ich machte mir mehr Mühe... Ich saß zwanzig Minuten über dieser Botschaft. Jetzt weiß ich, wie der Verfassungsrechtler schwitzt, wenn er eine Gesetzesvorlage formuliert.

Hinterhältig? Ein bißchen, und es muß durchschimmern. Demütig geworden, aber nicht kriecherisch; zahm geworden, ohne unterwürfig zu sein. Ich mußte vermitteln, daß ich Angst hatte, in die Bredouille zu kommen; daß ich weiß, wie leicht es ist, jemandem ein kleines Päckchen unterzuschieben, ehe man ihn hopsnehmen läßt, von einer echten Drogentruppe diesmal.

Aber auch hart. Ich mußte durchblicken lassen, daß man mich nur bis zu einem gewissen Grad weichkriegen konnte. Daß ich, sollten sie sich Vera vornehmen, ekelhaft werden und beißen würde. Ein bißchen Käuflichkeit und ein Restchen Integrität.

Dies alles in weniger als fünfzig farblosen Wörtern.

Nachdem ich dieses Stück Prosa in meiner Schreibmaschine hinterlassen hatte, bedrängten mich quälende Gedanken an mögliche Verbesserungen. Treppenwitz, fiel mir höchst geistreich ein, als ich die Treppe hinunterging. Zu spät; wer wird das Briefchen an sich nehmen und einstecken?

Vera beschwert sich, daß ich alles aufhebe. Ich habe immer noch eine Kanone, und ich habe immer noch so ein Polizistenjackett, unter dem man die Waffe nicht sieht. Die Kanone war kein Staatseigentum, deshalb brauchte ich sie nie zurückzugeben. Fast eine Antiquität. Nichts Ausgefallenes; ein Standard .38er Smith. Neun Millimeter reichten mir dicke. Genau wie der Zehn-Zentimeter-Lauf. Revolver natürlich. Das Hirnholz des Kolbens ist voller Scharten und fettig, und der blaue Glanz des Metalls ist trüb geworden. Der Gürtel ist nur ein Streifen steifen Sattelleders mit einer flachen Messingschließe. Eine geschwärzte Öse zeigt, wie schlank ich früher war und nicht mehr bin. Ich habe noch eine halbe Schachtel Messingpatronen. Ich habe diesen Revolver immer geölt und saubergehalten. Er ist nicht rostig. Aber ich bin es.

Wenn ich hier in Belgien mit dem Ding geschnappt werde, kann ich mich auf eine Abreibung von Commissaire Mertens gefaßt machen. Aber, frisch gewagt ... Ich habe nämlich eine Antwort bekommen. Kompliziert, aber vielleicht verheißungsvoll.

Ganz am Ende der Avenue Louise ist ein Kreisverkehr, ein runder Platz, von dem zwischen Grünanlagen mehrere Hauptstraßen auseinanderführen: der *Bois de Cambre*, und hier gibt es vielbesuchte Wege und Lichtungen; die Bewohner des Viertels führen hier ihre Hunde spazieren. Große Monster und kleine Kläffer. Eine Gegend, die meine unbekannten Freunde sich ausgesucht hatten, um erscheinen und verschwinden zu können, wie sie wollten, aber ich hoffte, daß es nicht mehr als einer war. Zum Kennenlernen erst mal. Um sich näher zu kommen gewissermaßen. Ich parkte das Auto am Waldrand. Bemühte mich, auszusehen wie einer, der mal schnell pinkeln muß. Ein Mann führte seinen Hund spazieren, aber es regnete wenigstens so stark, daß er nicht lange blieb.

Eine Bank. In Dunkelheit und Nieselregen war es schwierig, den Wegen zu folgen. Es kommen noch mehr Bänke, aber diese hier war mit einer alten Marlboro-Packung markiert, das Silberpapier säuberlich gefaltet; das Zeichen, also setzte ich mich. Rundherum Bäume und Gestrüpp! Und haufenweise Hundescheiße.

Signal; eine Taschenlampe blinkte. Dann leuchtete sie mir lange genug ins Gesicht, um mich zu blenden, so daß ich kaum etwas erkennen konnte, aber doch das Spionenkostüm, tief in die Stirn gezogener Hut, hochgeschlagener Trenchcoatkragen und ungefähr die richtige Größe für George Raft. Ich stand auf und bot ihm die Hand, um freundlich guten Tag zu sagen. Mein Bauch ist etwas wabbeliger geworden, aber ich bin immer noch ganz gut auf den Beinen für einen Mann, der sich den Fünfzigern nähert und meistens am Schreibtisch sitzt. Ich war früher kein schlechter Sportler.

Fehler. Ich bekam zwar die Hand, aber dann warf sich der Freund gegen mich, rammte mir seinen Kopf unter die Brust und schleuderte mich über sich hinweg. Hüftwurf, erstklassig ausgeführt. Ich knallte auf den Rücken und zweifellos auch in Hundescheiße. Man hat die Kanone manchmal vorn einstekken, falls man sie schnell braucht, aber meistens steckt sie irgendwo hinten. Ich holte erst mal Luft, dann setzte ich mich auf und versuchte meine Augäpfel wieder geradezurichten. Ich sehe nachts so mittelprächtig. Ich war heftig aufgeprallt, und die verdammte Kanone hatte mir die Niere gequetscht, und das tat weh. Er stand da und schüttelte den Kopf über meine Torheit. Na schön, Freund, dann bleibt mir eben nichts anderes übrig. Ich zog die Kanone und zeigte sie ihm.

Ich hoffte, der Anblick würde ihn schockieren. Das tat er.

»Ach, verdammter Mist – stecken Sie das Ding weg, Sie Idiot.« Jetzt war ich schockiert. Es war eine Frauenstimme. Gottverdammte Judoexpertin.

Gib's auf, braver Hund? Nein, so schockiert war ich auch wieder nicht. Zeit, Richards Formel anzuwenden: Frechheit siegt. Ich lachte wie ein Irrer und feuerte ihr eine genau zwischen die Füße.

»Verdammt noch mal!« Die Stimme sprang eine halbe Oktave in die Höhe. »Hier sind doch Bullen in der Nähe, Sie Blödmann.« Sehr wahrscheinlich – die ehrbaren Bürger erwarten wirksamen Schutz. Ich ließ noch einmal mein irres Lachen hören und donnerte zwei weitere in einen harmlosen kleinen Kastanienbaum hinter ihr. Das machte einen Höllenlärm, und wir waren höchstens hundert Meter vom Waldrand weg; ich konnte nur beten. Sie machte kehrt und wollte türmen. In Anbetracht der athletischen Kunststücke von vorher vermutete ich, daß sie schneller laufen konnte als ich, darum brüllte ich.

»Die nächste landet in Ihrem Bein.« Sie blieb stehen, als wäre sie gegen eine Mauer gerannt. Diesmal erwischte ich sie beim Handgelenk und rammte ihr die Kanone in die Gesäßgegend. Grob.

»Ihr Wagen oder meiner?« Ich hoffte, ich konnte meinen finden. Die Polizei würde ihn vielleicht zuerst finden. Aber inzwischen wußte ich, wer sie war.

»Wir müssen miteinander reden. Finden Sie nicht?«

Ihrer stand in der anderen Straße – ich erkannte ihn auch: der kleine Alfa Spider, und im Nu wußte ich, was dem Lancia vor ein paar Tagen gefolgt war.

»Meine Wohnung.« Auf heimischem Territorium würde sie die Initiative wiederergreifen können, hm? Noch einmal im Nu – was immer ein Nu sein mag – folgte ich ihr in meinem schmutzigen VW. Schmuckes kleines Ding. Es heißt unter den Fans, daß Alfa Romeo ihn wieder in Produktion nehmen will. Die gutbürgerlichen Straßen von Ixelles. Fünf Minuten, und eine kleine Wohnung in der obersten Etage, so schmuck wie das kleine Auto. Die Fahrt müßte sie abgekühlt haben, und sie würde sicher meinen, schlauer zu sein als ich.

Sie legte den Hut ab. Schwarzer Velours, breite Krempe: was diese Frauen alles anziehen ... Hängte den Trenchcoat ordentlich über einen Bügel. Mein Jackett stank nach nassem Hund, deshalb hängte ich es über einen Stuhl. Aber die Kanone hatte ich noch.

»Sie möchten sicher etwas trinken.« Ganz Herrin der Lage jetzt, während sie ihr Haar ausschüttelte. Miss Huntingdon ist eine erstklassige Privatsekretärin und obendrein eine echte Blondine. Sie ist sehr gut bezahlt. Die Single-Wohnung war voll geschmackvoller Objekte. Ich richtete die Waffe auf sie und sagte: »Ziehen Sie den Rest auch aus«, genau wie George Raft, wenn er den Silberdollar in die Luft wirft.

»Du meine Güte, Vergewaltigung auch noch? Castang, der brave Ehemann, der alle fünf Minuten daheim anruft. Soll er nun heute morgen die rote Krawatte umbinden oder die grüne?« Ein spöttisches Lachen. Es tat weh. Ich zielte auf die hübsche Kristallvase, drückte ab, und schon schwammen die Gladiolen in einer Wasserpfütze. Prima, ich hasse Gladiolen, scheußliche Dinger. Die Kugel prallte ab und schlug in die Sockelleiste.

»Und ein Mauseloch.«

»Mein Gott, die Nachbarn! Das war Saint-Louis. Sie hat zehntausend Francs gekostet. Das bezahlen Sie mir, Sie Schwein.«

»Ausziehen«, sagte ich und zielte auf einen Empirespiegel.

Es hätte in eine schlimme Szene umschlagen können; Gewalt und billiges Drama. Wir hatten uns gegenseitig in Erregung hineingesteigert, Judogriffe, Kanonen, und wird es nun mit einem harten Fick auf dem Teppich enden? Nein, aber der Gedanke reinigte die Atmosphäre.

Harolds Sekretärin und gut in ihrem Job. Sein wildes Über-die-Stränge-Schlagen war nicht allein Undiszipliniertheit. Er war mit seiner Frau nicht glücklich gewesen, er muß Beziehungen zu anderen Frauen gehabt haben, aber nie war die Richtige dabei, nie machte ihn eine glücklich – bis Marieke kam.

Ich weiß nicht einmal Huntingdons Vornamen – Harold erfand dauernd neue. ›Pearl‹, ›Diana‹. Ihre Aufgabe war es, dafür zu sorgen, daß er funktionierte, ihm Struktur zu geben, wie man sagt. Er war bequem, indem er sich auf sie stützte; er war eitel, indem er über langweilige Details einfach hinwegging, bei seinen Hausaufgaben mogelte. Konzentriert war er brillant, aber er benützte sie und mißbrauchte sie. Ich meine nicht sexuell; sie sagte, er habe nie mit ihr geschlafen oder auch nur etwas dergleichen vorgeschlagen, und ich bin überzeugt, das ist die Wahrheit. Der Augenblick, als ich sie aufforderte, sich auszuziehen, und sie bereit war, es zu tun, leitete gegenseitiges Verstehen ein.

Sie saß im selben Boot wie ich; man hatte ihr gesagt, sie solle ihre Position dazu benutzen, alles an Informationen zu sammeln, was die Briten möglicherweise nützlich finden würden.

Erst einmal weinte sie sich richtig aus, und ich konnte es verstehen. Nervenanspannung, Herumschleichen im finsteren Walde, nächtlicher Kugelhagel. Dennoch eine stabile, vernünftige Frau. Kein Wunder, daß der zweite Marineattaché oder wer auch immer sie für gutes Material hielt. Genau wie in meinem eigenen Fall; die Briten haben die größte Angst vor verderblichen Einflüssen (französischen vor allem) auf jeglichen Aspekt der Politik in Brüssel. Harold war Engländer, wurde aber als ›nicht sehr zuverlässig‹ betrachtet – es ist wahr, diese Art von Patriot ist er nicht. Huntingdons erste Aufgabe war es, Mr. Claverhouse auf dem Pfad politischer Tugend zu halten.

»Aber wissen Sie, die Dinge sind in Brüssel nicht so, wie sie in Watford vielleicht aussehen.« Ja, sagte ich. Das weiß ich nur zu gut.

Man hatte ihr befohlen, ein scharfes Auge auf den französischen Schweinehund zu haben – mich. Sie hatte sich die kleinen Tricks nicht ausgedacht; dafür gab es andere Leute. Ja, und sie lesen alle diese netten kleinen Polit-Thriller. Iris' Tod liefert ihnen Dramatik: Was bildet sich der Schwachkopf ein, dem sie zu berichten hat? Das sind die Franzosen, die ›Claverhouse destabilisieren‹.

Sie gab mir einen Whisky.

»Ich brauch' doch nicht mit Ihnen zu schlafen, oder?« Wir brachen beide in etwas nervöses Gelächter aus.

Sie konnte ihnen immer erzählen, sie sei mit mir im Bett gewesen. Es würde sie auf den gleichen Gedanken bringen. Aber den hatten sie ja schon gehabt.

Aber mich brachte es auf einen guten Gedanken. Ich konnte meinem General in Paris einen flammenden Bericht schreiben. Diese Briten waren äußerst lästig gewesen: Nun, jetzt würde ich sie zur Abwechslung von den Franzosen schikanieren lassen. Sollten sich die Stapo und die Sipo meinetwegen nach Herzenslust gegenseitig destabilisieren. Ihn würde ich mir damit vom Hals schaffen.

Irrtum. Ich würde den Auftrag bekommen, nunmehr anzufangen, die Nato zu infiltrieren.

Wir schieden als Freunde und als Freunde von Harold. Sie

versicherte mir, es würde keine Angriffe auf meinen Seelenfrieden mehr geben. Ich erwähnte Vera nicht. Wer weiß, womöglich war Huntingdon eine Stasi-Agentin.

Dieses Gerede vom Experten würde mich weniger irritieren, wenn es nicht auch noch in anderem Zusammenhang aufträte. Gewiß, so ist das bei der Polizeiarbeit. Da treten plötzlich Dinge auf, die völlig irrelevant erscheinen, und eines Tages greifen sie ineinander.

Veras Neurose – mangels eines besseren Worts – in bezug auf Europa; sie greift langsam mit der Arbeit ineinander, die ich tun muß. Diese Geschichte von Harold ist auch die meine, weil ich ein Teil von ihr bin.

Auf Papier geht es um die Strafgesetze in den europäischen Ländern. Wir würden sie gern koordinieren, ein bißchen wenigstens. Aufgrund unserer Empfehlungen werden hervorragende Juristen einen Entwurf für ein europäisches Strafgesetz aufsetzen.

Aber unser schönes sauberes Papier bekommt Knitter und Blutflecken – es sieht schmutzig aus.

Veras kleine Alltagsgeschäfte, ihre Familiengeschichten, die sind relevant. »Kind«, sagte ihre Mutter, »egal, was geschieht, es wird immer das gleiche sein.« Genau das ist es, wovor wir alle Angst haben.

»Für dich und mich«, antwortete Vera. »Aber nicht für die Kinder.«

Und so ist es auch mit dieser Accès-Geschichte; so auch mit Marieke. Es ist an der Zeit, daß ich versuche, all diese Fäden zu verknüpfen. In diesem Moment nämlich begannen sie alle zusammenzulaufen. Marieke – sie ist ein ziemlich berühmtes Mädchen aus der Welt der Dichtung, aber für mich sollte sie Realität werden. Jacques Brel hat ein Lied über sie geschrieben. Auf französisch; die Sprache des bürgerlichen Brüssel.

Er war immer zungenfertig in der Verachtung für ›Les Flamands‹: Sie ist endemisch hier, brodelt und kocht, wird noch Generationen halten, ehe sie ausstirbt. Aber Marieke ist ein vlaamsch Mädchen, und er vergleicht sie mit dem Himmel Flanderns: Es ist da eine plötzliche, seltene Intensität an Wärme und Liebe. Der weite Himmel, mit aufeinandergetürmten Wolkenlandschaften, die niemals gleich sind. Im Schattenriß vor ihm die Türme und Giebel der wolkengekrönten Städte. ›Bruges et Gand‹ – Brugge, sollten wir auf vlaamsch sagen, und Gent. Marieke selbst – plötzlich spricht er sie an, und in ihrer eigenen Sprache. Es ist unerwartet, und da man jetzt den Mann als den großartigen Künstler erkennt, der er war, gibt es in Bruce einen Untergrundbahnhof, der nach ihm benannt ist, und oben in Brugge, in einem öffentlichen Park, steht eine Statue von Marieke. Wahrscheinlich eine schlechte, ich habe sie nicht gesehen, aber eines weiß ich mit Sicherheit: Sie sieht ihr nicht ähnlich. Denn ich kenne sie.

Das gleiche mit Accès. Unwichtig – es ist so ein ehrenamtlicher Wohltätigkeitsverein, dem ich wöchentlich ein paar Stunden opfere. Vera hat mich dazu überredet; ich war nicht begeistert. Ich finde, so etwas ist Sache von ausgebildeten Fachleuten, und zwar Vollzeit. Weil man hineingezogen wird weit über Wollen und Kapazität hinaus. Ich hätte nie etwas von Marieke erfahren, wären nicht die ›Mädchen‹ gewesen. Sie waren genau die Sorte, die immer bei Accès erscheint und Seelenqualen auslöst; weil man ganz offensichtlich dringend etwas für sie tun muß, und es nicht einfach ist zu entscheiden, was.

Und selbst wenn die Entscheidung gefallen ist, gibt es keine Garantie, daß sie ausgeführt oder mit der Geschicklichkeit und der Geduld realisiert wird, die nötig sind.

Isabelle, die ältere, war fünfzehn; Natasha zwölf. Etwa im

gleichen Alter wie meine beiden. Ja, es war ein Fünkchen Emotionalität in meiner Reaktion.

Realität und Phantasie vermischen sich in ihren Geschichten auf eine Weise, daß sie nicht mehr voneinander zu unterscheiden sind. Am besten glaubt man gar nichts, solange man nichts überprüft hat. Isabelle erzählte eine Schauergeschichte, aber ich konnte nicht einmal sicher sein, daß ihr Name stimmte, ihr Alter, ihr Wohnort.

Angeblich kamen sie aus einem Dorf nördlich von hier, in Flandern. Und wie waren sie hergekommen? Mit dem Zug. Wie lange hatte die Fahrt gedauert? Fast eine Stunde. Gent ist die Provinzhauptstadt, die ›Stadt‹.

Ich kenne es nicht gut. Voller Schätze aus dem Mittelalter und der Renaissance, aber die moderne Stadt ist meiner Ansicht nach nicht sehr mitreißend. Ziemlich wohlhabend; diese Region ist ein *Silicone* Valley. Und es findet dort regelmäßig eine große Messe für Blumen- und Baumzüchter statt. Der Boden ist fruchtbar; ganze Dörfer leben von den Großgärtnereien. Und das ihre, sagte sie, sei auch so eines. Ihr Vater arbeitete für so ein Unternehmen. Züchtung neuer Pflanzenarten, mehr konnte sie mir nicht sagen. Firma de Wilde. Gut, das war der Moment, ihnen eine Tasse Kaffee hinzustellen und zu telefonieren. Was war das für ein Mann? Ein Ungeheuer vielleicht in den Augen eines jungen Mädchens – die kleine Schwester sagte kaum ein Wort –, aber was hatte sein Arbeitgeber über ihn zu sagen?

»Ja, das ist richtig. Ein guter, zuverlässiger Mann. Nein, keine richtige Ausbildung. Nicht übermäßig intelligent, wissen Sie. Schiebt den Schubkarren. Aber solche Leute, die tun, was man ihnen sagt, und auf die man sich verlassen kann, sind wertvolle Mitarbeiter. Er ist jetzt schon seit einigen Jahren bei uns und hat nie Anlaß zu Beschwerden gegeben. Sein Charakter? Oh, ruhig. Sehr gewissenhaft. Sein Lohn ist bescheiden, aber er lebt ganz gut. Trinkt nicht. Lebt hier im Dorf. Mehr kann ich Ihnen nicht sagen. Versuchen Sie es beim Rathaus.«

Ich warf einen Blick auf die Mädchen und sah, daß sie noch da waren. Wenn sie merken, daß ihre Geschichten nicht unbesehen für bare Münze genommen werden, laufen sie oft einfach wieder davon. Die beiden steckten die Köpfe zusammen und schnatterten lebhaft, schienen sich wohl zu fühlen. Wie waren sie hierhergekommen? Hatten das Fahrgeld vom Haushaltsgeld heimlich genommen. Wie hatten sie von uns gehört? Ein Junge auf dem Bahnhof... Hatten sie noch Geld? Nein. Was hatten sie denn in Brüssel tun wollen? Keine Ahnung, eine Unterkunft suchen erst mal.

In flandrischen Rathäusern weiß man über die Gemeindemitglieder gut Bescheid, und dieses hier war ein ›Ausländer‹. Was eine Menge Mühe spart. »Aber natürlich kennen wir ihn. Italienischer Einwanderer. Lebt aber schon seit – warten Sie mal – zwanzig Jahren in Belgien. Mit einer Belgierin verheiratet. Nichts Auffallendes, nein. Im Gegenteil, die Nachbarn stellen ihm nur gute Zeugnisse aus. Ruhig und arbeitsam. Die Frau? – Soviel ich weiß, arbeitet sie im Krankenhaus in der Stadt. Nein, keine Probleme mit der Miete oder Schulden, soweit uns bekannt ist. Was sagen Sie? Die Mädchen weggelaufen? Nicht unsere Sache. Ganz recht, zwei kleine Mädchen, ich hab' nachgesehen, an der örtlichen Schule angemeldet. Alles in Ordnung, soweit es uns angeht. Behaupten, der Vater sei gewalttätig? Nein, davon haben wir nie etwas gehört.«

Ich ging wieder zu Isabelle. Sie ist ein ganz hübsches kleines Ding, bißchen wie eine Maus, das Haar und das Gesicht. Aber wirkt gesund, wohlgenährt, soweit man sehen kann. Vielleicht etwas schlampig, aber das ist nichts: T-Shirt, kurzer Jeansrock, nackte Beine, abgetretene Slipper. Was soll man von dieser Geschichte halten? Die Kleinere hat nichts beizutragen als ein paar Tränen und Schniefer. Um der Geschichte Rührseligkeit zu geben?

»Ihr seid also davongelaufen, sagst du, weil euer Vater euch schlägt. Wenn ihr ungezogen gewesen seid oder einfach, wenn es ihm gerade einfällt? Und ihr habt Male? Wie wär's, wenn ich mit einer von den Frauen rede, die hier arbeiten. Meinst du, du könntest ihr die Male zeigen?«

»Klar«, antwortete Isabelle bereitwillig. »Ich kann sie Ihnen jederzeit zeigen. Ich sag' die Wahrheit.«

Wahrscheinlich, aber bei Mädchen dieses Alters muß man vorsichtig sein. Vera war nicht da, und die einzige anwesende Frau sagte ungeduldig, sie habe keine Zeit. Na schön; Polizeikommissare, Inspektoren, auch die einfachsten Beamten bekommen dauernd Dinge zu sehen, die einen Arzt verlangen. Wir haben natürlich einen an der Hand. Aber wegen so einer Trivialität kann ich ihn nicht herausläuten.

»Bleib du hier«, sagte sie zu ihrer Schwester, die dasaß und am Daumen lutschte. »Ich geh' nur mal schnell mit dem Mann da.«

Wir haben für solche Gelegenheiten ein Hinterzimmer; Nadelstiche, Schnitte und Schrammen. Sie war absolut sachlich; das sind sie oft, die Mißhandelten. Keine falsche Scham – ich hatte kaum die Tür zu der häßlichen kleinen Kammer geschlossen, da drehte sie sich schon herum, zog den Rock hoch, den Schlüpfer herunter und präsentierte mir ihr Gesäß.

Und tatsächlich, häßliche Striemen zogen sich quer über ihr Hinterteil. Sie hatte auf der Demonstration bestanden, nachdem sie meine Zweifel bemerkt hatte, und sie hatte nicht gelogen.

Ich war ziemlich entsetzt. Das sah nach einer Hundeleine aus, ein Rautenmuster verflochtener Lederriemen, das sich auf ihrer Haut abgedrückt hatte.

»Vorn hab' ich auch noch welche.«

»Was?« Darüber war ich nun wirklich entsetzt. Zwei Leute hatten mir bezeugt, daß dieser Mann ruhig und zuverlässig war. Sie hielt es für Ungläubigkeit.

»Wir müssen uns immer ausziehen. Ich kann's Ihnen zeigen, wenn Sie wollen.«

»Nein, das ist genug.« Mehr als genug. »Deine kleine – Natasha, hat die auch solche Striemen?«

»Soll ich sie rufen? Dann können Sie sie sehen.«

»Nein, ist schon gut. Aber eure Mutter – was sagt die denn dazu?«

»Was sie sagt?« Verdutzt. »Gar nichts.«

Ich zündete mir eine Zigarette an, altbewährte Polizistenmethode, sich einen Moment ruhigen Nachdenkens zu verschaffen. Worauf Isabelle eine zerknitterte Packung herauszog und sich ganz keck ebenfalls eine anzündete. Hätte ich sie ihr wegnehmen und sagen sollen, daß Rauchen ungesund ist? Es gibt viel mehr, was ungesund für sie ist.

Das Problem ist vertraut. Wieviel schlechte Behandlung soll man stillschweigend dulden, ehe man ein Kind seinen Eltern wegnimmt? Denn wenn ich jetzt Anzeige erstattete, würde das Jugendgericht möglicherweise beschließen, die Kinder in ein Heim zu geben. Schlimm. Der Richter würde vielleicht sogar beschließen, gegen den Vater Strafanzeige zu erstatten, was noch schlimmer wäre: Der Mann würde wahrscheinlich seine Arbeit verlieren, bestenfalls im Dorf für immer erledigt sein. Genauso leicht aber konnte er die Klage abweisen. Die Kinder sind geschlagen worden. Wir alle haben soviel Schlimmeres gesehen; weit kleinere Kinder, die mit dem Elektrokabel ausgepeitscht wurden, mit Zigaretten und elektrischen Bügeleisen verbrannt; denen die Knochen gebrochen wurden.

Warum waren sie geschlagen worden? Woher hatten sie das Geld für die Zugfahrt, für die Zigaretten? Sie hatten gestohlen und dann auch noch gelogen? Solche Fälle können mehrmals die Woche hereinkommen, und keines der Standardverfahren ist da wirklich von Nutzen. Weist man die örtliche Polizei an, der Sache nachzugehen, richtet man da meistens mehr Schaden an als man Gutes tut.

Das Naheliegende ist, mit dem Vater zu sprechen. Er wäre überrascht und wahrscheinlich entrüstet. Er habe die Mädchen wegen Ungezogenheit bestraft, würde er sagen, wie das sein gesetzliches Recht und seine moralische Pflicht sei. Ja, guter Mann, das glaube ich Ihnen, aber ein Klaps auf den Po ist etwas ganz anderes, als sie zu zwingen, sich auszuziehen, und dann mit der Hundepeitsche loszuprügeln. Nun, was hielt mich davon ab? Faulheit vor allem. Ich hatte wenig Lust, jetzt in irgendein gottverlassenes Nest auf dem Land zu fahren. Ich hatte ja nicht einmal ein Auto.

»Bleibt mal eine Sekunde hier«, sagte ich zu den Mädchen und ging auf ein Wort zu Ivan, einem unserer wenigen Fachleute, der, wie ich vermutet hatte, ein Gesicht zog.

»Wir haben im Moment einfach nicht genug Leute, Henri.« In entschuldigendem Ton, weil das immer so ist.

»Ich werde sehen, ob Vera mich vertreten kann. Ich brauche sowieso das Auto.«

Vera zeigte nicht den geringsten Enthusiasmus, was mich nicht überraschte. Immerhin sagte sie zu, wenn auch murrend.

»Na ja, ich kann ja alles fertigmachen. Lydia wird kein Zacken aus der Krone brechen, wenn sie mal das Abendessen macht. Du siehst das nicht vielleicht alles ein bißchen zu sentimental?« Vielleicht tue ich das. Zwei Mädchen dieses Alters erinnern mich an meine eigenen Töchter. Eine Frau geht mit solchen Dingen im allgemeinen besser um.

»Ich glaube nicht, daß ich sie allein nach Hause schicken kann.«

»Na schön, ich komme. Aber lästig ist das schon. Ach, hier hat übrigens ein Journalist rumgelungert. Ich hab' ihn weitergeschickt, aber er will mit dir sprechen, und er ist eine echte Klette. Paß also auf, wenn du nach Hause kommst.«

Es wunderte mich nicht. Die Pressekommentare über Iris' Tod waren relativ zurückhaltend gewesen, aber nun witterten die englischen Zeitungen eine Story. So etwas hatte ich schon erwartet.

Die Augen der Mädchen wurden groß vor Angst.

»Aber wenn Sie uns zurückbringen, dann weiß er, wo wir gewesen sind und daß wir's Ihnen erzählt haben. Dann schlägt er uns wieder, und es tut weh, es tut so weh.«

»Nein, er wird euch nicht wieder schlagen. Ich spreche in aller Ruhe mit ihm.«

Und ich hatte wirklich alle Hoffnung, daß es etwas bewirken würde. Er schien ein anständiger Mann zu sein, beschränkt und bigott vielleicht, aber wahrscheinlich doch imstande zu erkennen, daß er zu weit ging. Man würde ihm keine Angst einjagen, wenn es sich nicht als notwendig erweisen sollte. Es war eher die Frau, die einem Sorgen machte. Aber es sprach eine Menge dafür, hinzufahren und sich selbst ein Bild zu machen. Ihnen ein wenig Mut zu machen, kostete mich trotzdem den größten Teil der halben Stunde, die es dauerte, bis Vera erschien. Sie warf mir die Wagenschlüssel zu und ging nach drüben, um mit Ivan zu sprechen. Ich setzte die Mädchen ins Auto und –

»Monsieur Castang?« sagte jemand neben mir.

Mit diesem zuckersüßen Ton, den sie so gern anschlagen. Einschmeichelnd, bereit, sich lieb Kind zu machen und ebenso bereit, grob zu werden, je nach Lage der Dinge. »Presse. Ich bin vom –«

»Tut mir leid, ich habe keine Zeit.« Ganz klar. Er hatte auf der Straße herumgelungert und darauf gewartet, daß ich nach

Hause kommen würde, hatte dann beschlossen, Vera zu folgen und zu sehen, wohin das führte: Sie besitzen einen unangenehm scharfen Instinkt.

»Ja, das sagen alle. Aber wir hätten gern ein Interview, wissen Sie. Sie scheinen ja in dieser Claverhouse-Affäre eine Art Schlüsselzeuge zu sein, und wir wüßten gern Näheres über die Geschichte.«

Ich bin sie natürlich gewöhnt – oder war sie jedenfalls gewöhnt, früher. Man ist am besten immer höflich.

»Hören Sie, ich weiß, was Sie interessiert. Kommen Sie morgen vormittag zu mir ins Büro, dann nehme ich mir Zeit. Etwas Besseres kann ich Ihnen nicht bieten.«

»Ja. Wir hätten's lieber heute abend, damit wir's in der Morgenausgabe bringen können. In London sind sie ungeduldig. Morgen steht die Geschichte wahrscheinlich schon in einem halben Dutzend Blätter. Wir hätten gern einen Exklusivbericht.«

»Sie sehen doch – ich habe zu tun. Es tut mir wirklich leid, aber –«

»Sind das Ihre Kinder?« Und musterte die beiden schmutzigen kleinen Rotznasen auf dem Rücksitz mit stechendem Blick.

»Nein, aber sie müssen sofort nach Hause gebracht werden.«

»Nur eine halbe Stunde. Das macht doch keinen Unterschied. Hier.« Er winkte ihnen mit Geld, das sie sogleich nahmen. »Kauft euch ein paar Pommes frites. Wir halten Monsieur Castang nicht lange auf.« Das ging zu weit. Außerdem war es mir peinlich. Ich wollte nicht, daß die Presse in meinen – Herrgott noch mal, das sind meine Privatangelegenheiten. Und ein Fotograf ist auch noch da, verdammt. Diese englischen Journalisten sind ja noch aufdringlicher als – o Scheiße!

»Keine Fotos. Ich möchte gern höflich bleiben, und Sie machen es mir unmöglich. Ihr Verhalten ist untragbar.«

»Aber Mr. Castang –«, ölig jetzt. »Warum machen Sie es uns und sich so schwer? Wir suchen Sie zu Hause auf, absolut korrekt, und – tut mir leid –, aber Ihre Frau war gar nicht hilfsbereit, im Gegenteil, ziemlich grob, würde ich sagen. Also fahren wir hierher, treiben uns hier auf der Straße herum, und jetzt machen Sie uns Riesenprobleme. Wir tun doch nur unsere Arbeit. Wenn Sie uns jetzt vor der Nase davonfahren, bleibt uns doch gar nichts anderes übrig, als uns an Ihren Auspuff zu hängen, und das wird Ihnen bestimmt auch nicht passen. Nehmen Sie sich eine halbe Stunde Zeit für uns, während die jungen Damen da drüben bei McDonalds einen Hamburger essen, wir laden Sie zu einem Drink ein – wo ist da das große Problem?«

Zerrieben – wie es immer geschieht – zwischen diesen zwei Mühlsteinen ...

»Das gehört zu der Sozialarbeit, die Sie tun? Interessant!« Sie wissen es ganz genau; sie haben mich da, wo es weh tut.

»Treffen wir ein Abkommen. Diese Sache hier hat mit Ihnen überhaupt nichts zu tun.« Die Mädchen wurden schon ganz aufgeregt und sehr interessiert an diesem Kerl mit seinem McDonald-Gerede. Da mußte ich dazwischenfunken. »Wir gehen eine halbe Stunde da rüber in die Kneipe. Hört zu, Kinder, ich habe hier noch etwas Dringendes zu erledigen. Ihr nehmt am besten den Zug, sonst gibt's Schimpfe, daß ihr zu spät kommt. Ich habe eure Adresse. Ich komme morgen. Dann rede ich mit eurem Vater und regle alles.«

Die Mädchen protestierten. Die größere begann zu weinen, die kleine zu heulen. Nicht nur raubte ich ihnen alle Wichtigkeit, indem ich sie nicht so ernst nahm, wie sie es sich wünschten, sondern ich brachte sie auch noch um eine Autofahrt nach Hause, auf die sie sich gefreut hatten.

Es erwies sich als schwerer Fehler. Ich bekenne mich schuldig. Mit mildernden Umständen, und versuchen Sie bitte, sie zu verstehen. Diese Biester wollten mich erpressen.

Ich gab den Kindern sogar noch einmal Geld.

»Hier. Für die Fahrt. Geht nicht erst zu McDonald. Nehmt den ersten Zug und eßt, wenn ihr zu Hause seid. Sagt, was ihr wollt, aber sagt nicht, daß ihr bei mir wart. Die Lage soll sich erst mal beruhigen. Es ist sowieso besser, wenn ich erst morgen komme; dann kann man nicht gleich die Verbindung zu eurem heutigen Verschwinden herstellen.« Und sie heulten beide; noch eine Möglichkeit zur Erpressung. Die Journalisten, das konnte ich sehen, waren begeistert. Was sollte ich dagegen tun – die Daily Soundso verklagen?

Man sagt, das Beste aus einer Situation machen. Ich schaffte es, das Schlechteste aus ihr zu machen. Ganz klar, daß die Kinder, nunmehr mit vollen Taschen, bleiben und sich auf die Fleischtöpfe Brüssels stürzen würden. Während ich, noch weniger enthusiastisch als zuvor Vera, als sie aus Schaerbeek kam, mit in die Kneipe ging, um dort interviewt zu werden.

Aber was hätten Sie denn an meiner Stelle getan?

12

Vera Castang

Ich vermute, Dr. Jung würde von Synchronizität sprechen. Ich habe so etwas schon ein- oder zweimal erlebt. Henri sagt, sie ist bei der polizeilichen Ermittlungsarbeit immer ein Faktor. Er hat allerdings, sagt er, nicht viel Vertrauen in hochgestochene Fachtermini aus Zürich, aber es gibt in der Tat etwas, das die ach so herrlich glatten Muster des Kriminalromans durcheinanderbringt.

Ich kann dem armen Henri wirklich keine Schuld geben. Er war gereizt und verstimmt, weil er keine Möglichkeit sah – ich übrigens auch nicht –, etwas anderes für die beiden lästigen kleinen Mädchen zu tun, als mit einem sturen Bauernschädel von Vater zu sprechen (das ist mühsam, geht einem ziemlich auf die Nerven, und man hat keine Garantie, daß es etwas bringt). Ich kann so etwas besser, weil ich selbst ein sturer Bauernschädel bin und mein Vater auch einer war. Können Sie sich vorstellen, daß ich bis zum Alter von zwölf Jahren eins auf den Hintern bekam, wenn ich Dummheiten gemacht hatte? – und auch ich habe Kleingeld geklaut, aus der Börse meiner Mutter, vom Haushaltsgeld (jedes Kind, von dem ich bisher gehört habe, tut das gelegentlich). Aber meine Mutter machte dem ein Ende. »Das Kind hat schon die Periode. Du darfst sie nicht mehr schlagen. Ich verbiete es.« Mein Vater legte großen Wert auf Disziplin. Er war Eisenbahner, und bei der Eisenbahn geht es nur mit Disziplin. Wer etwas falsch macht, wird bestraft. Für ihn war das ganz normal. Körperliche Züchtigung gehörte für mich zum Alltag. Ich wußte, ohne daß es mir jemand zu sagen brauchte, daß er mich von Herzen liebte und daß es ihm schwerer fiel, als er je zugegeben hätte, mich zu schlagen; er spürte den Schmerz stärker als ich. Und er respektierte ein Kind, das ein Mädchen war. Ich bekam es mit seinem Gürtel, ja, für Vergehen wie Lügen oder Stehlen. Ziemlich halbherzig, und es tat nicht einmal sehr weh, aber die Demütigung war schlimm. Niemals wurde mir die Hose heruntergezogen. Ich wurde ins Schlafzimmer abkommandiert und bekam ein paar Schläge auf den Rock. Es schmerzte, und ich heulte. Und dann bat ich ihn um Verzeihung, und er bat mich um Verzeihung. Es war ein sehr altmodisches Verfahren, und es besaß eine gewisse Förmlichkeit und Würde. Und dann hörte es total auf.

Henri gefiel ganz instinktiv die Situation nicht, die er sah. Und zu Recht. Zwei junge Mädchen, die eine in der Pubertät, die andere kurz davor, werden gezwungen, sich nackt auszuziehen und dann am ganzen Körper mit der Hundeleine geschlagen – nein, nein, nein; da mußte er Härte zeigen. Es ist schwer zu sagen, was er hätte besser machen können. Und diese Journalisten. Ich war brüsk gewesen, hatte ihnen mit aller Schärfe gesagt, daß ich mir ihr Herumlungern vor der Tür nicht gefallen ließe. Und da haben sie ihn dafür büßen lassen, den armen Henri. Er ist zu sachlich, um sich in Schuldgefühlen zu verstricken, aber ich weiß – er macht sich Sorgen wegen ›Unzulänglichkeiten‹ in seinem Umgang mit unseren beiden Mädchen. Einmal – nur ein einziges Mal – und es ist inzwischen einige Jahre her, sie war damals vielleicht zehn; Lydia war den ganzen Tag unmöglich gewesen. Ich war müde und mit meinen Nerven am Ende; ich tat etwas Unverzeihliches und wälzte es auf ihn ab. »Dein Vater wird schon ein Wörtchen mit dir reden, mein Fräulein, wenn er nach Hause kommt.« Und der arme Henri, gereizt nach einem scheußlichen Tag im Büro. »Also los, komm mit.« Er ging mit ihr in unser Schlafzimmer und legte sie übers Knie, schlug dem armen Ding das Nachthemd hoch, und ich (voller Qual vor der Tür) zählte elf klatschende Schläge. Sie brüllte das Haus nieder, weinte sich dann voll Selbstmitleid alles von der Seele und ging so zufrieden wie seit Wochen nicht mehr zu Bett. Es hat ihr nicht geschadet, ganz im Gegenteil, aber Henri war den ganzen Abend außer sich darüber, daß er ein Kind geschlagen hatte, und ich bedaure, sagen zu müssen, daß ich mich heimlich davonschlich und mich in der Toilette übergab, weil es meine Schuld war.

Aber das war doch noch einmal etwas anderes, als ein

nacktes Kind mit einer Hundeleine zu schlagen, nicht wahr? Henri tut mir nur leid, weil ich mich schuldig fühle; ich war mürrisch und unwirsch, als er mich bat, zu kommen und auszuhelfen.

So kam es, daß ich Marieke zuerst begegnete.

Wieder Synchronizität. Sie war elend und unglücklich zu uns gekommen. Ich war gerade losgefahren. Lydia machte auf; oder machte vielmehr nicht auf. Wir haben es ihnen verboten, denn wer weiß, wer da mit was für einer Geschichte vor der Tür stehen kann (Journalisten zum Beispiel)! Darum machte Lydia nur das Fenster im ersten Stock auf und schaute hinaus. Sie sah eine junge Frau, eine Fremde, und schrie (ungezogen wahrscheinlich): »Was wollen Sie?«

»Ich suche Monsieur Castang.«

Und die kleine Unschuld – sie ist gerade fünfzehn und hält sich für unheimlich weltgewandt: »Er ist unten in der Stadt. Suchen Sie ihn lieber da.« Lydia hatte mich eine Stunde vorher ausgeschimpft, weil ich zu diesen verdammten englischen Journalisten, die an der ganzen Geschichte schuld sind, so ›grob‹ gewesen war. Aber was konnten sie schon von Verpflichtungen wissen?

»Du warst grob zu ihnen, Mama, wie du ihnen gesagt hast, sie sollen abhauen.«

Als Marieke bei ›Accès‹ erschien, beging ich zwei Fehler: Ich war übermäßig schroff und sagte ihr (aus lauter schlechtem Gewissen darüber), wo sie Henri wahrscheinlich finden würde. So kann man sich von seinen eigenen halbwüchsigen Töchtern beeinflussen lassen.

Henri war soeben zu seinem fruchtlosen Unternehmen mit den Mädchen aufgebrochen und, wie ich später erfuhr, einer fruchtbaren (er sagte fruchtlos und schädlich, aber da täuscht er sich) Sitzung mit dem Daily Soundso in der Kneipe.

Ich sah sie, ich hörte sie, als sie mit ihrer angeborenen

großbürgerlichen Selbstsicherheit hereinkam und zu Ivan sagte: »Ich möchte zu Monsieur Castang. Man hat mir gesagt, er sei hier.«

»Er war hier – ich glaube, er ist auch noch hier«, antwortete Ivan, der von nichts eine Ahnung hatte; es drehte sich alles um eine einzige Minute. Die Synchronizität läßt grüßen.

»Tut mir leid. Er ist gerade weg. Er hatte einen Notfall. Ich bin Madame Castang.« Gott, ist sie hübsch. Ich fiel wirklich aus allen Wolken. Neugier verzehrte mich. Und war ich auch eifersüchtig auf so eine hübsche Frau? Ich meine, man fragte sich natürlich, was sie mit Henri zu tun haben konnte.

Denn sie gehörte nicht zu dem Typ, der normalerweise hier ins Accès-Büro hereinmarschiert. Die meisten sind heruntergekommen, ziemlich schmutzig. Ich bin unfair.

Aber sie war wirklich überperfekt. Groß und blond und schön. Eamonn weiß da so einen komischen Schlager; aus der Vorzeit, den vierziger Jahren.

›Und ich trag mein Haar
Wie Veronika Lake.‹

Aber solche Dinge – passieren mir nie.

Hm, die Männer werden wohl kaum meine Hilfe brauchen, um bei diesem Anblick in lyrische Ergüsse auszubrechen. Wogende Weizenfelder. Aber was für einen Grund habe ich denn, bissig zu sein? Sie schien nicht nur hübsch, sondern auch nett zu sein. Ihre scheue Art war auf jeden Fall attraktiv. Aber es ist schon wahr, diesen scheuen Rehen lernt man zu mißtrauen.

»Aber da Sie schon einmal hier sind – setzen Sie sich doch.«

»Ich wollte eigentlich zu Monsieur Castang.«

»Er sagte, er würde erst in ein paar Stunden zurück sein.

Und dann wird er nach Hause wollen, um ehrlich zu sein. Muß er es persönlich sein?«

»Na ja, es geht um die Sache in der Zeitung. Um Mr. Claverhouse.«

»Mein Mann ist ein Freund von ihm, ja. Aber ich bin auch mit ihm befreundet.«

»Ich weiß nicht.« In diesen schönen Augen sammelten sich Tränen.

»Wie ist denn Ihr Name? Das wenigstens können Sie mir doch verraten. Keine Sorge, ich will mich nicht in Ihre privaten Angelegenheiten mischen.«

»Nein, ich habe nichts – ich meine, ich kenne ihn ja gar nicht.« Sie weinte jetzt. »Ich kenne Mr. Claverhouse.«

»Ach so.« Bemüht, es nicht wie ›Oho!‹ klingen zu lassen. »Wenn Sie ihm etwas ausrichten lassen wollen, könnte ich das vielleicht tun. Wo er Sie erreichen kann. Eine *boodschap*.« Ich weiß nicht, warum ich das Vlaamsch-Wort gebrauchte. Gewiß, sie sah aus wie eine Flämin, aber ihr Französisch war besser als meins. Kein Provinzdialekt.

»Oh, *spreekt U Vlaamsch*?«

»Leider nicht, nur ein, zwei Worte.« Doch die ein, zwei Worte schienen das Eis gebrochen zu haben. Ich wußte nicht weiter.

»Mein Mann – (ach Gott – »Mein Mann und ich«) – er könnte Sie vielleicht irgendwo treffen.«

Sie kämpfte mit Vorsicht und Mißtrauen.

»Vielleicht im Dänischen Gasthaus? In der Stadtmitte, auf dem Boulevard?«

Ja, in der Tat, der beste Treffpunkt in der Stadt, und warum sollte ich darüber entrüstet sein, daß sie ihn auch kennt?

»Morgen vormittag?«

»Das kann ich leider nicht versprechen. Er hat ziemlich viel zu tun.« Die Tür ging auf – Henri kam herein.

Ich war wütend. Ich stand wie eine Lügnerin da, als wollte ich sie nicht zu ihm lassen. Ich hoffte, sie würde nicht erfahren, wer er war, aber natürlich kam er direkt herüber. Ich konnte weder zwinkern noch sonst etwas.

»Tut mir leid, alles ist schiefgegangen«, sagte er. »So ein verdammter Journalist hat mich erwischt und mich unter Druck gesetzt. Ich mußte die Mädchen allein nach Hause schicken, kann nur hoffen, daß nichts passiert. Ich warte, bis du fertig bist, ja?«

»Oh, sind Sie Monsieur Castang?«

»Ja.«

Ich stand auf. Ich konnte es nicht ändern, daß ich aufgebracht war. »Diese junge Dame möchte dich sprechen.«

Er zog die Augenbrauen hoch. Er badete sein Auge, wie die Franzosen sagen. Ich konnte es ihm nicht verübeln – hübsches Mädchen.

»Ich fahre nach Hause. Die Wagenschlüssel bitte. Versuch, nicht zu spät zu kommen.« Ich kann nicht behaupten, nur taktvoll gewesen zu sein, und ich konnte nur hoffen, daß ich nicht mit dem Steiß wippte, als ich zur Tür hinausging. Ich hatte fürs erste genug von jugendlichen Missetätern.

»Wer ist die Blonde?« fragte Ivan und sah auf.

»Sie wollte unbedingt zu Henri.«

»Der Glückspilz. Scheint nicht der übliche Typ zu sein.« Sie trug nur Jeans, aber das Fluidum gediegener bürgerlicher Eleganz reichte durchs ganze Zimmer.

»Ich weiß nicht, worum es geht. Sie wollte es mir nicht sagen. Wir sehen uns morgen.«

Ihn würden Harolds Angelegenheiten nicht interessieren. Aber mich interessierten sie. Und dieses Mädchen sah mir nach Verdruß aus. Wenn er kleinen persönlichen Schwächen nachgegeben hatte, würde das die Dinge möglicherweise komplizieren. Das mußte Iris getroffen haben, wenn sie davon erfahren hatte. Ich weiß, daß es mich getroffen hätte. Und wie.

Die Männer sind es, die luftig locker von belanglosen kleinen Schwächen sprechen. Ich nenne es Ehebruch. Was ich nicht weiß... Ich kann mich erinnern, wie ich mich damals in Paris wegen Carlotta Salès quälte. Nicht daß ich Anhaltspunkte gehabt hätte. Es sei doch überhaupt nicht die Art der beiden, sagte ich mir. Eifersucht – wie man da leidet! Und man redet sich ein, man würde weniger leiden, wenn man es nur gewiß wüßte. So ein Unsinn. Die einzige, die es mir hätte sagen können, war Madame Morandière, die Archivarin, und ich hätte sie nie gefragt. Eine viel zu nette Person. Ich zog mich aus und ging zu Bett, ziemlich mißgelaunt, muß ich leider sagen.

Beim Frühstück war Henri finster und unkommunikativ, stapfte schließlich ins Büro. Ob Harold oder nicht, die Arbeit der EG geht weiter. Wie man uns dauernd sagt, es ist niemand unentbehrlich. Ich hatte damit zu tun, die Mädchen auf den Weg zu bringen. Sie sind sauer, weil dieser ganze Unsinn die Ferienpläne durcheinanderbringt. Sie möchten nach Prag. Ein plötzliches neues Interesse angesichts der Entdeckung, daß sie selbst halbe Tschechinnen sind. Ich muß das organisieren, weil ich nicht weiß, ob Henri überhaupt wegkann. Verdammter Harold Claverhouse. Nein, nicht! Er sitzt ja in einer viel schlimmeren Patsche als ich.

Ich war zum Glück angezogen – ich hasse es, im Morgenrock herumzuschlurfen. Iris liebte es; vor dem Mittagessen war sie nie angezogen, trank im Morgenrock eine Tasse Tee nach der anderen. Ist das sehr irisch?

Ein Glück jedenfalls, denn draußen läutete es. Wieder ein Journalist, aber diesmal war ich besser vorbereitet. Dieser war nicht der aufdringliche Flegel, eher der Schleimer. Er tat mir so lange schön (absolut höflich), bis ich mich bereit erklärte, die Sicherheitskette loszumachen, und ihn hereinließ, aber erst nachdem ich mir seinen Presseausweis sehr genau angesehen hatte. Wenigstens waren die Mädchen und Henri schon weg. Dieser hier badete sein Auge in meinem unaufgeräumten Wohnzimmer und schätzte den Preis jedes einzelnen Möbelstücks.

Ich bin gut gedrillt, denn natürlich haben mich sowohl Henri instruiert als auch Eamonn Hickey, selbst Jurist, und der Blick des Iren auf England ist faszinierend. Sie verstehen ›die Psychologie‹. Zu den rechtlichen Aspekten Laetitia, eine Jüdin, warm und spontan, ich mag sie sehr. Ich weiß nicht, ob sie Iris verstehen kann, ich weiß auch nicht, ob ich es tue. Sie bemüht sich.

Das englische Interesse geht natürlich zurück auf die Episode auf dem Fußballplatz. Eine scheußliche Sache, aber ›vom rechtlichen Standpunkt her interessant‹ (ich zitiere Eamonn). Noch interessanter für die Opfer, sollte ich meinen. Die Engländer vertraten großenteils die Meinung, das sei jedermanns Schuld gewesen, nur nicht die ihre.

Nun, angesichts eines Kriminalfalls ohne Möglichkeit der Ausflucht – denn wenn man beschließt, Harold den Prozeß zu machen, so wird man ihn machen – gibt es in London und anderswo Zeitungsverleger, die von neuem das abgedroschene alte Lied von der Souveränität anstimmen, von den Rechten des Angeklagten und was weiß ich, das ganze alte Geunke, daß wir in der Tasche der Deutschen stecken, so entsetzlich überholt das alles, aber ihnen wäre es eben am liebsten, wir nähmen Indiens Platz ein, und sie kämen dann herüber, um unsere Provinzen zu verwalten. Denn das ist ihrer Überzeugung nach ihre gottgewollte Aufgabe.

Na ja, wie dem auch sei, daher die Journalisten. Sei höflich, sag die Wahrheit, sag, du weißt nichts. Aber er war auch höflich, ein netter junger Mann, und ich machte ihm eine Tasse Kaffee.

Auch zum Mittagessen kein Henri – im Dänischen Gasthaus vielleicht, dachte ich, mit *la belle Flamande*? Und ich habe ein paar Bücher aufgetrieben, die Harold haben wollte, also werde ich heute nachmittag bei ihm vorbeischauen.

Im Gefängnis kennen sie mich mittlerweile. Lächeln und großzügige Auslegung der Vorschriften. Ich genieße die Privilegien der Anwälte, und an die beiden Dinge, die für sie die schlimmsten Alpträume sind, Flucht und Selbstmord, denkt Harold nicht. Sie tasten mich nicht einmal ab, begnügen sich mit einem flüchtigen Blick in meine Einkaufstasche.

Harold kommt, umarmt mich, gibt mir einen Kuß. Er ist froh, mich zu sehen, und außerdem, denke ich, bin ich für ihn ›real‹. Das ist selbst jetzt kaum noch etwas. Laetitia erzählte mir, daß er ihnen gegenüber nichts als freundliche Gleichgültigkeit zeigt: Ist das Theater? Maske? Psychologische Tatsache? ›All dies‹ von durchaus akademischem Interesse, geeignet, eine Anzahl von Thesen zu illustrieren – Material für eine Dissertation? Aber es geschieht alles einem anderen.

Ich schlug ›real‹ im Lexikon nach (wie Harold). Ich hatte es mit dem spanisch-lateinischen ›regalis‹ – ›königlich‹ verwechselt; nein, lateinisch ›res‹, die Sache.

Auch er genießt Privilegien. Auch für einen Gefangenen, der auf seinen Prozeß wartet (werden sie sich entschließen, ihm den Prozeß zu machen?), werden die Vorschriften gelockert. Sie verriegeln nachts die Tür, ja. Aber er hat eine ziemlich große Zelle für sich allein, soviel ich weiß; raucht darin seine Zigarren, läßt das Bett heruntergeklappt und legt sich hin, wann immer er Lust dazu hat, hat einen großen Tisch mit Schreibmaterial und, jetzt, vielen Büchern, hat eine Dusche und verschafft sich Bewegung, wann er will –

beinahe jedenfalls. Ich frage mich, ob sie ein Auge zudrücken würden, wenn er sagte (in Verbindung mit einer kleinen Spende für die Witwen und Waisen natürlich), er hätte gern eine Stunde allein mit einer Frau.

Als ich vor Jahren noch diese Gefängnisbesuche machte, nahm ich neben meinem Strickzeug und einer Tüte Süßigkeiten immer auch einige aktuelle Themen mit, um das Interesse derer, die drinnen saßen, zu wecken und ihr Augenmerk auf etwas ›Reales‹ zu lenken. Alle haben sie mehr oder weniger dieses ›Realitätsproblem‹. Ich pflegte mich vorher über Fußball oder die Tour de France kundig zu machen. Fernsehen gab es damals nicht.

Für Harold bemühe ich mich lediglich aufmerksam zu sein und informiert. Er engagiert sich beispielsweise sehr für die Arbeit einer Gruppe von EG-Leuten, die sich bemühen, Stadt und Gemeinde vor bürokratischen Planungs- und Bauexzessen zu schützen. Es geht da nicht nur um die Vermeidung architektonischer und ästhetischer Monstrositäten, sondern auch um die Konsequenzen – das Parken, den Verkehr, die Verschmutzung – das ganze Drum und Dran. Oder ich sprach von der bevorstehenden Spielzeit der Oper. Oder irgendeinem völlig unwichtigen Ereignis, das unerwartet komische Folgen gehabt hatte. Oder von einem ›saftigen Skandal‹. Auf niedrigstem Niveau erzählte ich ›belgische Witze‹. Auch heute hatte ich einen auf Lager.

»Die Belgier wollen auch in den Weltraum vorstoßen. Da die Russen schon den Mars haben und die Amerikaner die Venus, beschließen sie, die Sonne anzupeilen. Irgend jemand meint, das würde doch viel zu heiß werden. Keine Sorge, beruhigen sie ihn, wir fliegen nachts.«

Das erntete ein kurzes Lachen, genau wie beabsichtigt.

»Ein englischer Minister sagte, der Bundeskanzler sei Hitler und die Franzosen seien Pudel an der Leine.«

»Und was sagten die Franzosen?«

»Na, was zu erwarten war, daß die Briten sich einbilden, Bulldoggen zu sein, aber in Wirklichkeit mehr aufgescheuchten Hühnern ähneln.« Wieder ein kurzes Lachen, aber er war teilnahmslos heute und unzugänglich.

Ich war selbst nicht bei der Sache. Ich hatte meine Hausarbeit nicht gemacht und hatte den Kopf voll von diesem Zwischenfall bei Accès (Harold interessiert sich ein wenig für die kriminologische Seite der Sache, aber nur in bescheidenem Maße. Für ihn ist das soziales Laientheater). Ich machte einen schweren Fehler.

»Unter den durchgebrannten Kindern war eine junge Frau, die zu Henri wollte. Sie sagte, sie kenne Sie. Eine Flämin – sehr hübsch, muß ich sagen.«

Harold wurde blaß. Richtiggehend. Er ist nicht rotgesichtig, aber er hat normalerweise eine gesunde, kräftige Farbe. Sie wich aus seinem Gesicht. Die Augen loderten.

»O Gott. Marieke.«

»Heißt sie so?« Ich bin so schwer von Begriff.

»Sie heißt Marie de Wilde.« Eine harte, gepreßte Stimme, ganz unecht.

Ich hatte einen schrecklichen Bock geschossen. »Es tut mir leid. Ich hatte keine Ahnung.«

Wir saßen da und starrten uns an.

»Vera! Würden Sie mir einen Gefallen tun? Einen großen, persönlichen Gefallen.«

»Natürlich.« Ich dachte, er würde sagen, ›erwähnen Sie das nie wieder‹ –

»Ziehen Sie sich aus.«

Ich glaube, ich starrte ihn nur sprachlos an.

»Hier kommt niemand herein. Niemand wird es je erfahren.«

Ich war wie vom Donner gerührt. Ich verwandelte mich in

einen hölzernen Kleiderständer. »Harold, sind Sie verrückt geworden?« Schriller Sopran.

»Um Gottes willen, hören Sie auf zu reden. Tun Sie, worum ich Sie gebeten habe.«

»Sie müssen doch wissen, daß das ausgeschlossen ist.« Ich stand auf, erschrocken, und drückte meine Einkaufstasche an mich.

»Vera, wenn es Ihnen so viel bedeutet, mir bedeutet es noch mehr.«

Ich glaube, da bekam ich langsam einen schwachen Schimmer des Verständnisses, aber was hilft das? »Ich will nicht. Oder ich kann nicht. Ganz gleich.«

Er hatte sich wieder im Griff. »Dann gehen Sie schon, Sie alberne Ziege.« Im Konversationston.

»Gern.« Mit Würde. Ich suchte nach der Einkaufstasche, die ich in der Hand hatte.

»Gehen Sie nicht.«

»Nein.«

»Setzen Sie sich.«

Ich setzte mich. Wieso drückte ich diese blöde Tasche an mich?

»Versuchen Sie, mich anzuhören.«

Harolds Gesicht brannte vor Qual, Zorn, Verwirrung. Was ging in ihm vor? Gute Frage, für ihn wie für mich. Ich hoffte, er würde mich nicht an den Haaren durch das Besuchszimmer schleifen. Durch das Fenster betrachtete er das Panorama, den Hof, wo ein Dutzend Häftlinge Basketball spielte. Ich zupfte an meinem Rock, der mir eng erschien. Ich wollte mich nicht mit prüde zusammengepreßten Knien erwischen lassen. Schlug die Beine übereinander. Sah das nicht noch gezwungener aus?

»Ich entschuldige mich. Sie sind eine Freundin, der ich vertraue und die ich sehr gern habe.«

Das war Iris auch, sprang es mir auf die Zunge und wurde hinuntergeschluckt.

»Dieses Mädchen hat mich um den Verstand gebracht.«

»Nicht um den Verstand. Um Ihr Gleichgewicht, das könnte ich akzeptieren.«

»Lieber Gott, aus Ihnen wird doch noch eine Juristin.«

»Bitte brüllen Sie nicht wie ein Stier, sonst hört uns der Wärter, und ich darf doch seine Vorstellungen von einer tugendhaften und vertrauenswürdigen *bonne femme* nicht erschüttern.«

Er hörte auf herumzulaufen. »Vielleicht ist es so, wenn einem das Heroin entzogen wird. Man kriecht auf dem Boden und heult und bettelt. Und sie geben einem Schokolade.«

»Ich habe eine Tafel in der Tasche, wenn Sie welche wollen.«

»Und seist du auch keusch wie Eis, du sollst dem Strick nicht entkommen.«

»Vielleicht nicht, trotzdem sollten Sie sich lieber mit der Schokolade zufriedengeben. Außerdem bin ich das nicht – ich hoffe wenigstens, daß ich es nicht bin, aber ganz gleich, was ich bin – ich bin ich, tut mir leid.«

»Danke für die Fachbücher.«

»Sagen Sie mir, was ich Ihnen das nächste Mal mitbringen soll. *Sie* kann ich Ihnen nicht mitbringen, das wissen Sie.«

»Nein. Und auch keinen Ersatz. Wissen Sie – das ist überhaupt nicht komisch.«

Ich stand auf. Er machte zwei Schritte, faßte mich bei den Schultern und umarmte mich. Er ist groß und kräftig. Ich wehrte mich nicht. Ich wußte, er würde nichts versuchen. Ich bekam einen sehr heftigen Kuß in das Grübchen am Hals, aber es lag mehr warme Zuneigung in ihm als Leidenschaft. Sachte ließ er mich los.

»Liebste Vera. Sie sind mir ein großer Trost.«

Ehe ich mich den Wärtern zeigte, machte ich einen Abstecher in die Toilette. Ein Amerikaner hat einmal gesagt: »Eine Frau, die mit einem Mann geschlafen hat, sieht auch so aus.« Nun, das hatte ich nicht getan, aber ich fuhr mir mit dem Kamm durchs Haar, und ich hatte einen Chiffonschal in meiner Tasche. Ich hoffte, das Mal an meinem Hals würde schnell verblassen.

Ich weiß nicht viel. Ich habe keine große Erfahrung. Ich meine, wenn sie einfach so fragen, als handelte es sich darum, ob man eine zweite Tasse Kaffee möchte, oder erst recht, wenn sie gar nicht erst zu fragen brauchen, weil die Körpersprache schon alles gesagt hat, wo bleibt da die Leidenschaft? Man würde schon übermorgen etwas Neues wollen, denke ich mir.

Ich meine, ich sehe natürlich, daß sie ein hübsches Ding ist, aber was ist so Besonderes an ihr?

13

Henri Castang

irgendwer starb eines tages wohl
leute begruben sie seit an seit
klein um klein und war um war

Drei Uhr morgens, verdammt noch mal, und das Telefon läutete. Das passiert dauernd, oder passierte dauernd, und es ärgerte mich, daß es immer noch passierte. Beim Apparat im Schlafzimmer ist der Summer leiser gestellt, aber es machte so lange brr, brr, bis es mich wachgesummt hatte, und wenn es einmal soweit ist, steht man am besten vom ehelichen Lager auf, auch wenn sich wahrscheinlich nur so ein Idiot verwählt hat, weil alles andere noch weit unangenehmer ist.

»Ja, Castang. Ach, Patricia. Richtig, aber kommen Sie zur Sache. Ach, du meine Güte. Du lieber Schreck. Ist ja reizend. Nein, da gibt's wohl tatsächlich keine Alternative. Vielen Dank. Ja, muß ich wohl. Beruhigen Sie sie, bis ich komme. Nein, holen Sie lieber keine weitere Polizei. Da muß ich erst einmal herhalten, wenigstens, bis wir mehr Klarheit haben. Sie scheinen es doch für nötig zu halten, sonst hätten Sie mich nicht angerufen. Nein, nein, Patricia, es war gut, daß Sie angerufen haben. Aber kennen Sie den Fluch der Iren? Mögest du ein Gespenst heiraten und ihm eine junge Katze gebären. Lassen Sie sich das gesagt sein. Ja, in ungefähr einer halben Stunde.«

Sie lachte. Sie ist eine vernünftige und erfahrene Frau und neigt nicht zur Hysterie. Eamonn Hickey hat mich diese Verwünschung gelehrt.

Vera hatte sich herumgedreht und sah mit großen erschrockenen Augen unter der Bettdecke hervor.

»Sorg dich nicht. Aber ich muß runter zu Accès. Für Patricia allein ist das zuviel. Das scheint eine ziemlich scheußliche Bescherung zu sein. Es sind diese beiden infernalischen Mädchen. Schlaf weiter, ich werd' versuchen, zum Frühstück wieder hier zu sein.« Und da stand ich. Als ich aus meiner Abteilung bei der Kriminalpolizei hinausflog – Gott, wie lange ist das jetzt her! –, tat ich mir entsetzlich leid. Und jetzt, so scheint's, wird es sein, als wäre ich nie weg gewesen.

Da sie nur zwei oder drei Vollzeit-Mitarbeiter haben, mehr können sie sich finanziell nicht leisten, ist der Nachtdienst, wie Sie sich wohl vorstellen können, ein Problem, dabei ist das gerade die Zeit, in der die Notfälle hereinkommen. Man schließt die Tür wegen der Betrunkenen, aber es muß eine Nachtglocke da sein, was hat sonst ›Accès‹ für einen Sinn?

Und von den häufig bis zu sechs oder acht Fratzen, die im Schlafraum liegen, wird immer mal eine nicht schlafen oder hat böse Träume. Patricia ist da ein wahres Gottesgeschenk, eine Frau, die tatsächlich gern nachts auf ist, und tüchtig dazu. Um die Dreißig, fertige Psycho-Sozio-Irgendwas, arbeitet an ihrer Dissertation. Eine eher lederne, dünne, flachbrüstige Frau, hat etwas Zigeunerhaftes, schöne Augen – nein, nein, sie ist eine nette Person, und sie ist gut, und Dank dem Himmel für sie, sagen wir alle. Nein, sie hätte mich nicht ohne guten Grund aus dem Bett geholt. Sie weiß sehr wohl, wann sie beim ärztlichen Notdienst anrufen muß. Oder bei der Polizei. Oder der Feuerwehr – und bestimmt nicht, weil Johnny mit dem Kopf im Treppengeländer hängt.

Ich läutete mit dem verabredeten Zeichen, das ihr sagt, daß es einer von uns ist; sie kann dann gleich von oben auf den Türöffner drücken.

»Ja, Patricia?«

»Die Kleine schläft. Ich habe ihr eine Tablette gegeben. Sie wird sicher bis morgen früh durchschlafen. Die Große tobt herum, wollte keine Ruhe geben, bis ich Sie angerufen hatte. Sie sind getrampt, haben sie gesagt. Auf einem Gemüselaster, der zum Markt fuhr, aus irgendeinem Nest in der Nähe von Gent, wenn ich recht verstanden habe. Aber Sie wüßten mehr, sagt sie.«

»Und sie behauptet, ihr Vater sei tot?«

»Ja«, sagte Patricia kalt und nüchtern, »die Kleider der Kleinen sind voller Blut.«

»Oh.«

»Die Große sagt, sie will alles nur Ihnen erzählen. Ich schicke sie herunter, ja? Ich muß oben noch was tun.« Sie sitzt nachts über ihren Büchern.

»Hallo, Isabelle.« Sie erwischte mich, wie ich mir gerade aus der Büro-Whiskyflasche einen hinter die Binde goß.

»Ich möchte auch was.« Lieber nicht gleich mit einem Streit anfangen.

»Laß mich mal deinen Atem riechen.«

»Ich hab' einen Schnaps getrunken. Der Fahrer hat mir auf dem Markt einen spendiert. Er hat gesagt, ich könnte ihn gebrauchen. Nur einen, ehrlich.«

Hm, sie klang klar. Ich gab ihr einen kleinen, und sie kippte ihn hinunter wie ein LKW-Fahrer. Sie schüttelte sich heftig, wurde aber ruhiger. Ich gab ihr eine Zigarette. Sie zog dankbar daran. Wozu herumstreiten?

Dieses Mädchen benimmt sich wie eine kleine Kriminelle. Oder vielleicht, wie sie glaubt, daß kleine Kriminelle sich benehmen. Sie sieht aus wie ein braves, gut erzogenes kleines Ding. Tatsache ist, daß Kinder, die Fürsorge und Schutz brauchen, trotzig und aggressiv oder wie kleine Engel wirken können. Aber schmutzig sind sie im allgemeinen alle. Ob Tätowierungen oder Irokesenschnitt, grell geschminkt vielleicht die Mädchen, das erste Zeichen von Verwahrlosung ist immer der Schmutz. Vielleicht bin ich gegen Gerüche weniger immun als der aktive Polizeibeamte; er oder sie wird da mit der Zeit unempfindlich. Was auch nur zu empfehlen ist.

Die Kleine hier hatte ich doch als windzerzaust und liederlich in Erinnerung? War diese Erinnerung richtig? Hatte ich denn überhaupt genau hingesehen? Ich war die ganze Zeit abgelenkt, unkonzentriert gewesen. Ihr Haar glänzte frisch gewaschen und war zu einem ordentlichen Zopf geflochten, am Ende mit einer Schleife gebunden; ihre Ohren und ihr Hals – also, nach zwei Stunden in einem Gemüse-LKW wäre ich doch wenigstens ein bißchen staubig. Ihre Kleider waren brav, sauber und bescheiden.

Ich hielt den Mund. Das muntere auffordernde »Also dann« vermeidet man besser. Sie mögen es nicht, wenn man sie drängt. Ich drückte die Zigarette aus.

»Du hast mich aus dem Bett holen lassen. Wolltest du mir ewas erzählen, oder was?«

»Ich hab' ja gleich gewußt, wie's wird. Ich hab's Ihnen gesagt. Aber Sie haben mir überhaupt nicht zugehört. Sie wollten es gar nicht wissen. Sie haben versprochen, daß Sie uns heimfahren, aber dann war's Ihnen zuviel Mühe. Sie wollten nur mit dem Mann in die Kneipe, und uns haben Sie mit Geld für ein Eis abgespeist.« Sie hörte sich an wie Lydia, wenn die sich beschwerte. War vielleicht sogar etwas höflicher.

Ich kann nicht den ganzen Monolog wiedergeben. Das wäre anschaulich, würde aber zu lange dauern. Sie redete wie ein Wasserfall, dann erstarrte sie plötzlich, und die Schleusen öffneten sich von neuem. Ich schrieb mittlerweile mit, und das brachte den Fluß natürlich ins Stocken, weil man sie bremsen muß, um sie zu bitten, einen zweifelhaften oder widersprüchlichen Punkt zu erläutern, oder um ein bestätigendes Detail zu erfragen. Man muß Anstöße geben, aber man darf nichts unterstellen. Das Aufnehmen einer Aussage erfordert eine ganze Menge Geschicklichkeit und Erfahrung. ›Die Marmelade durch den Musselin tropfen lassen‹, pflegte Adrien Richard zu sagen. Eine Hausfrauenmetapher. Man darf nicht drücken oder quetschen. Aber man rührt unweigerlich ein bißchen, weil man es eilig hat.

Mit dem Geld in der Tasche hatten sie sich natürlich erst noch eine Weile herumgetrieben und waren spät nach Hause gekommen. Beinahe ist man versucht zu sagen, sie haben es nicht anders gewollt: Sie bekamen Schimpfe und Prügel.

Ich konnte mir jetzt ein klareres Bild von der Mutter machen; das hatte mich ja anfangs irritiert. Sie war Belgierin, und die Ehe mit einem sehr traditionsbewußten Süditaliener klappte nicht allzu gut. Eine ganz nette Frau, aber allzu bedacht um ihre persönliche Freiheit. Faul vielleicht, schlampig, bequem? *Fille de salle* in einem wenige Kilometer entfernten Krankenhaus. Diese Frauen erledigen angeblich nur die Hausarbeiten: Putzen, Aufräumen, Servieren und Abtragen der Mahlzeiten. Harte Arbeit, sie müssen diszipliniert und gewissenhaft sein. Da das ausgebildete Pflegepersonal knapp ist, müssen sie unweigerlich auch viele andere Pflichten übernehmen; Pflichten, die sonst den Schwestern vorbehalten sind. Sie werden nicht gut bezahlt, haben lange Arbeitszeiten und müssen viel inoffizielle zusätzliche Verantwortung übernehmen.

Nach dem, was ich von ihr hörte, machte sie das alles sehr gut. Und es wurde zu wichtig in ihrem Leben, zum Nachteil ihres Heims und ihrer Kinder. Zuviel außer Haus, behielt ihr Geld für sich, (»Ich hab's schließlich auch verdient, oder nicht?«), saß nach der Arbeit mit Kollegen zusammen, in Cafés und Kneipen, um ›abzuschalten‹.

Alkohol, Klatsch, Glücksspiel, vielleicht zu locker im Umgang mit dem männlichen Personal – eigentlich alles in Ordnung und doch gar nichts in Ordnung.

Der Mann verstand es nicht. Er wurde noch rigider, immer unzufriedener und unruhiger: für ihn war dies ›eine schlechte Frau‹. Zwei nette Menschen, aber keiner von beiden sehr intelligent und in Mentalität, Erziehung und allgemeiner Lebenseinstellung viel zu weit auseinander. Da seine Frau so oft außer Haus war, gewöhnte er es sich an, den Haushalt zu versorgen, wenn er nach Hause kam, kochte und kümmerte sich um die Kinder. Zu streng, zu pedantisch und gewissenhaft, so wie er es verstand, drehte sich sein Leben viel zu stark um die Kinder.

So kommt es dann zu einem *circulus vitiosus*. Die Frau kommt nach Hause, wann es ihr paßt, schludrig, mit einer Alkoholfahne – Zeit, höchstens ihre Sachen für den nächsten Morgen in Ordnung zu bringen; sie ist häufig müde und gereizt, diese kleinliche italienische Art geht ihr auf die Nerven (und es ist keine kalabrische Oma da, die den beiden etwas abnehmen kann). Ehe sie selbst so recht wissen, was eigentlich vorgeht, schlafen sie auch nicht mehr miteinander, und alles geht in die Brüche. Er wird immer strenger und fordernder zu den Kindern. Die Selbstachtung wird zum Fanatismus. Die Kinder sind ungehorsam und unzuverlässig, und nun geht der Ärger erst richtig los. Er liebt diese Mädchen, und er liebt sie zu sehr. Es ist da eine schreckliche Unausweichlichkeit. Sie werden geprügelt – und sie müssen sich dazu nackt ausziehen. Er muß sich um Dinge kümmern, die eigentlich Sache der Mutter wären, daß sie saubere Unterwäsche haben, ihre Haare gepflegt sind, die Mutter kümmert sich nicht genug. Früher oder später nimmt das mannbare Mädchen den Platz der Mutter im Bett ein.

Wie lange das so ging, konnte ich nicht leicht feststellen. Manchmal hörte es sich an, als sei es gestern gewesen, dann wieder schien es weiter zurückzureichen. Sehen Sie, diese Mädchen erzählen immer wieder mit schamhafter Zurückhaltung und Umschreibung, und dann wieder gebrauchen sie Kraftausdrücke, die sie von den Dorfjungen aufgeschnappt haben.

Um als Polizeibeamter zu sprechen (aber werde ich denn je etwas anderes sein?): Die Liebkosungen sind zweideutig und verwirrend; Zärtlichkeit und Prügel gehören zusammen.

Es ist durchaus möglich, daß er selbst nicht weiß, wohin das führt.

Die kleine Schwester wußte instinktiv: Es ist ein Geheimnis. Und die Mutter? Sie wird möglicherweise betrunken gewesen sein, um einen so brutalen Ton anzuschlagen. Zu müde und auch zu abgearbeitet, um gerecht zu sein. Das Kind hatte scheu etwas gesagt, und die ›hatte es nicht wissen wollen‹. Ein schreckliches Wort rutscht heraus und kann nicht zurückgeholt werden. Was kann Iris gesagt haben, das Harold so außer sich brachte, daß er sich völlig vergaß?

»Fais pas d'histoires, pour ton petit cul sans importance.« Mach nicht so ein Theater. Dein kleiner Hintern interessiert niemanden. Sie arbeitet in einem Krankenhaus, da wird man für vieles unempfindlich – ja, wie ein Polizist. Geruch? Was für ein Geruch?

Sie hat es vielleicht bedauert, sobald es heraus war, und schämte sich, ihr Unrecht zuzugeben. Und das Kind sagte nach diesem Schlag ins Gesicht nie wieder einen Ton. Die Frau sieht, was vorgeht, und beschließt, nichts zu merken; sie geht häufiger und länger aus dem Haus? Diese Dinge akkumulieren, und eins führt zum anderen.

Wie die Kleine das alles verarbeitete, werden wir nie erfahren. Wenn zu viele Neutronen in einem zu kleinen Bereich zusammengepreßt werden, erfolgt eine Kettenreaktion. Zuviel geschah in achtundvierzig Stunden, und der Wechsel von Strafe und vorgeblicher Liebe erfolgte zu rasch und zu drastisch.

Soweit ich es mitbekam, standen die Kinder unter der Dusche und wuschen sich das Haar. Die Kleine war in die Küche gegangen. Die Große war noch im Badezimmer, noch nicht angekleidet. Die Badezimmertür war nicht abgesperrt.

Auf dem Küchentisch lag ein ziemlich großes scharfes Messer, um die Schwarte vom Speck abzuschneiden.

Ich weiß es nicht, und ich werde auch nicht fragen. Ich vermute, daß die Kleine mitten hinein platzte. Weiß sie, worum es sich handelt, oder hält sie es für eine neue und schreckliche Art der Strafe? Sie denkt nur an Erlösung aus der Qual. Das Messer lag auf dem Tisch. Ein Holzgriff, in den Kerben für die Finger eingearbeitet waren, so daß selbst ein kleines Kind ihn fest umfassen konnte. Eine starre, dreieckige Klinge und eine scharfe Spitze.

Was habe ich hier? Vier Seiten voller Notizen. Aber ich brauchte bis sieben Uhr morgens dazu. Patricia kam herunter und machte Kaffee, und ich ging und holte frisches Brot. Ich nahm mir einen Moment, um Vera anzurufen. Das Kind konnte sich nicht entspannen, lehnte es ab, sich niederzulegen. Wenn der erste von der Tagschicht kommt (morgens ist hier nie viel los), wird man das Kind vom Arzt untersuchen lassen und ins Bett stecken. Und ich werde mich schleunigst nach Gent begeben, weil – ist die Mutter inzwischen nach Hause gekommen? Die Polizei sucht vielleicht schon nach diesen Kindern. Ja, ich hätte die Sache natürlich der hiesigen Polizei unterjubeln können. Aber ich mußte immer daran denken, daß ich sie im Stich gelassen hatte, als sie das erste Mal hier gewesen waren. Ich war nicht mit ihnen nach Hause gefahren.

Der Arbeitgeber dieses Mannes ist Marie de Wildes Vater.

Schrecklich, das alles! Ja, das finde ich auch.

Als wir ins Haus kamen, die Gendarmerie, ein Arzt und ich, stellten wir fest, daß der Mann nicht sofort tot gewesen war. Er war noch bis zur Küche gekommen. Die Frau war nicht nach Hause gekommen. Wenn man sie fand, vermutete ich, würde es lange zornige und wirre Erklärungen geben. Sie wollte ihre eigene Tochter bestimmt nicht zur Ehefrau befördert sehen. Ja, gut. Auch ich habe nach Kräften versucht, mich zu rechtfertigen. Die Mädchen gerieten beim Anblick des Bluts in Panik und liefen davon. Wohin? Es gab niemanden außer mir.

Wie oft geht es so. Es ging niemanden etwas an. Es war niemandes Schuld. Und jetzt ist der große Katzenjammer da. Typisch für die Armen, die Ungebildeten, die Unwissenden? Nein. Inzest, wenn einem das als Beispiel in den Sinn kommt, ist doch ein Verbrechen, nicht wahr? Die Ansichten zu diesem Thema sind ziemlich unklar. Vielleicht ist es ein Verbrechen, vielleicht ist es auch nur ein Vergehen. Ich sage am besten nur, daß er unter den Gebildeten und in den privilegierten Schichten der Gesellschaft ebenso oft vorkommt. Überall gleich.

Diese Unterscheidungen sind irreführend. Als sagte man, daß ein Küchenmesser keine bürgerliche Waffe ist. Iris (weil wir von Beispielen sprechen, die einem in den Sinn kommen) war kein kalabrisches Bauernmädchen. Sie hätte Messer nicht herumliegen lassen, weil es ihr nicht eingefallen wäre, die Schwarte von einem Stück Speck abzuschneiden. Sie hätte gar nicht gewußt, wie man das macht.

Ich suchte Mr. de Wilde auf.

Es ist ein hübsches Dorf in der sauberen flandrischen Landschaft. Zwei oder drei Minuten abseits von der Schnellstraße Brüssel – Ostende, fünf von der Eisenbahnlinie nach Gent und Brügge. Das ganze Gebiet ist voller Gärtnereien und Baumschulen, vor allen Häusern gibt es gepflegte Rosen- und Hortensienbüsche und wohlgezogene Nadelbaumgruppen. Nichts, was im Herbst die Blätter abwirft und die Straßen verunreinigt, keine ungehobelten Äste, die an Schlafzimmerfenster mit den adretten Scheibengardinen klopfen. Sogar die Pflanzen selbst, hat man das Gefühl, vermehren sich lieber durch künstliche Besamung als durch natürliche Befruchtung.

Monsieur de Wilde hat ein gutgehendes Unternehmen. Er hat sich etwas außerhalb eine schöne Villa gebaut, mit Kiesauffahrt und Laternen und Demonstrationsexemplaren aus seinem Katalog: Deutzien und Spireen und ein prachtvoller Goldregen. Auf einem Schild um die Ecke steht ›Büro‹. Man stößt die Tür auf, eine Glocke läutet, und das Linoleum ist auf Hochglanz poliert. Dahinter war ein Arbeitsraum, in dem zwei Männer an blaßgrauen IBM-Geräten saßen. Monsieur de Wilde hat graues Haar, trägt einen grauen Anzug und hat eine ruhige Art. Der Gesichtsausdruck etwas unruhig und geistesabwesend, als fragte er sich, wo die Pflanzen geblieben sind, aber er hat Gärtnerhände. Er ist Flame und in einem Geschäft, in dem die Konkurrenz hart ist, und alles läuft hochmodern über Computer. Er ist stolz auf sein Geschäft und widmet ihm seine gesamte Aufmerksamkeit. Alles, was man von ihm kauft, ist gesund, widerstandsfähig, wohlgebildet, voll glücklicher Knospen, Gattung, Art, Hybridenabart genau wie im Katalog beschrieben, und das alles äußerst preiswert. Flandern ist anders als Wallonisch-Belgien, das immer den Eindruck macht, es sei vom letzten Jahrhundert übriggeblieben.

Nachdem ich ihn kennengelernt hatte, meinte ich, Marie ein klein wenig besser zu verstehen.

Ich sagte nichts von Marie. Was für ein Gedanke! Er war ein netter Mann, ein gutmütiger Mann und hatte schon Sorgen genug. Er war sehr verstört über die schlimmen Neuigkeiten und fragte sofort, was er für die Familie tun könnte. Er fragte nicht – wie die Gendarmerie das ganz entschieden tat –, was um alles in der Welt ein französischer *commissaire de police* und ex noch dazu, mit all dem zu schaffen habe. Flandern und auch Wallonien stehen allem, was aus Brüssel kommt, mit immensem Mißtrauen gegenüber, verdächtigen es, sich auf völlig inkompetente Weise in ihre Angelegenheiten einzumischen, sie aber gleichzeitig völlig zu vernachlässigen. Sein Französisch war so gut wie meines, er sagte ein paarmal ›die armen Leute‹ und war in Gedanken offensichtlich schon dabei, die Todesanzeige für die Lokalzeitung zu entwerfen. ›Wir werden das Andenken an einen treuen Mitarbeiter in Ehren halten.‹ Er bestätigte, was ich bereits erfahren hatte; der Mann war ein ungelernter Arbeiter gewesen, nicht sehr intelligent. Ein Landarbeiter halt, der pflanzte und jätete und hackte und düngte und seinen Schubkarren herumschob.

Es ist sehr schwierig, ordentliche, zuverlässige und vertrauenswürdige Feldarbeiter zu finden. Besonders solche, die man nicht ständig beaufsichtigen muß. Ich zeigte mich teilnahmsvoll. Bei der Polizei ist es nicht anders.

Die Gendarmerie erklärte unwirsch, man werde sich um die Mädchen kümmern. Arbeit, kein Zweifel, für Accès. Die Polizisten werden mit gerichtlichen Verfügungen hereinstürmen und diese Kinder in irgendein Waisenhaus verfrachten, wo dann die heiligen Nonnen dafür sorgen, daß sie richtig beaufsichtigt und zur Tugend erzogen werden. Oder besteht eine Chance, daß man die Mutter nicht bestraft? Ich bin überzeugt, daß die Krankenhausleitung zu ihr stehen und sagen wird, ganz gleich, was für einen Scherbenhaufen sie aus ihrem Privatleben gemacht habe, sie sei eine gute Seele, freundlich, sauber, gutherzig. Auch die Krankenhäuser – ganz gleich, wo – haben ihre Schwierigkeiten, gute Leute zu finden. Ich vermute, wenn der Staatsanwalt sie verdonnert und ihr die Kinder mit Vorträgen über ihre Untauglichkeit wegnimmt, wird sie zusammenbrechen und anfangen, im Dienst nach Schnaps zu riechen.

Dies alles ging mir durch den Kopf, während ich nach Hause fuhr. Und auch Marie ging mir durch den Kopf.

Monsieur de Wilde rattert nicht im Gärtneranzug in einem verrosteten Renault-Lieferwagen mit scheppernden Werkzeugen und alten Säcken auf der Pritsche durch die Gegend. Er hat einen gutgepflegten neuen Sechs-Zylinder-BMW vor seiner Tür stehen und trägt einen gediegenen Anzug und war heute morgen frisch rasiert. Nur seine Hände verraten ihn noch.

Mutter de Wilde ist jetzt ebenfalls eine Dame. Ich bin sicher, sie arbeitet immer noch fleißig im Geschäft mit, kennt ihre Kunden mit Namen, hat den Computer so gut gezogen, daß er ihr blind gehorcht, hat ihre Augen überall. Dazu muß sie noch ihr Haus in Ordnung halten. Nach Tagen harter Arbeit wird sie sich auf den Urlaub freuen. Österreich im Winter wegen des Schnees, Dalmatien im Sommer wegen der Sonne, und jedesmal nimmt sie etwas Hübsches mit, um ihr Haus zu verschönern, um im Trend zu sein. Schicke moderne Klamotten, einmal in der Woche nach Gent zum Friseur, und nicht zu stolz, selbst die Schürze umzubinden, wenn das Kind der Zugehfrau die Masern hat.

Sie haben Marie ein gutes Zuhause gegeben. Ihr Bruder ist ins Geschäft eingestiegen, nachdem er Betriebswirtschaft studiert und Praktika von jeweils einem Jahr bei großen Pflanzenzüchtern in Holland und England absolviert hatte. Er spricht Deutsch und Englisch, war in den USA und wahrscheinlich auch in Japan; ich-du-wir erweitern unseren Horizont. Die jüngere Generation hat nichts Bäuerliches mehr, außer vielleicht eine gewisse Anhänglichkeit an traditionelle Werte und Überzeugungen, die tiefer gehen, fester sitzen, als man sich klarmacht oder als man erwartet. Ich weiß wenig über Noël. Marie, die ihren Bruder sehr gern hat, hat ihn beschrieben. Er scheint ein umgänglicher, gescheiter, moderner junger Mann zu sein, der insgeheim hofft, daß sich Papa entschließt, schon bald in den Ruhestand zu gehen, da das einzige, was im Geschäft nicht ganz stimmt, der Generationsunterschied ist.

Marie hat ein Internat besucht, das Collège für junge Damen, wo die heiligen Nonnen hohe akademische Anforderungen stellen und noch höhere an das Benehmen ihrer Schülerinnen. Gutes Abschlußzeugnis, mit großzügigen Geschenken von berechtigt stolzen Eltern belohnt. Ein Jahr in London für den ›letzten Schliff‹, au pair bei einer sehr netten Familie in Richmond.

Aber wie bekomme ich etwas Fleisch auf dieses Knochengerüst? Ich muß versuchen, sie zu sehen, wie ich es schmeckte. Ein ungeschicktes Wort, aber ein besseres habe ich nicht gefunden. Wie sie wirkte? Das Wort ›Eindruck‹ ist zu zahm, zu unklar; wie ein verwischter Stempel. Carlotta beschwerte sich immer darüber, wenn man dieses Wort auf Maler anwendete. »Das ist nicht das, was Claude Monet unter Impression verstand.« Das Problem, in opake Farbe Licht hineinzubekommen, ist in der Tat meiner Schwierigkeit ähnlich, ein so lebendiges Geschöpf wie Marie in meine abgedroschenen, verstaubten Worte zu fassen. Als sie im Accès-Haus erschien, schrecklich verlegen, war nichts Leuchtendes an ihr. Das Dänische Gasthaus, wie Vera es nennt, stand ihr besser zu Gesicht. Sie hatte ihren Entschluß gefaßt.

Ja, hier muß ich anfangen, mit einer körperlichen Beschreibung, zuerst den Hintergrund malen und dann versuchen, sie da hineinzusetzen. Mühsam. Aber besser kann ich es nicht. Und sie ist der Mühe wert. Vera mag bei dieser Wendung die Nase rümpfen, aber sie wird nicht hohnlachen.

Das Gasthaus ist innen dunkel gehalten, altmodisch, aber gut beleuchtet von vielen hellen Messinglampen und Wandleuchten. Die große Vase mit den Blumen auf dem Tresen leuchtet, ebenso die scharlachroten Trachten und die weißen Blusen der Kellnerinnen. Die Holztäfelung ist dunkel, aber es gibt den lebhaften Funken guten Biers und freundlicher Bedienung und appetitlicher dänischer Küche. Neben dem Saal gibt es zwei Galerien und kleine Nischen, wo man im Licht der vorderen Fenster sitzen kann oder im Dämmer weiter hinten, ganz wie man will, immer aber ist es komfortabel und so intim, wie es an einem öffentlichen Ort überhaupt sein kann, weil die Nachbarn einem nicht im Nacken sitzen. Es wurde von jemand entworfen, der wirklich etwas von Caféhaus-Architektur verstand, und das ist eine große Seltenheit.

Es ist aber nicht nur ein Lokal für die Alten. Gewiß, hier sitzen viele ausgetrocknete alte Damen und adrette ältere

Herren bei Kaffee und Kuchen, aber man sieht genauso viele hübsche junge Brüsseler Mädchen, die sich hier mit exotischen Freunden treffen, häufig Arabern von übertrieben funkelnder Eleganz. Marie war hier überhaupt nicht fehl am Platz, und ich verschmolz mit dem Hintergrund, wenigstens hoffte ich das. Unbemerkt zu sein wie die Salz- und Pfefferfässer, das ist die Wirkung, die man erzielen möchte.

Marie – ich werde sie nicht Marieke nennen, das war sein Name für sie und vielleicht ihr Kindername im Dorf – ist ziemlich groß, schlank (vorschriftsmäßige Proportionen für eine Schönheit des zwanzigsten Jahrhunderts) und hinreißend. Ziehen Sie ruhig die Nase hoch. Eine große Schönheit, *haute-époque*, eine Danae oder Europa für Tizian. Haar weizenhell; Augen saphirblau. Haut, ich habe sie nicht unbekleidet gesehen; die Arme, entsprechend dem modernen Ideal, sind gebräunt. Bloße Füße in Sandalen, kein Lack auf den Zehennägeln. Ich habe sie nicht gebeten, ihren Fuß auf den Tisch zu legen. Wahrscheinlich nicht schön, weil es nur wenige Frauen mit schönen Füßen gibt. Die Fingernägel sind auch nicht bemalt, die Hände ein wenig zu schmal. Aber die Ohren sind schön. Überhaupt kein Schmuck, jedenfalls nicht für mich. Baumwollkleid, guter Schnitt, weder Nachdruck darauf, daß man keinen BH trägt, noch dieser schreckliche, indezente Abdruck des Höschens darunter.

Was also soll ich sagen, wenn ich nicht will, daß es mit mir durchgeht? Daß ich ein nüchterner Mensch bin? (Ich nahm ein dunkles Bier; hervorragend an einem heißen Tag, selbst in München ist es nicht besser). Daß ich für diese Reize junger Mädchen nicht empfänglich bin, auch wenn ich mich den Fünfzig nähere? Daß kein erotischer Anreiz vorhanden ist; nichts dergleichen befindet sich in Harolds Fotosammlung. Ihre Intelligenz kann ich nicht beurteilen, sie scheint normal, und auch ihren Charakter nicht, da ich sie nicht kenne. Ich gab ihr daher eine Standardantwort, eine konventionelle.

»Kann ich mich wieder bei Ihnen melden? Ich möchte mir das alles ein paar Tage durch den Kopf gehen lassen. Habe ich Ihre Adresse?«

Ich war auf der Suche nach einem Anwalt, weil die beiden Mädchen einen brauchen würden: Jugendgericht gut und schön, aber es gibt auch da Qualitätsunterschiede. Wir kennen einige, die mit Accès zusammenarbeiten, aber der, den ich im Kopf hatte, war im Urlaub. Auf der Suche nach dem nächsten, der angeblich bei Gericht war, hatte ich mir in diesem unmöglichen Irrgarten, dem Justizpalast, bereits die Füße wundgelaufen, als mir Laetitia über den Weg lief. Das ist doch eine Idee. Gregor macht größtenteils Zivilsachen, aber sie ist Strafanwältin. Wie Mr. Quentin Camden (möge Gott ihn erhalten) ins Bild passen soll, wenn sie Harold den Prozeß machen, ist ihre Sorge.

»Trinken Sie in der Kantine eine Tasse Kaffee mit mir?«

»Gern. Ich bin gerade fertig.«

»Übernehmen Sie manchmal auch *pro Deo* Fälle?« ›Für Gott‹ ist ein Fachausdruck für Prozeßkostenhilfe.

»Gelegentlich.« Vorsichtig.

Ich erzählte ihr von ›den Mädchen‹. Sie hörte zu, den Kopf etwas zur Seite geneigt, während sie mir aufmerksam mit dieser scharfen jüdischen Intelligenz folgte.

»Ja, das ist ein richtiger Knüller. Und wo findet das alles statt? – In Gent? Hm, sehr flämisch. Nun ja, ich kann das Nötige unternehmen, sobald es erforderlich ist. Ich kann jemand guten besorgen, der da aufpaßt. Mal sehen, wie es dann läuft. Das ist wohl eine von Ihren Accès-Geschichten? Hm, Castang, Sie sind schon ein ganz schön sentimentaler Mensch, wie?«

»Das stimmt; man muß schwer achtgeben, daß einem diese Seite nicht verkümmert. Ich bin ganz Ihrer Meinung, eine eindeutige Geschichte, rechtlich nicht interessant, kein lohnender feministischer Aspekt, zwei lästige kleine Mädchen, die mir einen Haufen Ärger gemacht haben. Wenn sie nicht im gleichen Alter gewesen wären wie meine beiden ... rein emotionale Angelegenheit. Vielleicht hat es mich gepackt: Instinkt, Gefühl, jedenfalls von Geisteszustand keine Spur ... Mr. Camden ist wohl nach England zurückgekehrt?«

»Ja, natürlich. Hier geschieht vor den Ferien nichts mehr. Pech für Claverhouse, aber so ist das nun mal. Es heißt, sie warten immer noch auf einige Gutachten, aber sie sind dabei, ihre Beweisführung gegen ihn aufzubauen, daran gibt es keinen Zweifel mehr.«

»Ich habe vielleicht Ihren fehlenden Zeugen gefunden.«

»Hört, hört.«

»Verteidigen Sie diese Mädchen für mich, Laetitia. Ich arbeite hart für Sie und werde nicht dafür bezahlt. Ich bin nicht mehr bei der Polizei. Ich bin nicht durch irgendeinen Eid an Staat oder eine Institution gebunden. Was mich bindet, ist Vertrauen, und ich muß es mir alles noch einmal überlegen.« Sie nickte; sah auf ihre Uhr.

»Ich muß los.«

»Ich auch. Bis bald ...«

14

Vera Castang

Ich war ziemlich sauer. Da zerrt man Henri mitten in der Nacht aus dem Bett, damit er zwei kleinen Gaunermädchen hinterherläuft. Diese Arbeit bei Accès ist ja wichtig und gut, aber man darf es auch nicht übertreiben. Henris berufliche Erfahrung ist nützlich, aber er vergißt manchmal, daß er nicht mehr bei der Polizei ist, daß er für diese Arbeit nicht bezahlt wird und es sich nicht leisten kann, so viel Zeit und Mühe in derlei Geschichten zu investieren. Erscheine ich hart? Ja, kleine Mädchen werden sexuell mißbraucht. Das ist grauenhaft. Aber es ist auch eine historische Konstante. Die Zeit des Regency in London, des Régence in Paris, mein Gott, man braucht doch nur hinzuschauen, es ist alles dokumentiert – dreizehnjährige Prostituierte überall.

Lieber Himmel, hatten wir nicht Ärger genug, als er im letzten Jahr in Paris dahinterkam, was da im *lycée* ablief? Lydia hatte nur indirekt damit zu tun, über zwei Schulfreundinnen. Aber Henri verstrickte sich in den Skrupeln eines Arztes und eines Richters, hätte beinahe Lydia in ernste Schwierigkeiten gebracht, und wozu das alles? Er hat darüber seine Stellung verloren, wobei, wie ich ihm immer wieder sage, die Tatsache, daß es eine miese Stellung war, die er sowieso nicht haben wollte, belanglos ist. Er kontert, indem er mir vorhält, ich sollte doch mal meine Augen aufmachen, dafür hätten wir jetzt den Job hier, und es ginge uns blendend. Reiner Zufall. Hätte ich mich in meinem Privatleben so von beruflichen Dingen angreifen lassen, wenn ich nicht selbst durch ein häßliches Erlebnis in seelischem Aufruhr gewesen wäre? Wo zieht man die Grenze?

Schwierige Frage. Er läßt sich ein, und ich rege mich darüber auf, aber wenn man sich nicht einläßt – dann wird man auch einer von diesen Parasiten. An vorsichtig feigen Egoisten herrscht kein Mangel. Die Kleinmütigen, wie Henri sie zu nennen pflegt. Nicht den Mumm, sich die Füße naß zu machen. Er hat ganz recht. Ich weiß es, und trotzdem widerspreche ich dauernd, weil es mir angst macht.

Und wer oder was ist nun diese hinreißende Blondine, der er nachjagt? Kleinliche, eifersüchtige Frau, du mit deiner schmutzigen Phantasie. Ich weiß ganz genau, daß der Mann, den ich liebe und dem ich vertraue, nicht hinter meinem Rücken appetitlichen jungen Mädchen nachläuft. Aber ich weiß auch, wie närrisch Männer in diesem Alter sind.

Henri ist eben nach Hause gekommen. Er war in einem Dorf in Flandern, aus dem diese beiden Kinder stammen. Schlimme Nachricht; die jüngere hat ihren Vater getötet. Inzest der Schwester, eine grausige Geschichte.

Er hatte recht, sich die Mühe zu machen. Die Jugendgerichte können gut sein, sie können aber auch – er hat Laetitia gebeten, sich darum zu kümmern. Gut.

Ich muß ihm wegen dieser Blondine mal gründlich auf den Zahn fühlen.

Diese Blondine, ich muß sagen, diese große Schönheit, ist oder war Harold Claverhouses Geliebte. Ja, soviel hatte ich mir schon selbst zusammengereimt. Und sie ist deswegen in großer Aufregung; es wundert mich nicht. Eine Flämin und ein Jansenist; Ähnlichkeit mit mir. Eine streng katholische Erziehung, da kann ich mich hineinversetzen. Es gibt viele Parallelen zwischen slowakischen Bauernmädchen und dieser Marieke; auch sie ist ein Bauernmädchen, wenn auch aus Flandern – die sind jetzt alle gutbürgerlich und reich.

Darum fühle ich mich jetzt persönlich betroffen. Aber mir sind auch die Hände gebunden. Henri hat mir alles erzählt.

Das ist nicht leicht: wenn einem etwas im Vertrauen erzählt wird.

Marieke traf sich im Dänischen Gasthaus mit ihm. Ironie: an dem Treffpunkt, den ich vorgeschlagen hatte. Sie erzählte ihm ihre Geschichte im Vertrauen. Werde ich dieses Vertrauen nun brechen? Harold seinerseits hat sich mir anvertraut, und werde ich ihn nun verraten? Selbst an Henri? Daß er mit mir schlafen wollte? Ich hatte beschlossen, nichts zu sagen.

Marie befindet sich in einem Zustand schrecklicher Qual; seit sie von Iris' Tod erfahren hatte, gibt sie sich die Schuld daran. Ja, ich kann das verstehen.

Aber was soll ich tun? Ich kann es Henri sagen. Aber kann ich es Laetitia sagen?

Ich frage mich, ob ich allzu einfältig bin.

Ist denn die Vorstellung so grotesk, daß Harold es nicht über sich bringt, von diesem Mädchen Marie zu sprechen? Buchstäblich nicht fähig ist, Wörter zu bilden? War dieser Antrag an mich ein Mittel, mir das zu verstehen zu geben? Er ist ja in jedem anderen Licht gesehen so – so absurd.

Mit Henri wird Harold darüber nicht sprechen. Und auch nicht mit den Anwälten. Aber vielleicht würde er die Barriere überwinden und mit mir sprechen? Ich bin der einzige andere Mensch, der Zugang zu ihm hat.

Zugang/Accès – ist das nicht genau das Problem, das wir immer haben? Sie zum Reden zu bringen. Ihre Schwierigkeiten erscheinen ihnen selbst so verworren, so undurchdringlich.

Diese Vermischung ist fragwürdig. Die Konstante ist die Unreife. Sie sind keinesfalls alle dumm, auch wenn der Intelligenzgrad im allgemeinen ziemlich niedrig ist. Ein seelischer Elendszustand – immer stecken Familienschwierigkeiten mit dahinter. Wie kann es da eine Parallele zu einem Mann von fünfzig Jahren geben, der hochgebildet ist, geistig brillant, ein hoher internationaler Beamter, ein hervorragender Jurist? – Guter Gott, fühle ich mich unzulänglich!

Ich kann es nur versuchen. Er hört Musik. Soll ich ihm vielleicht ein paar Kassetten mitbringen? Für einen Opernmenschen wie Harold – ja, aber was trifft den richtigen Ton? Sicher nicht Mozart – zu verspielt, zu temperiert und ausgeglichen, und genauso sicher nicht Berg oder Janaček oder etwa gar Wagner. Aber ein schöner Verdi – Fallstaff zum Beispiel? Als ich dann wie eine Närrin im Laden herumstand, kam mir plötzlich ein Einfall. Marie de Wilde und die Prinzessin Eboli haben beide die Entdeckung gemacht, daß schön zu sein der schnellste Weg ins Unglück ist. Diese fatale Gabe teilen sie sich.

Habe ich vielleicht soviel Recht?

Dieses Gekritzel hier ist wirr und geschwätzig. Aber jetzt ist mir etwas leichter. Das Aufschreiben soll ja der Klärung helfen. Das hier sollen keine Passagen aus einem Jungmädchentagebuch sein, ganz gleich, wie sie sich anhören.

Verdi war ein Erfolg. Harold wieder viel mehr der alte, spritzig und gesprächig.

»Don Carlos, herrlich. Philipp der Zweite gehört zu den historischen Figuren, die ich am interessantesten finde. Ich sehe ihn vor mir, wie er mutterseelenallein im Escorial sitzt, in höchster Sorge, ganz Europa hinter sich, und jeden einzelnen diplomatischen Bericht liest und mit seinen Anmerkungen versieht. Wußten Sie, daß es heißt, Philipp selbst habe die Eboli im Kloster einmauern lassen, weil sie ein falsches Spiel mit ihm getrieben hat? Man muß vielleicht erst selbst im Gefängnis gewesen sein, um das alles zu verstehen.«

»Sie sind nicht eingemauert, Harold. Und Philipp mauerte sich selbst ein. Es war nicht notwendig.« Ich war entschlossen, diesen Stier bei den Hörnern zu packen. »Wenn Sie darüber sprechen möchten, dann können Sie es tun.«

Er sah mich auf eine merkwürdige Weise an. Erleichtert vor allem. Ich habe nichts übrig für Dramen, nicht einmal für großartige von Verdi. Fällt mir nicht ein, jetzt in eine Arie über das tödliche Geschenk der Liebe auszubrechen.

»Es tut mir leid, daß ich das letzte Mal so schroff war. Können Sie darüber sprechen? Es würde mich freuen, wenn Sie es täten.« Das Englische hat gute, treffende Wendungen. Zum Beispiel kann einer aussehen, als hätte er ein Pfund verloren und sechs Pence wiedergefunden. Aber warum kann es nicht auch einmal umgekehrt sein? Man scharrt im Sand nach der Suche nach einem verlorenen Sou und findet einen goldenen Napoléon. Man kann aus einem Alptraum erwachen, der einem endlos schien, und sehen, daß die wirkliche Welt doch nicht so fürchterlich ist.

Harold zündete sich eine Zigarre an. Er paffte eine Weile, drehte sie hin und her, behielt sie im Auge, bis sie richtig zog, rundherum gleichmäßig. »Schließen Sie die Augen«, sagte er unvermittelt.

»Ich mußte so einen Vortrag halten. Ach – ›Aspekte der Souveränität‹, Sie wissen schon, British-Council-Zeug für Studenten. Ich kann mich wirklich nicht erinnern, worüber genau. Kann es die deutsche Einheit gewesen sein? Sie würde sich bestimmt erinnern; wenn man sie fragte.

Das sind alles ziemlich abgedroschene Geschichten, da ist nicht mehr viel Saft drin. Amtlich gutgeheißen, dem Amt für Öffentlichkeitsarbeit in der Gemeinschaft gefällt es, den Professoren gefällt es, und hinterher findet oft ein geselliges Beisammensein statt, man trinkt was und mischt sich unter die Leute.

Es ist also keineswegs ungewöhnlich, wenn plötzlich ein junges Mädchen auf einen zukommt und eine intelligente

Bemerkung über Flandern macht. Sie spricht recht gut Englisch, kommt aber dann doch etwas in Schwierigkeiten und greift auf Französisch zurück. Man stellt seinerseits mit höflichem Interesse ein paar Fragen, erfährt, daß sie eine interessierte Pharmaziestudentin ist, die meinte, sie müßte etwas mehr über Wirtschaft und Politik wissen – warum also nicht zu diesem Vortrag gehen, vielleicht wird es ja ganz lustig.

Aber das Wie interessiert Sie gar nicht, nicht wahr? Nur das Warum?«

Ich hörte zu wie aus weiter Ferne; eine langsame, leichte Stimme, die ab und zu pausierte, um der Zigarre Platz zu machen und um distanziert zu bleiben.

»Tatsache ist, daß es nie an hübschen jungen Dingern mangelt, die sich gern ein bißchen in Szene setzen. Nun, man läßt sich auf ein kleines Spiel ein. Man flirtet ein wenig mit ihnen, galant, ohne ernste Absichten, man sieht sie ja nie wieder. Hin und wieder kommt es natürlich vor, daß eine wild entschlossen ist. Und was tut man dann? Man trifft seine Wahl, man ist emotional nicht beteiligt, und wenn man sich dann nur von denen fernhält, die mehr wollen... hm? Aber das ist mehr Fiktion als Realität. Wenn man bereits eine Beziehung hat, etwas Tiefgehendes, wo ein Geben und Nehmen... Die sind im Leben leicht widerstandsfähiger als im Roman.

Es gibt Frauen, heißt es, die so etwas mit eleganter Distanz und intelligentem Witz aufnehmen. Aber nicht die, die ich kenne.

Sie haben Iris gekannt, nicht wahr? Sie wissen, daß sie eine Frau mit ungewöhnlichen Qualitäten war, von bemerkenswertem Charakter.

Mehr will ich nicht sagen. Ich werde nicht sagen, Iris hat dies getan oder Iris hat das getan, oder, mehr zur Sache, was sie alles nicht getan hat. Sie kann sich nicht verteidigen. Nebenbei gesagt, das war etwas, worauf sie sich außergewöhnlich gut verstand. Vielleicht nicht im Sinne einer Verteidigung vor Gericht.«

An dieser Stelle hätte ich sehr gern den Mund aufgemacht, um etwas zu sagen wie: Das haben wir auch nötig. Aber ich tat es nicht.

»Ich werde auch nicht von mir selbst sprechen. Um zu sagen, das ist meine Stärke oder das ist meine Schwäche. Letztlich sollte ich doch wohl ein erwachsener Mann sein. Ich werde mich deshalb auf eine Bemerkung beschränken, da Sie nach der idiotischen Szene, die ich bei Ihrem letzten Besuch hingelegt habe, sowieso Bescheid wissen. Sie sind gut damit umgegangen, ich habe Sie bewundert. Ja, also – daß ich ein sehr sinnlicher Mensch bin. Ich esse und trinke gern. Ich liebe gern. Es ist dann vielleicht auch möglich, *en passant* zu sagen, daß Iris eine ganz normal veranlagte Frau war. Wenn ein Mann einem vorjammert, daß seine Frau frigide ist, dann sagt einem das mehr über den Mann als über die Frau.

Aber das ist für Sie wahrscheinlich nichts Neues – eine Frau in einem Alter, in dem das Klimakterium einsetzt, das eine Reihe starker seelischer und körperlicher Veränderungen mit sich bringt. Das ist ja heutzutage alles ganz banal, wird offen und vernünftig diskutiert, jede Frauenzeitschrift weiß, wie man damit umgeht.

Sie meinen, ich sollte lieber über Marie sprechen? Ich versuche, mich vor einem schwierigen Thema zu drücken, hm? Weil ich vielleicht vom Regen in die Traufe gekommen bin? Das Wesentliche an Marie, sie gab sich selbst einen sehr hohen Wert.

Ich weiß nicht, wie gut Sie sie kennen.«

»Ich kenne sie gar nicht«, sagte ich. »Sie kam zu uns nach Hause. Mit mir wollte sie nicht sprechen. Vielleicht spricht sie mit Henri. Ich weiß es nicht. Er hat es mir nicht gesagt.«

»Henri ist ein gescheiter Kerl.« Harolds Stimme und Gebaren veränderten sich vollkommen. Dies war plötzlich der geschäftsmäßige Harold.

»Es kommt nur auf eines an: Nichts davon darf bekannt werden. Schirmen Sie sich ab, Vera. Keine Anwälte, keine Journalisten. Ich kann nicht zulassen, daß noch eine zweite unschuldige Frau leidet.

Marie glaubt, mir zu Hilfe zu kommen. Das muß verhindert werden. Bis jetzt ist ihr kein richtiger Schaden geschehen. Sie ist jung und intelligent, sie hat Herz und Verstand. Niemand braucht etwas zu erfahren.

Ich brauche es Ihnen nicht zu sagen: Mir geht es nicht darum, mich selbst zu schützen. Das ist doch klar genug: Ich habe mich dumm und leichtsinnig benommen, und am Ende verbrecherisch, dafür muß ich geradestehen.

Es ist schon recht, daß Sie alles erfahren. Sie wissen ja schon so viel, und Ihnen kann ich vertrauen.«

»Soweit ich von den Anwälten weiß« – dies war die Wahrheit, wie ich sie zu diesem Zeitpunkt kannte –, »gibt es keine echten Beweise gegen Sie. Der Staatsanwalt ist lau. Wegen – na ja, politischer Aspekte; Skandal und negative Publicity. Dies ist wohl nicht der Moment, einen Konflikt zwischen dem belgischen Staat und der Gemeinschaft heraufzubeschwören. Aber das alles werden Sie besser wissen als ich. Wenn Sie einfach schweigen und geduldig sind.

Sie wissen schon – man sucht einen Weg auszutüfteln, bei dem man kein Gesicht verliert.«

Harold lächelte, über meine Unschuld, vermute ich.

»Das mag ja alles sein, Vera. Aber um meiner selbst willen muß ich schon etwas mehr tun als das, finden Sie nicht?« Er betrachtete seine Zigarre, die Anzeichen von Vernachlässigung zeigte. Brachte sie wieder richtig in Brand. »Die traditionelle Männerwelt des ›Herrenzimmers‹ der viktorianischen Ära, in der Frauen keinen Platz hatten, die Männer einander jedoch verstanden. Vor allem in der Verwaltung des Empire. Ich habe darüber gelesen. Solange Indien sechs Monate entfernt war, nur durch eine Umsegelung des Kaps zu erreichen, war alles in bester Ordnung. Aber kaum war der Suezkanal gebaut und die Memsahib traf ein – alles hin.

Nein, ich muß der Tatsache ins Auge sehen, daß ich dieses Mädchen korrumpiert habe.«

War Harold vielleicht dümmer, als er aussah? War er einer dieser in jeder anderen Hinsicht nüchtern denkenden Männer, die, sobald es um junge Mädchen geht, jegliches Augenmaß verlieren? Ich schaute bissig drein? Vielleicht; ein Blick auf mein Gesicht jedenfalls löste den Schimmer eines Lächelns aus.

»Oh, wenn man es genau nimmt...« mit einem Blick auf die Zigarre und beruhigt, daß noch viel da war – »halbe-halbe würde man sagen, was die Verführung angeht. Sie findet ältere Männer anziehend. Aber es läßt sich nicht beschönigen. Es gibt da eine elementare Verantwortlichkeit.«

»Wenn Sie sich nur nicht heulend auf die Brust schlagen.« Das ist eine seiner sympathischen Eigenschaften, daß er schnell begreift.

»Hm, ja, dazu gibt es italienische Bilder in großer Zahl, wenn auch zweifelhafter Urheberschaft. Vom heiligen Hieronymus zum Beispiel, der mit einem großen Stein und einem frommen Bart gegen den Erzfeind antritt. Wohl kaum, wohl kaum.

Sie kennen doch das Dänische Gasthaus, nicht wahr? Dort habe ich mich ein paarmal mit ihr getroffen. Es war nichts Schlüpfriges dabei. Verstehen Sie, wieso ich einer so absurden – na ja, Iris, Sie wissen ja, Iris...« Der Schmerz verändert eine Stimme, man braucht das Gesicht gar nicht zu sehen. »Iris hörte nie auf zu debattieren. Jede Kleinigkeit mußte sie in Frage stellen.« Sie hatte wieder einen leicht nörgeligen Tonfall bekommen, eine Stimme, mit der man sich beschwert, daß der Aschenbecher schon wieder nicht ausgeleert ist. Er wollte sich nicht bei einer Frau über seine Frau beschweren. »Jedes Gespräch artete zu einer Konfrontation aus. Das wird auf die Dauer entsetzlich ermüdend.«

»Ja. Eine Eigenart von Frauen.« Auch Henri wird da gereizt.

»Marie ist eine vernünftige Person. Das ist etwas sehr Flämisches, dieser nüchterne gesunde Menschenverstand. Wenn sie etwas nicht weiß, hält sie den Mund. Es gibt nicht dauernd diese Widerreden, nur weil man zeigen muß, daß man sicher ist.

Ja, doch, sie hat mich auch verführt. Mit dem Essen, wissen Sie. Aber keine raffinierten kleinen Diners.

Die arme Iris. Sie war eine unmögliche Köchin. Typisch irisch wahrscheinlich.«

»Deftiges Essen?« fragte ich. Ich mußte darüber lachen, weil Henri genauso ist. Männer, die viel im Restaurant essen, bekommen Sehnsucht nach dem Eintopf, wie Oma ihn immer gekocht hat. Es gibt Gasthäuser in Brüssel, in denen man flämische Küche bekommt, aber man muß damit rechnen, daß sie voll, laut und voller Küchendünste sind. Oft stürmt Henri nach einem schlimmen Tag im Dienst herein und verlangt lauthals nach meinen entschieden deftigen Kreationen. Und ich kann mir Marie gut vorstellen (mit einer Mutter, die auf ihre pieksaubere Küche stolz ist), wie sie schüchtern eines ihrer unerwarteten Talente zum Geschenk anbietet.

»Sie hat eine kleine Wohnung hinter der Place Sainte Cathérine. In einem dieser alten, solide gebauten Häuser, die heute ziemlich heruntergekommen sind. Die Mieten sind billig, weil dort lauter Türken wohnen. Es ist nicht so ein modernes Ein-Zimmer-Apartment. Es ist ein großer Raum mit einem Bad hinter einem Vorhang und einer Kochnische irgendwo. Der Papa zahlte die Miete, weil die tägliche Fahrt zwischen der Stadt und zu Hause zu weit gewesen wäre.« Ja, ich weiß, ich war auch einmal Studentin. »So ein Zimmer kann sehr schön sein«, schloß er ziemlich lahm.

Aber ich habe schon verstanden. Man selbst findet sie nicht schön; dieser ewige Kampf, sie sauberzuhalten. Aber mit einigen alten Sachen vom Trödler, vielen Plakaten und ein paar Geranientöpfen (wenn man erst einmal den Dreck von Jahrhunderten heruntergeschrubbt hat, zeigen sich oft schöne große Fenster) und Vorhängen an strategischen Stellen, kann so eine verwahrloste Bude dem an gutbürgerlichen Komfort gewöhnten Auge sehr hübsch und originell erscheinen. Ja, ich erinnere mich an Prag. Mit dem romantischen Auge, aber Harold ist ja Engländer und hat ein sehr romantisches Auge.

»Ich brachte ein paar Flaschen Wein mit und war entschlossener denn je, sie ins Bett zu kriegen.«

»Ach, sie hat wohl Theater gemacht?« Da er nun schon einmal dabei war, sein Herz auszuschütten, würden zweifellos auch Details weiblicher Anatomie zum besten gegeben werden, die mich ziemlich kalt lassen. Aber er war jetzt nicht mehr zu bremsen.

»Vera, ich bitte Sie, seien Sie nicht zynisch.« Mit Würde gesagt.

Ich schämte mich. Nach dem, was ich von Marie gesehen habe, besitzt sie tatsächlich Würde.

»Nie im Leben hat mir etwas solche Schwierigkeiten gemacht, wie dieser Frau die Kleider auszuziehen.« Äußerst quengelig, aber auch sogleich mit einem Blick für die ungewollte Komik der Situation.

Ein Mann von – nun, ich würde sagen, gleich welchen Alters –, der mit aller Ernsthaftigkeit und Entschlossenheit dieses eine Ziel verfolgt, ist in dem Moment nicht fähig, darüber zu lachen. Henri hält mir dauernd vor, wie humorlos ich bin. Sieh es dir also mit dem Auge der Malerin an, Vera. Ein billiger – aber hübscher – Teppich auf nackten, fleckigen Holzdielen (bulgarisch, Wolle mit Baumwolle). Vorhänge aus verblichenem, aber schönem alten Brokat, die eine primitive Waschgelegenheit verbergen. Das Bett, ehemals ein Sofa, schmal und unbequem; man hat sich an diverse Knubbel und Kuhlen gewöhnt. Soviel anders als Prag würde Brüssel auch nicht sein. Der Unterschied war nur, daß ich gescheit genug gewesen war, niemals mit einem jungen Mann in diesem Zimmer allein zu bleiben. Es gab keine Ringkämpfe um das Schicksal meiner ländlich-sittlichen Unterwäsche. Aber Lampen, man hatte es mit den Lampen. Wein von weit besserer Qualität als der ungarische Sauerampfer, den es bei unseren Festen gab. Einer ganzen Reihe Mädchen wurden tatsächlich die Kleider vom Leib gezogen. Mir nicht; auf der Gymnastikschule wurden die Werte stalinistischer Jungfräulichkeit genauso betont wie daheim in der Slowakei. Aber ich erinnere mich, wie köstlich es war, die meine an Henri zu verlieren. Ja, ich kann mich in Marie hineinversetzen.

Auf der Kunstakademie war es natürlich die große Sache, sich auszuziehen, ohne erst zu warten, bis man darum gebeten wurde. Und schön sahen sie aus, sowohl bei Lampenlicht als auch in Malbeleuchtung. Viel Bonnard, ganz zu schweigen von Modigliani. Und darum ja, kann ich mich auch in Harold hineinversetzen. Man kann durch Maries Kleider hindurchsehen, einen wunderschönen plastischen Körper. Aber ich werde die heißen Ergüsse, die Harold aus sich herauspreßte, nicht niederschreiben. Wie er sich im Besuchszimmer der Haftanstalt zerfleischte. Ich hätte schon sehr unsensibel sein müssen, um die Kohlezeichnungen von Maries Busen, ihres Gesäßes und des Schwungs der magischen Linien an jener von Muskeln und Sehnen durchwirkten Stelle zwischen ihren

Schenkeln nicht zu sehen. Der Schrein, oder auch nur eine rhythmisch komplexe Zone, für Tänzer zum Beispiel oder jeden, der den weiblichen Körper abzeichnet. Es ist nicht bloß das Loch in der Mauer. Ich selbst bin ungefähr so lesbisch wie das Brandenburger Tor, aber ich denke nicht schlicht und einfach ans Gebären.

Das ist das Wesen der Kunst, diese – diese Besessenheit? Ein ganz falsches Wort; Harold versucht Worte zu finden, und meine Hand fiebert nach einem Bleistift.

Harold bemüht sich, alles über Bord zu werfen, die Literatur, die Rhetorik, die Unehrlichkeit; die Fassade und den Schein, die man so schwer aufgibt. Aber im Grunde sagt er mir nur, daß Maries Dreieck ein Ding von höchster Schönheit ist.

Was häufig nicht so ist, und mein Bleistift kennt die schlichte Frage, ob er es einfügen soll oder weglassen oder schattenhaft andeuten. Flämische Frauen (ich fand ein wunderbares Modell, als wir in Nord-Frankreich lebten) haben feines, dünnes Haar, das die Linie nicht verdeckt. Harold schildert mir das im Detail: ja, ich weiß.

Und ja, wenn man ein Mann ist und dieser lästige Penis, schwer zu zeichnen, da leicht idealisiert, zum versteinerten Riesen wird, dann ist da die Frage nach dem Unterschied zwischen Leben und Kunst, die schon in den besten Momenten Kopfzerbrechen bereitet (und bei der Flauberts Papagei schrecklich übel wird) ... ach, du lieber Gott, Henri wird sich kaputtlachen, wenn er das liest. »Ach, meine arme kleine Vera.«

Harold geht es genauso. Er weiß nicht, ob er lachen oder ob ihm übel werden soll. Wie auch immer die Adjektive lauten, die man (wie das Dreieck) läßt oder herausnimmt, ob man das schlichte Verb ficken nun im Indikativ, Konjunktiv oder Imperativ konjugiert; Leben und Kunst werden beide abstrakt. Es fällt schwer, in diesem metaphysischen Zusammenhang von ›Verbrechen‹ zu sprechen. Die japanischen Zeichnungen kopulierender Paare – besser noch, die auf griechischen Vasen eingeritzten Darstellungen eines Mannes mit einem Ständer und einer Frau mit gespreizten Schenkeln – sind sie schlechte Kunst? Wagners Musik zu *Tristan* – ist das schlechte Kunst?

Ich muß, wie Henri immer sagt, ›ein Gesicht gemacht haben‹, denn Harold sagte unvermittelt: »Ich erzähle Ihnen eine Geschichte. Eine sehr alte deutsche Geschichte. Höchst moralisch. Der Lehrer sagt zu seiner Klasse kleiner Kinder, ›Nennt mir eine Blume‹. Ein kleines Mädchen meldet sich und sagt, ›Primel‹. ›Gut‹, sagt der Lehrer. ›Schön, sehr schön.‹ Ein anderes Mädchen sagt: ›Mohnblume‹. ›Gut. Schön, sehr schön.‹ Ganz hinten meldet sich ein kleiner Junge und sagt: ›Geschlechtsverkehr‹. ›Aber das ist doch keine Blume.‹ ›Vielleicht nicht‹, sagt der kleine Junge. ›Aber schön, sehr schön.‹«

Ach Gott, mir sieht man's doch immer sofort an; ich bin eben die perfekte Naive.

Schade, daß man diese Geschichte nicht dem Untersuchungsrichter erzählen kann. Diese Geißel Gottes hat mich zu sich zitiert, und mir ist ziemlich mulmig. Ich war natürlich schon einmal bei ihm, weil ich ›Zeugin‹ bin. Harold ist ja zu uns gekommen, nachdem er Iris zu Hause auf dem Boden liegend vorgefunden hatte, und er blieb, mehr oder weniger dummes Zeug redend, bei mir, während Henri losfuhr, um sich zu vergewissern, was an diesem Schauermärchen Realität war, ehe er die Polizei anrief. Darum natürlich examinierte mich der Richter ziemlich genau zu den Tatsachen; Zeiten; Gemütszuständen: Was sagte er, und wie wirkte er, als er es sagte?

Ein noch junger, gründlicher, ernsthafter Mensch. Höflich, in keiner Weise feindselig, aber es ist eine Sitzung wie unter dem Bohrer des Zahnarzts. Damals konnte ich die Wahrheit sagen? Ja, erstens, weil ich es immer tue. Zweitens, weil Henri mich gelehrt hat, daß es zwei Sorten von Lügnern gibt. Diejenigen, die aus Prinzip lügen, ganz systematisch, die wissen, daß der andere es weiß, und denen das einfach egal ist. Und diejenigen, die eine ganz kleine Notlüge erzählen. Die ertappt werden, weil ein Untersuchungsrichter allem nachgeht, Dutzende von Kreuzpeilungen hat und einen ganz genau ortet.

Und damals wußte ich nichts. Jetzt weiß ich eine Menge, was Harold mir erzählt hat und mir im Vertrauen erzählt hat, und ich habe mein Versprechen gegeben, es nicht weiterzusagen, niemals.

Darum hatte ich dieses Mal Angst. Der Richter saß in Hemdsärmeln vor mir. Die Sonne stand auf dieser Seite des Palais, und es war heiß im Zimmer. Er stand auf, gab mir die Hand, lächelte, wies zum Sessel, schob das ›Dossier‹ herum, entnahm ihm dies und das, sann vor sich hin, murmelte mit leiser Stimme, wobei er sich Anmerkungen machte und manchmal den Bleistift in sein gepflegtes Lockenhaar schob. Während ich schmorte. Das gehört zu ihren Methoden.

»Verzeihen Sie, aber sehen Sie, ich gehe bald in Urlaub und möchte das hier gern vorher noch abschließen. Gibt es also irgendwelche Lücken oder Löcher?« Er tippte mit dem Bleistift auf den Papierstapel, während seine Sekretärin wartend an ihrer Schreibmaschine saß, aus dem Fenster starrte und vermutlich darüber nachdachte, was sie nach Büroschluß noch einkaufen mußte. »Ich habe da noch ein, zwei Fragen zu Mrs. Claverhouse. Zu Aspekten ihres Charakters und ihrer Persönlichkeit. Sie kannten sie doch recht gut.«

»Aber nur sehr kurz.«

»Gewiß, gewiß, wir machen es auch kurz.«

Ich war ein bißchen feucht unter den Armen, aber vor Erleichterung. Iris, ja. Diese stolze, verschlossene, unbequeme, gefesselte Frau. Die ich plötzlich kennen und mögen und verstehen zu können meinte, an jenem Nachmittag, als sie sich öffnete und über Irland sprach. Aber ich muß vorsichtig sein und sehr auf der Hut. Untersuchungsrichter sind eine Spezies, die gern zuschnappt.

15

Henri Castang

all um all und tief um tief
sie träumten mehr um mehr ihren schlaf

Ein, zwei Dinge heben sich aus diesem Julimonat heraus, einem Monat strahlender Sonne, mit Himmeln so blau und klar wie die Augen der kleinen deutschen Mädchen in Veras ›Schön‹-Geschichte. Petra, Clarissa, Gundula. Vera...

Denn ich habe die Geschichte jetzt gehört, ja. Sie mußte sie mir erzählen, und sie beging keinen Vertrauensbruch, da ich ja die andere Seite schon gehört hatte, verstehen Sie, von Marie, ja. Wir haben uns mehrmals im Gasthaus unterhalten, bei einem Bier, und sehr nett und höflich lud sie mich ein, mir ihre ›Wohnung‹ anzusehen. Nur ein Zimmer, aber ein großes Zimmer. Große Fenster und ein wackeliger kleiner Balkon, ein schönes, solides altes Haus hinter dem Fischmarkt. Mitten im Herzen der Stadt, würde ein Vermögen kosten, wäre die Straße nicht voller Araber. Ja, auch ich habe diesen ›Tatort‹ gesehen. Glauben Sie nicht, daß ich Marie unbekleidet gesehen habe; das nicht. Aber auch ich habe Phantasie. Vielleicht nicht von der gleichen Art wie Vera. Meine ist etwas fleischlicherer Natur. Aber Marie ist ein sehr damenhaftes und wohlerzogenes junges Mädchen und stammt aus einer flämischen Familie von höchster Selbstachtung.

Andere Episoden heben sich heraus. Das Treffen mit Laetitia, um eine Strategie im Interesse der beiden kleinen Dorfmädchen zu entwickeln. Dies ist zwar im strengen Sinn ein Mordprozeß, der folglich vor einem *cour d'assises* verhandelt wird, aber es ist, das erkennt selbst ein Gericht, ein Schauprozeß; es geht um Jugendliche. Und es besteht Dringlichkeit; man kann Kinder in einer solchen Situation nicht in der Luft hängen lassen. Die Sache wird also sofort nach den Ferien zur Verhandlung kommen, und Laetitia organisiert alles. Aber sie läßt mich dafür bluten, verflixt noch mal. Ich wollte, ich hätte nichts von dem ›fehlenden Zeugen‹ zu ihr gesagt. Das war noch bevor ich von Marie wußte – und von der Geschichte, die Harold Vera erzählt hat. Laetitia ist auf das alles unanständig scharf. Wir tranken Tee aus Gläsern, jüdisch gegen die Hitze, in ihrem kühlen, teuren Büro. Orangenblütenwetter auch hier in Brüssel, jedoch so muffig und schwül, daß selbst eine zähe jüdische Anwältin sich beschwert. Es wird gehörig gefeilscht. Laetitia möchte mich als ›sachverständigen Zeugen‹ für die Mädchen haben. Ich bin aber kein Sachverständiger und will auch keiner sein, habe keinerlei Absicht, als solcher aufzutreten, ich sage ihr das. Ich bin gewesener Polizist, und das bleibe ich auch. Gerissene teeschlürfende Juristenkuh. Sie hat alles mögliche auf Lager, um einen zu erpressen.

Man, sagt sie mir, wird ›Claverhouse auf die Tagesordnung setzen‹. Wann? Bald. Der Untersuchungsrichter ist ›so gut wie fertig‹, und der Staatsanwalt spricht von Beeilung, das heißt, man will den Prozeß schnell durchziehen, um sich Sticheleien der Journalisten, insbesondere der englischen, über die Lässigkeit der belgischen Justiz zu ersparen. Ein weiterer Grund für Laetitia, sich zu beschweren; alle haben

Ferien, und ich darf schuften wie ein Pferd. »Diese kleinen Mädchen sind echte Plagegeister« (als wüßte ich das nicht!), »und sehen Sie sich doch bitte mal meinen Terminkalender an. Ich soll in Brüssel bei Gericht erscheinen und praktisch zu gleicher Zeit in Gent sein. Ich hätte mich niemals darauf einlassen sollen, diese vermaledeiten Kinder zu vertreten.«

Dieses Verfahren, bei dem mir sämtliche Knochen im Leib gebrochen werden, heißt: mich nach ihrem Willen schmieden.

Auch die Besuche bei Harold, die jetzt nicht mehr so häufig sind, heben sich heraus. Vera ist es, die die Regelmäßigkeit aufrechterhält. Und Suarez ist ein viel strengerer Zuchtmeister als Harold, großenteils weil er auf dem Gebiet soviel weniger gut bewandert ist. Sie berichtet, daß Harold dieser Tage ruhiger ist – schwierig, ihn sich stoisch vorzustellen. Aber heißes Wetter trifft bekanntermaßen die im Gefängnis am härtesten; immer ist das die Jahreszeit, in der sie aufs Dach klettern und herausgerissene Schindeln auf die Polizisten werfen.

Er lehnt es ab, über Marie zu sprechen. Ich verstehe es; sich Vera anzuvertrauen (die sich wiederum weigert, mit mir über das Thema zu sprechen, es sei denn, um mir zu sagen, ich solle es ruhen lassen), muß eine gigantische Anstrengung gewesen sein. So vieles stand auf dem Spiel: seine Selbstachtung; seine Position als höherer Beamter der EG; sein Status als mein Vorgesetzter in unserer eigenen Pyramide. Ich halte mich darum, wenn ich mit ihm spreche, an Sachliches. Die Arbeit; den taktvollen Umgang mit Mr. Suarez. Die Anwälte werden ihm gesagt haben, daß wir zuversichtlich sind, ein *nonlieu* zu bekommen, Fachjargon für Einstellung des Verfahrens. Es kann nichts nachgewiesen werden. Keines der medizinischen (oder der psychologischen, wie man mir sagte) Gutachten ist schlüssig. Mr. Camden wird bei Gericht ein kleines Feuerwerk abbrennen, der Präsident wird ein bißchen manövrieren, um das Gesicht zu wahren, und es wird ganz so aussehen, als sei der Justiz Genüge geleistet worden. Dann kann die EG Harold an ihren Busen drücken, und innerhalb eines Monats ist alles vergessen. Der Klatsch wird behaupten, es habe zweifellos einen Einbrecher gegeben, der zügellose Gewalt anwendete, um Iris zum Schweigen zu bringen. Meiner Erfahrung nach wird unter solchen Umständen die Polizei zum Sündenbock gemacht; sie muß faul, inkompetent oder geschmiert gewesen sein oder alles zugleich. Mertens kannte das sicher so gut wie ich. Aber innerhalb einer Woche ist alles vergessen.

Eine Lethargie, wahrscheinlich durch die Hitze ausgelöst, hielt ihn gefangen, als ich frischfröhlich unter Aufmunterungsrufen bei ihm aufkreuzte; er wollte eigentlich über gar nichts sprechen, höchstens vielleicht über die Tour de France. Das war in Ordnung, ich bin in Sachen Tour ein großer Sachverständiger, so gut wie jeder Franzose oder Belgier, wenigstens solange er im *Café de Commerce* sitzt (wie auch ganz Italien, Spanien und Holland). Es ist das große Spektakel des Jahres, denn das Auf und Ab über die Berge gibt haarsträubende Fernsehbilder her. Eine steile Abfahrt auf dem Rad, im Stehen vom Rücksitz eines Motorrads gefilmt, das hundert Sachen läuft, sticht jede Autojagd im Gangsterfilm aus. Aber es sind natürlich die Steigungen, die die Phantasie des Zuschauers fesseln. Harold hatte nie zuvor eine Tour gesehen und war hingerissen.

»Die wahnsinnige Hitze. Der Durst. Die dramatischen Niederlagen. ›*Il faut savoir souffrir*‹. Da muß man leiden können«, wiederholte er nachdenklich. »Es kann schlimm sein, da zuzusehen; man wird zum Sado-maso-Voyeur gemacht.«

»Wir werden damit schon als Kinder vertraut gemacht. Das

ist ähnlich wie mit dem Stierkampf. Nur fließt hier Gott sei Dank kein Blut.«

»Heroische Kämpfe, *mano a mano*, wie Hektor und Ajax. Und Momente reiner Farce. Ein Spanier hat da auf dem Causse Noire eine phantastische Bergetappe hingelegt, und als er oben war, hatte er nichts weiter zu sagen als: ›Meine Mutter hat mir immer vorgehalten, ich sei ein fauler Kerl.‹ Da ist man wirklich platt.«

Ich mußte lachen.

»Ja, das Hauptproblem dabei ist, daß es einen für jeden anderen Sport verdirbt. Für den Fußball, diesen Schwindel, ebenso wie fürs Tennis in seiner Trivialität; man kann sich höchstens noch reines Können ansehen wie bei Billard.«

»Sie halten aus«, erklärte Harold mit großen funkelnden Augen. »Selbst wenn es mörderisch ist. Es kann brennen wie glühendes Eisen, im Mund, an den Fußsohlen – Asphyxie, die Lunge ist hinüber.«

»Ja, und der Hintern auch«, frozzelte ich bewußt. »Stundenlang auf einem Sattel wie eine Rasierklinge – da kriegt man die schönsten Analfisteln.«

Harold fand seinen Humor wieder. »Ich habe – höchst ungewöhnlich, dieser Mann – Pedro Delgado entdeckt. Der gewinnen wollte und – allem Anschein nach ganz bewußt – seinen Sieg selbst verhinderte.«

»Er ist ein seltsamer Vogel. Im letzten Jahr vergab er den Sieg um fünf Minuten, die er beim Start verlor. Er erklärte, er habe noch eine Tasse Kaffee trinken wollen und vergessen, daß es schon so spät gewesen sei. Psychologische Komplikationen, sehr spanisch.«

»Ich muß darüber nachdenken«, sagte Harold mit großer Ernsthaftigkeit.

Vera erhielt ein Briefchen vom Untersuchungsrichter mit der Aufforderung, ihn zu besuchen, da er offenbar dabei ist, den Wecker aufzuziehen, um seinen Urlaub nicht zu verpassen. Ich war daher nicht überrascht, als auch ich eines bekam. Ich fand ihn gelassen und recht zufrieden mit der geleisteten Arbeit, obwohl ziemlich sicher, daß nur Zeit verschwendet worden war. Höflich und formell.

»Haben Sie Ihrer früheren Aussage noch etwas hinzuzufügen, Monsieur Castang? Oder möchten Sie irgend etwas ändern?«

»Nein, im Moment wüßte ich nichts. Nein, ich glaube nicht.«

Wir sind uns alle einig; das gesamte Thema Marie de Wilde verschweigen wir den Söhnen lieber, um eine Formulierung Camdens zu gebrauchen. Ebenso sehr um ihret- als auch um Harolds willen. Kein Mensch könnte die Öffentlichkeit davon überzeugen, daß es mehr war als nur Sex. Es kam in den Polizeiberichten nicht vor. Harold war – ganz gleich, was sonst – diskret gewesen.

»So«, rief ich munter und fröhlich wie die Morgenschwester, wenn sie mit ihrem Instrumentenwagen hereinmarschiert, »nur noch ein paar Wochen, dann sind Sie hier raus.«

»Ja, das hörte ich«, erwiderte Harold. »Ich kann nicht behaupten, daß ich es als vertane Zeit betrachte. Bis zu einem gewissen Grad verschwendet, das ist unvermeidbar. Eine durchaus erfrischende Erfahrung, wenn sie sich nicht zu lange hinzöge. All denen zu empfehlen, würde ich sagen, die so schreckliche Angst haben, ihr Akzent könnte ihre soziale Herkunft verraten. Einem englischen Internat selbstverständlich bei weitem vorzuziehen. Gerade für Leute wie Sie und mich, die sich für den strafrechtlichen Ablauf interessieren, unerläßlich. Wenn du kein Polizist bist, werde Häftling.

Ich habe Sie manchmal um Ihre Berufserfahrung beneidet. Waren Sie schon einmal im Gefängnis?«

»Ich war ein paarmal nahe daran. Viele Polizisten werden irgendwann mal eingelocht, und noch viel mehr verdienen es – fast jeder, wenn ich es mir recht überlege, zu irgendeiner Zeit.«

»Um das Wesen der Strafe zu erfassen«, sagte Harold langsam. »Das hier war natürlich das reine Honiglecken. Ich habe die großzügigsten Privilegien genossen. Nicht wie Dreyfus oder vielleicht Oscar Slater. Ein gewisses gesellschaftliches Stigma wird bleiben. Man wird von vielen verdienstvollen Leuten immer als der Mann gesehen werden, der seine Frau getötet hat und ohne Strafe davongekommen ist, weil die Belgier der Gemeinschaft Peinlichkeiten ersparen wollten. Aber man bleibt weiterhin ein Privilegierter. Wie bei der Nato – jeder spricht von Truppenreduzierung, aber keiner kommt auf die Idee, daß man auch an die hundert überflüssige Admiräle feuern könnte.«

»Jetzt hören Sie aber auf; das ist Zynismus.«

»Man wird mich herumreichen: der Mann, der seine Frau getötet hat, um praktische Erfahrung über das strafrechtliche Verfahren zu sammeln, das seiner Meinung nach dringend reformbedürftig ist.«

»Jetzt spielen Sie Theater.«

»Ja, natürlich.« Müde. »Das tun wir doch alle. Das einzige, was mich im Grunde bedrückt, ist, wie meine Kinder die Sache sehen... Habe ich Ihnen mal von meinem Vater erzählt? Nein? Ich habe mich viele Jahre seiner geschämt. Ein alter Radikaler – hatte für die Sozialisten so wenig übrig wie für die Tories. Ein hoffnungsloser Individualist, er verachtete und verabscheute Gewerkschaften. Ein Handwerker vom alten Schlag, der neunzig Stunden die Woche arbeitete und sich dennoch als freier Mensch bezeichnete. Den größten Teil seiner Bildung hat er sich in der öffentlichen Bibliothek geholt, aber man darf das nicht sentimentalisieren; er selbst hat es auch nie getan. Er hatte mit keinem Menschen Mitleid, weil er mit sich selbst nie Mitleid hatte. Wertvoller alter Knabe. Meine Kinder meiden mich, und ich frage mich, wie lange sie es durchhalten werden. Ich kann es verstehen, weil ich mit ihm das gleiche getan habe. Es war ziemlich anstrengend, mit dem Alten zu reden. Aber jetzt denke ich gern an ihn.«

Man kennt die Menschen nicht; niemals.

Einschub: *Eamonn Hickey*

Ganz recht; wollte ich eine Parallele in der Literatur suchen, sie käme aus *Die Schatzinsel. Der Doktor setzt die Erzählung fort: Die letzte Fahrt der Jolle*. Nicht daß es ebenso aufregend werden wird. (Meine Schwester pflegte in Streßmomenten zu sagen: »Nimm du die Kanone, Trelawney, du bist der beste Schütze.«)

Aber Castang ist ein ehrlicher Kerl, und wie ein Romanschriftsteller des 19. Jahrhunderts braucht er einen Erzähler, und er kann nicht erzählen, was er nicht weiß (im Gegensatz zu Conrad in *Chance*, der bei Episoden, die Marlowe unmöglich miterlebt haben konnte, unverschämt schwindelte).

Er hat nichts zu mir gesagt, aber ich glaube, er bereitet eine Art Dokumentation über diese ganze Geschichte vor. Vermutlich aus professioneller Sicht, um seine Vorstellungen (Harolds Vorstellungen?!) von einer Strafrechtsreform zu illustrieren.

Er ist bei diesem Prozeß Zeuge, so daß hier zwei Aspekte in Erscheinung treten. Der eine ist technischer Art: Ein Zeuge darf nicht im Gerichtssaal sitzen, solange er nicht aufgerufen worden ist. Ganz klar, denn er könnte dort ja Ansichten zu hören bekommen, die ihn in seiner Aussage beeinflussen oder gar veranlassen, diese zu ändern. Ist er aus dem Zeugenstand entlassen, so kann er, wenn er möchte, im Saal Platz nehmen. Das gleiche gilt für Vera, die, wenn ich nicht irre, zu dieser ›Dokumentation‹ beiträgt. Er als alter Hase in diesem Geschäft hat sich ausgerechnet, daß er nicht vor Mitte des Vormittags aufgerufen wird; es wird jedoch vielleicht schon vorher Interessantes zu beobachten geben. Darum hat er mich gebeten, für ihn einzuspringen und die kleine Lücke in seinem Bericht zu schließen. Ich wäre sowieso hingegangen. Ich bin Kelte, ich habe eine Schwäche für Gerichtsverhandlungen.

Castang hat, soweit ich weiß, eine Art Beobachterauftrag von der Gemeinschaft (die natürlich, da sie einen höchst empfindlichen Hintern hat, nicht erleben möchte, daß sie sich in die Nesseln setzt). Mehrmals haben wir bei gesellschaftlichen Zusammentreffen und ein-, zweimal auch im Büro diesen zweiten Aspekt der Dinge besprochen. Ich würde, wenn ich das entsprechende Talent hätte, einen Kriminalroman daraus machen. Wir haben für die konventionelle Vorstellung vom ›Kriminalroman‹ beide nicht viel mehr als Spott übrig. Aber wie ich schon sagte – ich bin Kelte, also Romantiker. Ich vermute, dieser Hang zum Romantischen drängte mich, mir die Juristerei zum Beruf zu wählen. Sie ist ein verstaubtes Geschäft, aber die andere Seite des keltischen Wesens zieht eine gewisse Befriedigung aus ihr. In den Tagen der *Schatzinsel* liebte ich das pittoreske Zeremoniell und das feierliche Vokabular, ich ließ Wörter wie ›Königlicher Anwalt des Schatzamts‹ und ›Lordrichter‹ auf der Zunge meiner Phantasie zergehen. Sehr ähnlich dem guten alten Stevenson. Und wenn man mich heute, als Erwachsener, bäte, die beste Kriminalgeschichte zu nennen, die ich kenne, so würde ich nicht zögern. *Weir von Herminston* – die Geschichte hat wirklich alles. Oder bin ich da ›keltisch‹?

Über diesem Den-Gedanken-Nachhängen verging die Zeit. Die ersten Anwälte erschienen, öffneten Aktentaschen, entnahmen ihnen Schriftstücke und sahen sie stirnrunzelnd an, genau wie Geschäftsleute im Flugzeug, verwundert: Mir ist völlig schleierhaft, wie das in meine Tasche gekommen ist. Sie gähnen, schneiden Gesichter, kratzen sich, flüstern wie ungezogene Schulkinder in der Kirche. Ich weiß nicht, warum mir meine keltische Phantasie die Anwältinnen alle so darstellt, als wollten sie sich in der nächsten Minute auf den Topf setzen: Die Kombination aus schwarzer Robe und weißem Hinterteil ist wohl unwiderstehlich. Es scheinen viele da zu sein, und ich vermute, sie sind gekommen, um die Perücke des Engländers zu sehen. Da ist er, im Gespräch mit dieser großen, statuesken, gutaussehenden Jüdin.

Und jetzt die Presse, stürmt herein mit ihrem wissenden Blick, entschlossen, das Feld bis zur letzten Sekunde nicht zu räumen. Dann kommt der *huissier*, Büttel aus dem Mittelalter, fordert uns mit großer kirchlich-feierlicher Geste auf, unsere Hintern von den Sitzplätzen zu erheben, wobei seine Lippen die Worte »Erheben Sie sich« bilden, ehe er *»la cour«* intoniert. Danach erscheinen die Richter, in pelzverbrämter Pracht wie der Lord Mayor, wie gewohnt mit dicken Akten, die aussehen, als seien sie ihnen viel zu schwer.

Überraschung Nummer eins und eine ziemlich große dazu: ein Gericht, in dem die Frauen dominieren. Die Beisitzer sind Männer, aber die Vorsitzende ist eine Frau; großes, kantiges, dominantes flandrisches Gesicht, vom guten Leben gerötet, aber blitzend vor Intelligenz, Autorität und hannoveranischer Majestät. Ein erzbischöfliches »Nehmen Sie Platz«, ehe sie ihren Hut abnimmt und sich mit einer großen, tatkräftigen Hand voller Ringe durch kurzes graues Haar fährt. Und auf dem Thron des Staatsanwalts läßt sich, träge die Röcke glättend, nicht Coninck mit der langen Aristokratennase und dem edlen, leicht impotenten Windhundgesicht nieder, sondern eine lange Bohnenstange, die rote Robe und Hermelin mit lässiger Eleganz trägt. Lockiges halslanges Haar zwischen Blond und Grau, große kluge Augen, biskuitfarbenes Gesicht mit einem Strich Lippenstift, der zur Robe paßt, auf einem großen, ausdrucksvollen Mund. Eine gutaussehende Frau, eine gefährlich aussehende Frau, somit also schon zwei. Man kraust ein wenig nachdenklich die Stirn: Verheißt das Verdruß für Harold? Einfach, daß das Gericht die Sache doch um einiges ernster nimmt, als man uns glauben gemacht hat? Oder was? Harold ist, wie es die Regeln vorschreiben, zwischen zwei Gendarmen in blank geputzten Stiefeln und komischen Mützen vorgeführt worden, aber nicht in Handschellen (das möchte ich aber auch hoffen). Sieht gut aus; nicht in Anzug und Krawatte, worin er bedauerlich einem betrügerischen Finanzier geähnelt hätte, der von den Bahamas ausgeliefert worden ist, sondern im Hemd mit offenem Kragen, ordentlich gebügelt von der guten, sorgsamen Vera, und in einfacher brauner Hose über einem recht flach gewordenen Bauch. Eine kleine Verneigung zum Gericht hin, ruhig und zurückhaltend; ausgezeichneter Eindruck.

Wie das so seine irritierende Art ist, beginnt das Hohe Gericht, anstatt zur Sache zu kommen, erst einmal über juristische Feinheiten zu brummeln. Ich habe zunächst Schwierigkeiten, zu verstehen, worum es geht, bis die Vorsitzende ihre Stimme erschallen läßt, einen gedämpften, aber resonanten und gut hörbaren Bariton, und die Angelegenheit regelt: Mr. Camden, *Queen's Counsel*, wird vorgestellt und akzeptiert. Er spricht gut Französisch und mit gutem Akzent (Westminster Schule zweifellos). Der übliche kleine Fehler des Engländers: Er sagt ›*Madame la Présidente*‹; einem englischen Ohr klingt ›*Madame le Juge*‹ unlogisch.

»Es gibt keinerlei Schwierigkeiten. Das Gericht nimmt die

Anwesenheit eines Mitglieds der englischen Anwaltschaft zur Kenntnis. Es entspricht den Gepflogenheiten, daß Zeugen, die unserer Sprache nicht mächtig sind, ein Dolmetscher zur Verfügung gestellt wird. Gemäß der Praxis, die sich bei internationalen Kongressen eingebürgert hat, wurde, um dem Anwalt die Möglichkeit zu geben, das Wort ungehindert an das Gericht richten zu können, vereinbart, dem Gericht und den Anwälten Simultanübersetzungsanlagen zur Verfügung zu stellen. Diese Anlagen sind auch auf den Pressebänken installiert. Bedauerlicherweise können sie der Öffentlichkeit aus technischen Gründen nicht zugänglich gemacht werden. Das bedeutet keinen Verstoß gegen die Vorschrift, daß ein Gerichtsverfahren öffentlich und allgemein verständlich sein muß. Das liegt in meinem Ermessen. Die Staatsanwaltschaft stimmt zu? Sehr gut.«

Die Öffentlichkeit murrt ein wenig, aber du meine Güte, sie kennen das doch inzwischen alle; jeden Tag erlebt man es im Fernsehen, wie da einem Russen oder sonst jemandem eine fremde Stimme übergestülpt wird, machen wir also in Gottes Namen weiter, ja, Harolds Lebenslauf, im Detail. Die Frau Vorsitzende, freundlich, höflich, zwanglos.

»Die Staatsanwaltschaft hat das Wort.« Und nun erhebt sich Frau Bohnenstange, hüftlos schlank, mit schönen langen Beinen und in hochhackigen Schuhen dazu. Angenehm weiblich, aber nicht der Hauch einer Wölbung über diesem flachen Bauch. Sie hat eine Tenorstimme; leidenschaftslos; keinerlei effekthascherische emotionale Obertöne; gut geschult, erfüllt sie mühelos den Gerichtssaal, dessen Holztäfelung und Kassettendecke eine halbwegs gute Akustik gewährleisten.

Ein ›Angeklagter, bekennen Sie sich schuldig oder nicht schuldig?‹ gibt es natürlich nicht. Bei den Gerichten auf dem Kontinent wird durch die Voruntersuchung und die Verweisung an die zuständige Strafkammer jedem zu verstehen gegeben, daß man sich eingehend mit der Angelegenheit befaßt hat und ein Verfahren zwingend notwendig ist, sonst würden wir doch nicht die Zeit des Gerichts verschwenden. Das verführt uninformierte Beobachter, die das angelsächsische Verfahren gewöhnt sind, zu der Folgerung, daß der Angeklagte als schuldig gilt und seine Unschuld beweisen muß. Das ist ein Vorurteil, auch wenn ein schlechtes Gericht sich als parteiisch erweisen kann. Der Staatsanwalt muß auf jeden Fall sein Vorbringen schlüssig beweisen, zur Zufriedenheit der Beisitzer oder Geschworenen und der Berufsrichter, in einem öffentlichen Gerichtsverfahren und auf faire Weise. Und ihre Art ist ungemein fair, auffallend zurückhaltend. Der große Mund scheint ab und zu ein schwaches Lächeln anzudeuten, aber das mag an seiner ungewöhnlichen Beweglichkeit liegen. Ihre Fingernägel sind nicht lackiert. Sie ist gut fünfundvierzig. Ich weiß nicht, warum, aber ich habe den Eindruck, im Bett würde sie um einiges wärmer werden; bin ich da keltisch?

»Man soll nicht glauben, mir läge daran, einem hervorragenden Diener der Gemeinschaft Schaden zuzufügen. Einem Juristen und ausgezeichneten Kollegen der Beamten dieses Gerichts. Das jedoch entbindet mich nicht von meiner Pflicht zum klaren Blick und objektiven Wort. Verursacht das Druck? Sie werden dieses Wort noch häufiger hören, und es wäre gut, wenn Sie sich fragten, welches Gewicht oder welchen Wert Sie ihm realiter beimessen sollten. Sie sollten sich fragen, ob politische oder diplomatische Abmachungen ein gerichtliches Verfahren beeinflussen können, und bis zu welchem Grad dieser sogenannte Druck von den Medien erzeugt wird und darauf abzielt, Sensationsgier zu speisen.

Wir haben es hier mit einem Todesfall zu tun – mit einem Tod, der durch Gewalteinwirkung herbeigeführt wurde; eine Tatsache, die an sich schon sensationell ist. Wenn man so etwas hört, entsteht ein Gefühl des Schocks. Wenn man so etwas erlebt, Augenzeuge der Folgen wird, ist der Schock noch intensiver. Ein solcher Anblick, das ist unbestritten, kann so starkes Entsetzen hervorrufen, daß das heißt, die sonst normal funktionierenden Sinne, Gesicht und Gehör, erleiden eine Störung, möglicherweise in einem Ausmaß, daß die Beschreibung eines Zeugen dessen, was er erlebt oder getan hat, nicht mehr zuverlässig ist. Wenn Sie Mr. Claverhouse betrachten, wie er hier vor uns sitzt, werden Sie ihn als einen fähigen und intelligenten Mann sehen, der kluges Urteil und weise Überlegung gelernt hat, und Sie werden damit völlig recht haben. Sie hören Zeugen, die seine Leistungen und Fähigkeiten bestätigen und ihm zugleich ein feingestimmtes Nervensystem, hochgradige Empfindlichkeit und, möglicherweise, Anfälligkeit bescheinigen werden.

Sie werden von erfahrenen Beamten der Kriminalpolizei hören, daß der Anblick der Toten in der Tat schrecklich war, durchaus geeignet, einen vorübergehenden aber schwerwiegenden Verlust des seelischen Gleichgewichts hervorzurufen, der Anlaß hätte geben können, Mr. Claverhouses Bericht in Zweifel zu ziehen. Tatsächlich hielten sie sein Wort nicht für unbedingt zuverlässig. Sie werden hören, daß sich bei den Gerichtsbehörden Fragen ergaben, von denen einige noch immer unbeantwortet sind. Wir sind hier, um zu versuchen, die Antworten auf diese Fragen zu finden, und Sie sind hier, darüber zu urteilen, ob es die wahren Antworten sind.«

Wie Sie sehen, Henri, habe ich ihre Worte in Kurzschrift mitgeschrieben, aber es wäre sinnlos, sie ausführlich zu zitieren; wenn Sie das wollten, könnten Sie sich ja jederzeit Einblick in das Protokoll der Verhandlung verschaffen. Sie hatten mich vielmehr gebeten, Eindrücke zu schildern, die vermittelt wurden, sei es bewußt oder unbewußt; die sich den

Zuhörern einprägten, aber im Protokoll nicht zu finden sind. Sie war effektiv, maßvoll, was ihre Präsentation um so wirkungsvoller machte; baute ihre Argumente in logischer Folge auf; beeindruckend. Sie erörterte kurz die ärztlichen und psychiatrischen Befunde, nämlich, daß die Male am Hals unvereinbar sind mit einer Behauptung, es habe sich um einen Unfall gehandelt, und daß HC absolut zurechnungsfähig ist/war; bot gute, klare rechtliche Definitionen der Begriffe der traumatischen Amnesie und der vorübergehenden Unzurechnungsfähigkeit an; ging Ihre und Mertens' Aussagen durch (man merkte schon, daß sie Sie nicht mit Samthandschuhen anfassen würde)...

Aber dann kam sie auf Iris zu sprechen und auf deren Gemütsverfassung – daß dies im höchsten Grade relevant sei. Ich wußte, daß sie Vera dazu befragen würde.

Wir haben vorausgesehen, daß Harold zu dem gesamten Gebiet der Widersprüchlichkeit vom Richter genauestens verhört werden würde.

»Daß diese Frau sich in einem Zustand heftiger Erregung befand, wird sich vielleicht demonstrieren lassen. Daß Mr. Claverhouse in ähnlichem Zustand nach Hause kam, wurde zugegeben. Sie werden ihn vielleicht, soweit es die Qualität seiner Erinnerungen betrifft, für nicht ganz aufrichtig halten, aber er sagte, er sei müde gewesen und überarbeitet und habe ziemlich viel getrunken. Wir haben keinen Anlaß, an dieser Darstellung zu zweifeln. Er erinnert sich gemäß seiner Aussage vage, daß es früher im Lauf dieses Tages wegen einiger Fotografien erotischen Genres, die sich in seinem Besitz befanden, einen Streit gegeben hatte oder jedenfalls heftige Worte. Ich möchte an dieser Stelle anmerken, daß ich diese Fotografien gesehen habe. Sie sind von einem gewissen historischen und ästhetischen Interesse und finanziell nicht wertlos. Sie zeigen nichts, was Wut oder Eifersucht erregen könnte, aber wir werden hören, daß diese Frau auf dem Gebiet starre und puritanische Grundsätze hatte.

Wir können nicht ausschließen, daß eine weitere Auseinandersetzung stattfand, vielleicht zu eben diesem Thema, die dann eine tragische Wendung nahm.

Wie Sie von Monsieur Castang hören werden, seinem Freund und Kollegen, an den er sich um Rat und Hilfe wandte, behauptete er ursprünglich, sie tot aufgefunden zu haben. Dies wurde zunächst akzeptiert und führte zu der Schlußfolgerung, daß sich ein Einbrecher Zutritt verschafft hatte, von Mrs. Claverhouse überrascht worden war und sie in einem nachfolgenden Handgemenge getötet hatte. Commissaire Mertens wird Ihnen sagen, daß Zweifel an dieser Theorie auftauchten, als er keine Spuren, nicht den Schatten eines Beweises entdecken konnte, die sie gestützt hätten. Es haben sich bis heute keine gefunden.

Wir müssen im Kopf behalten, daß sich Mr. Claverhouse noch im Schock und in einem Zustand höchster seelischer Erregung für den Tod seiner Frau verantwortlich erklärte, auch wenn er sich nicht der direkten Täterschaft beschuldigte; dieser Erklärung wurde mit Recht Skepsis entgegengebracht. So etwas ist, das kann ich Ihnen aus eigener Erfahrung sagen, ein gängiges psychologisches Muster. Wenn die Zeitungen über einen gewaltsamen Tod berichten, melden sich bei der Polizei immer Leute, die man normalerweise für völlig vernünftig hält, und bezichtigen sich ohne guten Grund des Verbrechens.

Wir müssen die Gemütsverfassung dieser Frau genau betrachten. In der modernen Kriminologie ist man sich einig, daß ein Opfer an seinem Tod mitschuldig sein kann, daß also die Schuld des Täters nur eine Teilschuld ist. Eine solche Frage zu klären, wäre Sache des Gerichts. Die Frage existiert und wird bei den Beratungen ein Faktor sein. Ihre Wesensart ist also ein wichtiger Punkt, und wir werden hören, daß sie stolz, tugendsam und puritanisch war, vielleicht bis zur Besessenheit.«

Damit war sie natürlich beim sexuellen Aspekt angelangt, der so viel Kopfzerbrechen gemacht hat, und sie ging sauber damit um. Wir haben nicht viel darüber gesprochen – ich bin Ire genug, um mich für ebenso puritanisch zu halten, wie Iris es war, wenn es darum geht, die privaten Verhaltensweisen meiner Freunde zu diskutieren. Sie hat den Feminismus nicht übertrieben, gab aber eine gute Definition von Vergewaltigung in der Ehe. Ich hatte ein bißchen Angst, sie könnte die These an Vera ausprobieren. Camden hätte das wohl unterbunden, vermute ich, aber bei einem Richter weiß man nie. Die Vorsitzende hörte ihr bis zum Schluß mit ausdrucksloser Miene zu. Ihre Schlußfolgerung übrigens deckte sich mit Ihrer Mutmaßung, daß ›ein Mann‹ (wir wollen hier nicht von HC sprechen) unter solchen Umständen leicht so außer sich geraten könnte, daß er bereit wäre, seiner Frau Gewalt anzutun (körperliche Dominanz), jedoch infolge der Umstände (und einer Menge Alkohol) keinen hochkriegen würde (sie drückte sich eleganter aus als ich, aber sie gab es uns genau zwischen die Augen). Dieser Frau macht niemand so leicht ein X für ein U vor, und die Journalisten hat sie mit Blicken niedergemacht; eine knallharte belgische Braut, hm?

Ein Wort noch über die Vorsitzende. Vlaamsch, eindeutig, und (dies ist am selben Abend geschrieben, vor der Urteilsverkündung) auch sie knallhart. Und vier Frauen unter den Geschworenen! Man kann einen modernen Richter nicht mit einem Richter des 19. Jahrhunderts vergleichen, der ohne mit der Wimper zu zucken ein Todesurteil sprach (selbst wenn es solche Richter in merry old England immer noch gibt und sie auch nicht aussterben). Aber ich muß gestehen, ich fühlte mich häufig an den Lordrichter erinnert. »Viele habe ich,

Gottes Werkzeug, gehängt, aber niemals einen so verworfenen Lumpen wie dich.« Ich bin etwas beunruhigt bei dem Gedanken an einen Schuldspruch, an eine strenge Verurteilung. Ziemlich sinnlos, jetzt zu sagen, ›*Tu l'as voulu, Georges Dandin, tu l'as voulu.*‹

Was soll aus Harold werden?

16

Vera Castang

Nun ja, ich war vorgewarnt. Ich meine, der Untersuchungsrichter war mehr als gründlich gewesen in seinen Bemühungen, mich bei meinen Aussagen über Iris festzunageln. Ich war nicht bereit, mich von der Frau Staatsanwältin (die ihrerseits eine böse Überraschung war) erschüttern und in die Zange nehmen zu lassen. Aber sie war fair. Sie bemühte sich, redlich aufzuzeigen, daß Harolds Leben mit Iris gelinde gesagt nicht einfach gewesen war. Alles, was ich weiß, wurde aus mir herausgepreßt: ihre lästigen kleinen Schrullen, die Stimmungen schwarzer Düsterkeit. Ich versuchte dagegenzuhalten, daß auch ihr Leben mit einem so anspruchsvollen und stürmischen Menschen kein Honiglecken gewesen sein kann. Ich hätte Hemmungen gehabt, das alles vor der Öffentlichkeit auszubreiten. Aber ich war so sehr auf die Frau vor mir konzentriert, daß ich vergaß, daß ich vor Gericht stand. Das kommt oft vor, wie Henri mir nachher sagte; vielleicht um mich zu trösten? Die Vorsitzende fragte Camden, ob er Fragen an mich habe; er lächelte nur und schüttelte den Kopf. Ich kann also so schlecht nicht gewesen sein, dachte ich (getröstet). Und erkannte später, daß er bewußt nichts fragte.

Hätte er versucht, mich dazu zu bringen, etwas an meiner Aussage zu ändern oder auch nur anders zu formulieren, so würde das einem Eingeständnis gleichkommen, daß ich etwas Nachteiliges gesagt hatte.

Jetzt kann ich das natürlich sehen. Indem die Staatsanwältin dieses Bild von Iris zeichnete, nämlich das der unerschütterlichen, loyalen und natürlich körperlich treuen Lebensgefährtin – jedoch um welchen Preis! – (hört sich an wie ich, stimmt's?), legte sie den Grundstein für die Gewißheit, daß Harold sie getötet hatte. Und der arme Harold mußte dasitzen und sich das alles anhören. Henri hat mir erzählt, wie Harold sich mit einem Tour-Fahrer verglich. Traurig. Man muß leiden können, um diesen Berg hinaufzukommen. Ganz wörtlich: Man muß dem Schmerz, der Qual widerstehen können.

Ich meine, es ist doch bestimmt allen klar, daß er sie getötet hat, und genauso klar ist, daß sie selbst ihren Tod verursacht hat.

Während ich dies schreibe – aber es gibt da nichts zu sagen. Es ist alles in einem ›meiner Gedichte‹ gesagt, für die mich alle auslachen – es ist mir gleich. Und es ist nicht einmal ein gutes Gedicht; ein Knittelvers aus dem 19. Jahrhundert, der nur berühmt ist, weil es ›gesagt werden mußte‹.

›Und was kam Gutes dabei raus, fragte klein Peterkin.

Das weiß ich nicht, sagt' er und schwieg, aber es war ein großer Sieg.‹

Alle Prozesse sind so, erklärte Henri sentenziös.

Ich war ziemlich fertig von meinem Auftritt. Ich setzte mich schlapp und verschwitzt neben Henri. Er nahm meine Hand, was ich nett von ihm fand. Er war unmittelbar vor mir an der Reihe gewesen, darum verpaßte ich seinen Part in dem Spektakel. Ich glaube, er wurde auch ganz schön durch die Mangel gedreht. Aber er ist ein Profi, er ist das gewöhnt.

So kam es jedenfalls, daß die folgende Stunde, fürchte ich, einfach an mir vorbeirauschte (oder über mich hinweg). Die medizinischen und psychologischen Sachverständigen waren an der Reihe.

Für Camden waren sie offenbar ein Gottesgeschenk, denn er machte sie total nieder und legte eine brillante Vorstellung hin, die sogar Henri beeindruckte, der immer sagt, das einzige, worauf man sich bei Sachverständigen hundertprozentig verlassen könne, sei, daß sie sich in neunzig von hundert Fällen irren.

Das nächste, was zu mir durchdrang, war die Stimme der Vorsitzenden, die sagte: »Ich denke, das ist ein guter Zeitpunkt, um Mittagspause zu machen.« Wir gingen über die Straße in die Kneipe auf dem Boulevard gegenüber der Avenue Louise. Eamonn Hickey hatte für uns drei einen Tisch bestellt. Ich muß gestehen, ich habe ziemlich viel getrunken und erinnere mich nur, daß das, was wir gegessen haben, zu feudal war, zu teuer und nicht besonders gut, außerdem der Kellner frech. Die beiden Männer erörterten murmelnd, im Ton professionellen Klageweibern ähnlich, den Verlauf, echte Kenner des Schwurgerichtsverfahrens. Genau wie die Presse, die rund um uns herum mit ungeschmälertem Appetit kräftig zulangte. Dieses ganze Gerede darüber, daß es gerade in diesem Moment, wenn die Verteidigung noch nicht eingegriffen hat, immer am übelsten aussieht. Ich versuchte, mich des Namens der Schlacht zu erinnern (ja, damals schon). Hohenlinden. Ich habe keine Ahnung, wo das ist (die Isar fließt, wie ich mich erinnere, durch München). Wer waren die kämpfenden Parteien? Keine Ahnung. Aber es war ein großer Sieg.

»Möchtest du Pudding?«

»Schwarz wie der Winter war die Flut der rasch strömenden Isar.«

»Ich habe gefragt, ob du Pudding willst.«

»Nein.«

»Kommt Kinder, zurück ins Bordell!«

Die Vorsitzende rutschte einen Moment hin und her, um es sich bequem zu machen, ließ eine Sekunde verstreichen, bis der Lärm sich gelegt hatte, und *La Parole est à la Défense*. Das Wort – am Anfang war... und das Wort war... Ich darf jetzt meine Gedanken nicht spazierengehen lassen. Ich bin immer noch schlapp, wie von zuviel Pudding, dabei habe ich gar keinen Pudding gegessen.

Laetitia ist aufgestanden; die wird keinem hier erlauben einzupennen. Mit kerzengeradem Rücken und kühler, tragender Stimme, dunkler und voller als der Konversationston der Staatsanwältin. Sie ist nicht ganz so groß. Man könnte sie nicht als pferdegesichtig beschreiben.

»Hohes Gericht.« Sie besitzt Präsenz, o ja, und die Aufmerksamkeit aller. »Wir haben hier viele Geschichten gehört, nicht wahr?«

Die Staatsanwältin sieht auf, lächelt ein wenig; nickt leise. Haben vielleicht nicht viel füreinander übrig, diese beiden Frauen.

»Und jedes kleine Geschichtchen, das von klug gelenkten Zeugen unter Einsatz von Schmeichelei und gutem Zuspruch zum besten gegeben wurde, erschien absolut folgerichtig, eine Bestätigung der hier vorgebrachten Theorie, die lautet, daß Mr. Claverhouse seine Frau getötet hat und, da er voll zurechnungsfähig ist – so jedenfalls wird argumentiert –, ein Mörder ist.

Aber alle diese klugen Argumente laufen auseinander wie vergossenes Wasser auf einer gewachsten Oberfläche, und nichts bleibt als ein paar Pfützen. Ich gebrauche dieses Bild, weil ich eben beim Mittagessen mein Wasserglas umgeschüttet habe.

Schlicht gesagt, es hält nicht zusammen. Auch wenn die Frau Staatsanwältin sich noch so sehr bemüht. Und warum hält es nicht zusammen? Weil die Synthese nicht stimmt, keinen Sinn ergibt. Das dürfte in der Mittagspause auch den Geschworenen aufgefallen sein. Sie waren vielleicht zunächst überrascht, nachdem diverse talentierte Rechtsspezialisten sie mit ihren Bemühungen, alles fein säuberlich zusammenzukitten, beeindruckt hatten – oder sollte ich lieber sagen getäuscht? Ich war nicht überrascht, weil ich Bescheid wußte.

Sie alle haben die Aussagen der Sachverständigen gehört, und Sie haben auch gehört, wie sie von meinem Kollegen durchlöchert wurden. Diese Zeugen wissen nicht, was sie sahen oder zu sehen glaubten, und sie wissen nicht, welche Schlußfolgerungen daraus zu ziehen sind. Es wurde ein Akt der Gewalt verübt, und die Frau starb ihren Interpretationen zufolge – die übrigens variieren – an den Folgen, die ihre Zeichen und Male auf ihrem Körper hinterlassen haben. Aber läßt man sich vom Fachjargon nicht blenden, so sieht man, daß sie im Grunde gar nichts wissen, weil sie nicht dabei waren.

Sie haben ferner die Aussagen der Polizei gehört. Auch *commissaire* Mertens war nicht dabei. Seine Mitarbeiter bildeten sich diesen und jenen Eindruck und gingen mit etwas fehlgeleitetem Übereifer zu Werke, aber darüber wollen wir uns gar nicht beklagen. Hinterher besichtigte er selbst den Tatort und bekennt, da er ein skrupulöser und fairer Mensch ist, daß er aufgrund einiger technischer Untersuchungen und einiger Blicke durchs Mikroskop nicht mehr sagen kann, als daß er keinerlei Spuren eines Eindringlings oder überhaupt einer dritten Person entdeckt hat, abgesehen von denen Monsieur Castangs, der auf Bitte meines Mandanten zum Haus gefahren war, um sich ein Bild davon zu machen, was geschehen war.

Nicht einer von ihnen war dabei! Niemand war dabei außer Mrs. Claverhouse, die tot ist und uns nicht sagen kann, was geschah, und, irgendwann am Abend, Mr. Claverhouse, der durch die Ereignisse so verstört und entsetzt war, daß auf seine Erinnerungen und Rekonstruktionen kein Verlaß ist. Er versteht nichts, und er weiß im Grunde nichts. Sie werden vielleicht meinen, das könne nicht sein, er müsse lügen, Einzelheiten entstellen oder unterdrücken. Aber die Frau Vorsitzende wird Ihnen sagen, daß es sehr wohl sein kann; es handelt sich um einen wohlbekannten und genau beschriebenen Zustand, der auf eine heftige seelische Erschütterung folgt und bei dem ganze Erinnerungsgebiete miteinander vermischt und verschoben werden, bis man nicht mehr gewiß sein kann, ob diese oder jene Erinnerung, sei sie noch so lebhaft und ins Detail gehend, nicht zu einer ganz anderen, zeitlich und örtlich völlig getrennten Gelegenheit gehört; ja, solche Erinnerungen können sogar reine Einbildung sein, wobei der Zeuge absolut ehrlich ist und von ihrer Richtigkeit überzeugt. Wenn die Frau Vorsitzende der Meinung sein sollte, daß weitere Erläuterungen zu diesem Punkt Ihnen dienlich sein könnten, können wir gern einen Sachverständigen zuziehen, der Ihnen den Zustand genau beschreiben kann. Mit Unzurechnungsfähigkeit hat er nichts zu tun.«

Aber mit unsicherem Boden hat er zu tun. Sie muß sich doch darüber im klaren sein, daß die Staatsanwältin die Sachverständigen der Verteidigung genauso für dumm erklären kann, wie sie es soeben mit denen der Anklage getan hat. Aber die Vorsitzende ließ es durchgehen.

»Was wir brauchen, ist eine einfache und nüchterne Schilderung dessen, was tatsächlich geschah. Nicht dieses hochkomplizierte Flickwerk der Frau Staatsanwältin, das ja doch voller Lücken und Löcher ist, sondern ein vollständiges

Bild. Das jedoch soll, zu dieser Überzeugung werden Sie vielleicht inzwischen gekommen sein, unmöglich sein?

Ich glaube es nicht. Ich glaube vielmehr, daß es Ihnen in aller Kürze und Einfachheit gezeigt werden kann. Aber ich muß mich entschuldigen; einiges ist mir nämlich erst gestern klargeworden, als ich, wie der Zufall es wollte, in einem anderen Prozeß auftrat, in einem Gerichtssaal, der eine ganze Strecke von diesem hier entfernt ist.«

Henri, der die ganze Zeit geduldig neben mir gesessen hatte, wurde plötzlich unruhig. Die Vorsitzende, die auf ihrem Pult mit der flachen Hand ihren Füller hin und her gerollt hatte, blickte auf.

»Sie können das Verfahren an diesem Gericht nicht dadurch beeinflussen, daß Sie uns erzählen, was in einem anderen Prozeß geschah, *Maître*.«

»Wenn Sie gestatten, *Madame le Président*, ich habe einen Zeugen. Der hier im Saal anwesend ist.« Henri machte ein wütendes Gesicht. »Nichts ist einfacher, als ihn noch einmal in den Stand zu rufen, damit er uns direkt berichten kann.«

»Sie können weitermachen, Frau Rechtsanwältin, aber rechnen Sie damit, daß ich eingreife.«

»Ich werde einen kurzen Abriß geben«, sagte Laetitia, die diesen ersten Hauch einer kleinen Sensation sichtlich genoß, »und dann können Sie, *Madame le Président*, entscheiden, ob der Zeuge gehört werden soll.

Im Rahmen seiner ehrenamtlichen Arbeit mit gestörten Jugendlichen kam Monsieur Castang, den Sie heute morgen hier hörten und der hier im Saal sitzt, die Geschichte eines tragischen Ereignisses zu Ohren – vom gewaltsamen Tod eines einfachen Arbeiters. Er wurde von einem Kind getötet, das nicht wußte, was es tat.

Monsieur Castang, der als sachverständiger Zeuge geladen wurde, fürchtete die Möglichkeit eines Justizirrtums und wandte sich mit der Bitte an mich, mich der Sache anzunehmen. Der Fall hatte nämlich alles, was zu einer Sensationsgeschichte gehört. Es ging um Inzest.«

»Ist der Fall bereits entschieden?« fragte die Vorsitzende abrupt.

»Ja, Madame.«

»In einem öffentlichen Gerichtsverfahren?«

»Nein, der Prozeß fand gemäß den allgemeinen Regeln betreffend Kinder und Moral unter Ausschluß der Öffentlichkeit statt.«

»Es gab also keine Medienberichte. Nun, soweit das Ganze hier überhaupt zulässig ist – wovon ich noch lange nicht überzeugt bin –, wird über diese Sache auch hier nicht gesprochen werden. Sie bewegen sich dicht an der Grenze, *Maître*.«

»Ja, Madame. Das Tragische an der Geschichte ist, daß dieses kleine Mädchen ihren Vater liebte. Als sie sah, daß ihre ältere Schwester sexuell mißbraucht wurde, entsetzte sie das bis zum Wahnsinn, und sie ging auf ihren Vater mit einem Küchenmesser los und erstach ihn. Soweit kann ich berichten, ohne daß der Zeuge gehört wird.«

»Und inwiefern ist das relevant?« Mit frostiger Stimme. Und mit Henkersmiene.

»Wenn Sie gestatten« – kühl den Blick erwidernd, die Stimme unerschüttert –, »das Kind war nicht zurechnungsfähig. Ich habe die Formulierung ›bis zum Wahnsinn entsetzt‹ gebraucht. Das ist unpräzise. Ich hätte sagen sollen, ›von einer überwältigenden Leidenschaft getrieben, die das Maß des Erträglichen überstieg‹. Ich behaupte, daß wir es auch hier mit einem Akt überwältigender Leidenschaft zu tun haben, die für diesen Mann das Maß des Erträglichen überschritt.«

Frau Bohnenstange richtete sich zu voller Länge auf und sagte mit sorgsam farblos gehaltener Stimme: »Ich muß doch protestieren.«

»Ich werde eine kurze Unterbrechung anberaumen«, entschied die Vorsitzende. »Ich werde mir dieses Vorbringen der Frau Verteidigerin und den Protest der Frau Staatsanwältin unter vier Augen anhören. Danach werde ich entscheiden, ob es zugelassen werden kann.«

Ein Knistern und Rascheln brach aus, als würde überall Schokoladenpapier aufgerissen. Harold, der unglücklich wirkte, wurde von seinen Wärtern hinausgeführt. Henri, unverkennbar wütend, blieb mit finsterer Miene sitzen. Camden, der bis dahin auf echt englische Art mit lang ausgestreckten Beinen und Händen in den Hosentaschen auf seinem Stuhl gelümmelt hatte, wurde lebendig und brummelte uns an. »Ich hatte keine Ahnung. Sie will uns die Schau stehlen. Verdammte Person, die wird uns in Teufels Küche bringen, wenn sie nicht Glück hat. Das ist ein Pokerspiel, das uns gewaltig schwächen kann. Wenn sie mit mir gesprochen hätte, hätte ich nein gesagt.«

Ich wünschte, er würde verschwinden. Ich mußte dringend pinkeln.

»Sie haben massenhaft Zeit«, sagte Camden freundlich.

Eamonn Hickey, dieser Mann weiser Voraussicht, hatte, die Augen fromm zum Himmel aufgeschlagen, in seiner Hüfttasche einen silbernen Flachmann entdeckt. Journalisten, zur gleichen Erledigung unterwegs wie ich, traten draußen auf dem Marmorboden Zigaretten aus.

»Bringen Sie den Angeklagten herein.« Ihre besondere Art sich zu setzen, hatte wahrscheinlich damit zu tun, daß sie ihre Robe nicht zerknittern wollte. »Das Gericht wird den Zeugen hören.« Sie setzte sich zurecht, um selbst die Fragen zu stellen, und schien, wie ein großer Vogel, der sein Gefieder aufplustert, an Größe und Format zu gewinnen.

Henri trat vor, schweren Fußes, aber mit Aplomb; Marschall Ney vor dem Exekutionskommando. »Sie glauben doch nicht, ich fürchtete mich? Ich habe mehr geladenen Gewehren ins Auge gesehen, als Sie in Ihrem Leben Brötchen gegessen haben.«

»Sie haben die einleitenden Worte gehört.« In ihrem höflichen Konversationston. »Sie wurden in dieser Sache als sachverständiger Zeuge aufgerufen.«

»Ich bestreite, ein ›Sachverständiger‹ zu sein.«

»Fassen Sie es in Ihre eigenen Worte.«

»Diese beiden Mädchen sind zu Hause durchgebrannt. Ich hörte ihre Geschichte in meiner Eigenschaft als ehrenamtlicher Sozialarbeiter unten am Bahnhof.«

Wir unterscheiden in Bruce zwischen der Ober- und der Unterstadt. Die erhabenen Bauten wie der Justizpalast befinden sich auf der Höhe des Steilen Hügels. Das niedrige Kroppzeug wie Bahnhöfe ist unten. »Ich gelangte zu dem Schluß, daß es eine ernste Sache sein könnte.« Bleiern.

»Aufgrund Ihrer – würden Sie das sagen? – Erfahrung als ehemaliger Polizeibeamter?«

»Ganz recht. Ich hielt es für ratsam, selbst mit diesem Mann zu sprechen. Unglücklicherweise wurde ich verhindert. Als ich die Kinder wiedersah, war der Schaden angerichtet. Sie flüchteten am frühen Morgen per Anhalter hierher, nach Brüssel. Sie wußten nicht, wohin sonst. Ich habe die Polizei gerufen. Ich habe die Sache mit der Frau Verteidigerin besprochen, weil ich fürchtete, daß den Kindern – ich meinte, sie würden vor einem Gericht mehr als eine Pflichtverteidigung brauchen.«

»Gut. Wir haben gehört, was in diesem Fall als mildernder Umstand vorgebracht wurde – daß es sich nämlich um einen Akt unkontrollierbarer Leidenschaft handelte. Stimmten Sie in Ihrer Eigenschaft als unparteiischer Zeuge, nicht als Sachverständiger, mit dieser Definition überein?«

»Wenn ich hier meine Meinung äußern muß – ja.«

»Und akzeptierte das auch das Gericht? Die Sache wurde vor einem Jugendrichter verhandelt, nehme ich an – das Kind war für ein Schwurgericht ja noch zu jung.«

»Er vertrat die Ansicht, daß das Kind nicht verantwortlich zu machen sei und in Pflege gegeben werden müsse.«

»Offensichtlich, nach allem, was wir darüber gehört haben. Sie haben gehört, daß die Frau Verteidigerin zwischen dieser Sache und dem doch ganz anders gelagerten Fall, den wir hier verhandeln, eine Parallele sehen will?«

»Ja, Madame.«

»Hatten Sie das schon früher mit der Frau Verteidigerin besprochen? Oder mit sonst jemandem?«

»Nein. Das Ganze fand ja erst gestern statt. Ich habe die Frau Verteidigerin inzwischen nicht gesprochen.«

»Ihnen ist also diese mögliche Parallele nie aufgefallen?«

»Nein.«

»Ich erinnere zur Information der Geschworenen daran, daß Sie früher in Frankreich bei der Kriminalpolizei waren und gegenwärtig bei einer rechtsberatenden Dienststelle der EG beschäftigt sind. Der Angeklagte ist an dieser Dienststelle Ihr Vorgesetzter, und Sie stehen auf freundschaftlichem Fuß mit ihm. Was, wie ich meine, dadurch bewiesen ist, daß er sich, als er in Schwierigkeiten war, an Sie wendete. Ist das so angemessen dargestellt?«

»Ja.«

»Er suchte, das können wir wohl sagen, Ihre Hilfe. Geben Sie mir jetzt bitte eine genaue Antwort. Suchte er auch Ihre unparteiische Meinung über eine rechtliche Frage, nämlich die seiner Verantwortung und späteren Verantwortlichkeit?«

»Ich glaube, es wäre richtig zu sagen, daß er sich auf meine Erfahrung verließ; darauf, daß ein erschreckender entsetzlicher Anblick wie der des gewaltsamen Todes für mich nichts Ungewohntes war. Ich kann nicht sagen, ob ihm irgendeine rechtliche Frage durch den Kopf ging. Ich glaube es nicht. Er war, wie ich zuvor schon darzustellen versuchte, sehr erregt und verwirrt. Seine Behauptung, diesen Tod irgendwie verursacht zu haben, konnte ich unter den gegebenen Umständen nicht ernst nehmen. Sie war sowieso zweideutig. Ich konnte ja nicht einmal sicher sein, daß es eine Leiche gab. Auf die Aussage eines direkt betroffenen Zeugen kann man sich unter solchen Umständen nicht verlassen.«

»Sie würden also zustimmen, wenn man sagte, daß Sie ein professioneller Beobachter waren und als solcher zu gelten haben.«

»Zu diesem Schluß könnte man kommen.«

»Die Frau Verteidigerin hat Ihren Wert als unparteiischer Zeuge betont. Können Sie nun ohne Rücksicht auf Freundschaft sagen, ob Sie der Einschätzung der Frau Verteidigerin, daß hier eine mögliche Parallele vorliegt, zustimmen?«

Die Pause, die folgte, war lang, und die Richterin rührte sich nicht. Henri starrte ihr in das massige, ruhige Gesicht.

»Wenn ich ehrlich sein will, müßte ich sagen, ja.« Ich weiß nicht, ob sonst jemand aufatmete; ich tat es jedenfalls.

Die Staatsanwältin hakte blitzschnell ein, beugte sich vor, zückte ihren Stift wie eine Schußwaffe.

»Einen Augenblick, Monsieur Castang. Auf der einen Seite haben wir ein Kind.«

»Elf Jahre alt, glaube ich.«

»Das Ihnen leid tat.«

»Leid? Ein Kind dieses Alters, das eine Dummheit oder ein Verbrechen begangen hat, wird einem vieles erzählen. Man muß an die Tatsachen herankommen.«

»Elf Jahre! Alles, was man sich an Eindrucksfähigkeit, Unerfahrenheit und Verletzlichkeit vorstellen kann. Stimmen Sie zu?« Sie schrie ihn an.

»Ja.«

»Und da suchen Sie Parallelen zu einem hochintelligenten, welterfahrenen und äußerst gebildeten Mann von mehr als fünfzig Jahren? Einem ausgebildeten Juristen, einem hohen Beamten mit wichtigen öffentlichen Aufgaben und Pflichten?«

Der arme Harold. Noch immer steigt dieser gottverdammte Berg vor ihm bis in die Unendlichkeit in die Höhe. Nicht aufgeben! Eines muß man Henri lassen, er läßt sich so leicht nicht ins Bockshorn jagen. Diese Methoden ist er gewöhnt; von Anwälten, Richtern, ranghöheren Polizeibeamten ...

»So merkwürdig es klingt – ja.«

Förmlich triefend vor beißendem Sarkasmus: »Würden Sie freundlicherweise versuchen, das dem Gericht zu erklären? Mir ist es nämlich überhaupt nicht klar.«

»Ein Mann der Art, wie Sie ihn beschrieben haben, kann trotz allem emotional wie ein Kind des erwähnten Alters sein.«

Ein plötzliches strahlendes Lächeln huschte über Camdens Züge.

»Darüber, Monsieur Castang«, – sie lehnte sich zurück, hielt aber immer noch den Stift gezückt – »wird das Gericht zu befinden haben.«

So gelassen, als hätte es keine Unterbrechung gegeben, sagte die Vorsitzende: »Das war alles, Monsieur Castang.« Sie wandte sich mit majestätischer Würde Laetitia zu, die mit gesenktem Kopf dastand, wie ein Nonne in der Kirche. »An Ihnen, *Maître*, ist es jetzt, diese These, die die Anklage verständlicherweise ausgefallen findet, zu untermauern. Sie können sich nicht auf Monsieur Castang verlassen. Seine Meinung mag vor einem anderen Gericht und bei der Verhandlung dieses anderen Falls, der mittlerweile entschieden ist, Gewicht gehabt haben, hier jedoch bestreitet er Sachverständigkeit, und meiner Ansicht nach mit Recht, und er unterscheidet zwischen der Unparteilichkeit, auf die ein amtlich beauftragter Ermittlungsbeamter sich berufen kann, und seiner gegenwärtigen Position als Freund und Arbeitskollege. Wenn Sie Ihrer Mutmaßung Substanz geben wollen, brauchen Sie Zeugnisse. Sonst würde ich mich wohl eher der Meinung der Anklage anschließen, die in Ihrem Vorbringen nichts als ein rhetorisches Mittel sieht. Wie es im Volksmund heißt, wer A sagt, muß auch B sagen.«

Laetitia hatte dies alles mit dem starren Lächeln über sich ergehen lassen, hinter dem jeder Anwalt sich verschanzt, dem die Leviten gelesen werden. Jetzt sah sie auf und sagte: »Ich glaube, ich kann Sie zufriedenstellen, *Madame le Président*.« Ich hatte Angst, sie würde sich wieder mich schnappen; sie trank erst einmal demonstrativ einen Schluck Wasser. »Ich möchte den Gerichtsdiener bitten, Mademoiselle Marie de Wilde zu rufen.«

»Nein!« Harold schoß zwischen erschrockenen Gendarmeriebeamten in die Höhe. »Das verbiete ich.« Hochrot im Gesicht, mit hervortretenden Augen.

»Setzen Sie sich, Mr. Claverhouse.« Eisig jetzt. Er hatte sich sofort im Griff.

»Ich bitte um Entschuldigung, Madame. Darf ich nicht –«

»Nein. Sie haben hier nichts zu verbieten. Ich leite diese Verhandlung. Und wenn Sie Unruhe stiften, lasse ich Sie hinausbringen.«

»Mit Respekt, Madame, gestatten Sie mir nur einen Moment, um mich mit dem Anwalt zu besprechen.«

»Ich habe entschieden.« Freundlich. »Sie werden Gelegenheit bekommen, für sich zu sprechen, und Sie können mich auffordern, neue Fragen zu stellen, und sie, wenn nötig, der Zeugin vorzulegen. Im Augenblick jedoch müssen Sie schweigen.«

Er kämpfte mit sich, gehorchte und beugte sich über die Schranke, um Camden, der unter ihm saß, etwas zuzuflüstern. Der reckte sich mit ausdruckslosem Gesicht nach hinten und schüttelte den Kopf. Ich verspürte Mitleid. Harold ist es gewöhnt, Befehle zu erteilen.

Jung und verletzlich, so trat Marie ein, aber es war ein mutiger Auftritt. Sie sah sehr hübsch aus. Das konnte die starke Frau auf der Richterbank nicht beeindrucken, auch wenn einer der Beisitzer Marie mit mildem Blick und nachsichtiger Miene taxierend betrachtete. Auch die Staatsanwältin musterte sie mit einem schwachen Lächeln; es war genau der Ausdruck, mit dem eine ältere Frau eine Braut in Weiß, die einen auffallend großen Brautstrauß trägt, von Kopf bis Fuß mustert.

Sie ist volljährig, eine intelligente junge Frau aus, wie man sagt, aus guter Familie, gute Kinderstube, erstklassige Schulbildung; gegenwärtig Studentin an der Universität Brüssel; allein lebend und imstande, so vermutet man, selbständig zu denken und zu handeln. Laetitia holt das alles in aller Ruhe mit den kurzen konventionellen Fragen aus ihr heraus und erhält die Antworten in einer klaren, weichen Sopranstimme. Marie wirkt gefaßt und hält ihren Blick auf die Anwältin gerichtet. Harold, den Kopf in die Hände gestützt, hat es bisher nicht über sich gebracht, sie anzusehen.

Jetzt die Zusammentreffen. Zum Tee; in der ›Wohnung‹ hinter der Place Sainte Cathérine. »Eine einfache Geschichte.«

»Sie wurden also seine Geliebte«, sagt die Vorsitzende ausdruckslos, sachlich.

Eamonn Hickey nahm wieder einen verstohlenen Schluck aus dem Flachmann. »Erklärt uns das Weibsbild, es sei die Geliebte des Angeklagten gewesen?« murmelte er, den Lord Hermiston spielend. »Bei Gott, ihr gebt ein schönes Paar ab.«

Marie nahm sich Zeit, um sich darüber klarzuwerden, ob die Absicht feindselig sei. »Wir haben uns geliebt. Für mich war da ein Unterschied.«

»Diesen Unterschied« – trocken, aber nicht unfreundlich – »sollen Sie uns hier klarmachen, wenn Sie das können.«

In diesem Moment gefiel mir Marie; sie gab heraus.

»Ich muß es vor einem öffentlichen Gericht sagen, und es ist schon nicht leicht, es unter vier Augen zu sagen – ich habe nichts Schmutziges dabei gesehen, weil es uns beiden nicht leichtgefallen ist und wir immer versucht haben, uns gegenseitig Achtung entgegenzubringen.«

»Ich möchte das gern genau verstehen. Wenn ich Sie dränge, mir präzise Antworten zu geben, so möchte ich, daß Sie verstehen, worum es mir geht. Sie stehen hier in einem Examen, wie vor einem Professor in Biologie oder Chemie. Von der Genauigkeit Ihrer Antworten kann sehr viel abhängen. Folgen Sie mir?«

»Ja. Glauben Sie denn, es sei nichts weiter als ein biologischer oder chemischer Prozeß? Ich nicht.« Ein Lachen. Die Vorsitzende lächelte, ehe sie die Arme verschränkte und sich auf das Pult stützte. Sie behielt ihren leichten Ton bei.

»Sie haben einen Mann kennengelernt. Er besucht Sie in Ihrer Wohnung, unterhält sich freundlich mit Ihnen, behandelt Sie als gleichwertig. Sie machen ihm eine Tasse Tee. Sie sind Studentin, er ist ein angesehener Mann. Sie fühlen sich geschmeichelt, weil er ein bedeutender Mann ist, amüsant und erfahren. Er fühlt sich geschmeichelt, weil Sie eine hübsche junge Frau sind. Trifft das in etwa die Situation?«

»Nicht ganz, finde ich. Ich hatte nämlich Angst und fühlte mich unsicher.«

»Aber kommen Sie! Sie sind doch kein Kind mehr. Sie wußten sehr gut, daß er versuchen würde, Sie ins Bett zu bekommen.«

»Eben. Davor hatte ich Angst.«

»Hatten Sie frühere Erfahrung?« warf die Staatsanwältin ein.

Marie sah sie lange an. »Ich finde, es wäre fair, wenn mich immer nur einer befragen würde.«

»Das gleiche wollte ich sagen.« Camden mit seiner hellsten Tenorstimme.

»Touché.« Trocken. »Beantworten Sie jetzt bitte die Frage.«

Maries Gesicht und Hals wurden blutrot. »Nein.«

»Beantwortet«, fuhr Camden dazwischen.

»Der Herr Verteidiger kann eingreifen, wenn er an der Reihe ist«, sagte die vorsitzende Richterin. »Das gleiche gilt für die Anklägerin.«

»Ich bitte um Entschuldigung«, sagte die Dame mit Würde.

»Darf ich etwas sagen?« fragte Marie schüchtern. »Natürlich wußte ich, was kommen würde, ich bin ja schließlich nicht dumm. Ich war sicher, er würde fragen oder – oder etwas tun, und ich war fest entschlossen, nein zu sagen. Aber das brauchte ich gar nicht, weil er nie auch nur eine derartige Andeutung machte, und ein paar Wochen später sagte ich zu ihm, er solle nicht mehr kommen, weil ich Angst hatte, ich würde ja sagen, und noch später – tut mir leid, das ist eine sehr alberne Geschichte – war ich entschlossen, ja zu sagen, und weiter möchte ich jetzt nicht mehr darüber sprechen, weil ich ja sagte, ohne gefragt worden zu sein, und eine ziemliche Geschichte daraus wurde.«

»Eigentlich wie zu erwarten. Gut, Mademoiselle, wir brauchen nicht näher darauf einzugehen.«

Laetitia saß da und sah das junge Mädchen an, als wünschte sie, sie selbst wäre zwanzig Jahre jünger, und ich hatte den Eindruck, daß auch die Staatsanwältin eine Spur wehmütig dreinsah. Camden wirkte entspannt, machte sich hin und wieder eine Notiz in einem, wie die Amerikaner es nennen, gelben Kanzleiblock (warum gelb?). Viele Engländer verstehen nicht, daß kontinentaleuropäische Richter nicht so distanziert sind wie ihre Kollegen im Old Bailey, aber es ist keine schlechte Sache, sie dämpfen und entdramatisieren, sie sind keine in diesen Stand beförderten Rechtsanwälte, sondern Berufsrichter und sehr häufig gute Richter.

»Sie wußten selbstverständlich, daß dieser Mann verheiratet war und Kinder in Ihrem Alter hatte?«

»Ja.« (Und warum ist keines der Kinder hier?)

»Ich frage Sie, was wußten Sie über diese Frau?«

»Sie meinen, ob er mir erzählt hat, seine Frau verstände ihn nicht? Nein.«

Wie ich sie um diese Selbstsicherheit beneide. Ich hätte gezittert und gestottert. Diese modernen jungen Mädchen lassen sich von Autoritätspersonen nicht einschüchtern; wir hingegen wurden dazu erzogen, zu kriechen. Die Richterin reagierte nicht auf den Sarkasmus. Es gefiel ihr vielleicht sogar, daß das junge Mädchen ihr Widerpart bot.

»Ich wußte«, sagte Marie langsam, »daß sie immer treu und loyal war und immer zu ihm gehalten hat. Und daß ich nichts so Gutes vorzuweisen hatte. Ich habe versucht, mir über meine Verantwortung klarzuwerden. Sie werden sagen, ich habe meine Sache schlecht gemacht. Aber ich habe es versucht. Ich hatte große Achtung vor ihr. Und sie tat mir leid, weil es nicht so klang, als wäre sie glücklich mit ihrem Leben. Ich glaubte nicht, daß es ihre Art gewesen wäre, kleinlich und ekelhaft zu sein, wenn es ihr nicht selbst schlecht gegangen wäre. Ich war in der Zwickmühle.« Und dabei sah sie mit ihrem offenen blauen Blick direkt in die alten, erfahrenen Augen.

Den folgenden Dialog bekam ich nicht mit. Ich weiß nicht, wieviel ich versäumte, weil meine Gedanken von der Straße abkamen und in eine Schlucht stürzten.

Ich empfand Bedauern für Iris und bedauerte nur mich selbst. Wir hatten vieles gemeinsam, und es ging über das Gefühl eigener Unzulänglichkeit hinaus. Niemals habe ich jene Worte vergessen können, die 1938 von einem Engländer gesprochen wurden. Die Tschechoslowakei sei ein kleines und unbedeutendes Land, von dem wenige Leute gehört hätten. Und das ist sie natürlich heute noch in englischen Augen. Es hat nichts zu sagen, daß dies ein charakteristischer Ausdruck von Selbstzufriedenheit ist. Wie Iris sagte, Irland sehen sie genauso.

Und wenn in zehn Jahren Henri es sein sollte, der dieses Mädchen findet... man braucht sie nur anzusehen, neunzehn Jahre alt, ein lebendig gewordener Rodin. Sie denkt, und sie fühlt. Sie würde mich ansehen, die kleine tschechische Landpomeranze. Würde sie sich dann vielleicht erinnern, daß auch Flandern ein sehr kleiner, unbedeutender, abseits gelegener Teil der Welt ist? Oder würde sie nur sich selbst sehen und die Tatsache, daß sie neunzehn war und schön? Harold ist hochsensibel, aber er ist Engländer und mit der ›fatalen Gabe‹ ausgestattet, sich für überlegen zu halten. Damit war Iris nicht fertig geworden.

Sie hatte als Kind in einem großartigen und schönen Haus mit dem Namen *Spanish Point* gelebt, damals bereits zur Bedeutungslosigkeit herabgesunken, schäbig, mit einem Dach, durch das der Regen tropfte; aber es war ihrs, ihr Heim, unermeßlich wunderbar. Genauso wie das ein Dorfhaus in der Slowakei ist, bäuerlich, eine primitive Hütte. Iris hatte loslassen müssen, und es war ihr nie wirklich gelungen, mit einer Welt außerhalb zurechtzukommen: alles wurde weiterhin an den Wahrheiten gemessen, die sie als kleines Mädchen gelernt hatte. Iris, die Einsame, hatte instinktiv gefühlt, daß ich verstehen würde, daß sie sich mir anvertrauen konnte.

In dreißig Jahren, Marie. Jetzt bist du immer noch erst neunzehn. Und sähst du mich, so sähst du nur eine ›nette Frau‹, die sich nach Kräften bemüht, eine gute Ehefrau zu sein. Einem schwierigen und launischen Mann. Sie hat seine Kinder zur Welt gebracht, hat ihm sein Essen gekocht, die Krägen seiner Hemden gewendet, das Haus in Ordnung gehalten – na ja, halbwegs sauber und gemütlich. Sie haben vieles miteinander geteilt, schwierige Zeiten und Armut und ja, Angst. Sie war immer ›treu‹: immerhin etwas, denke ich. Nicht unbedingt ein Fähnlein, das man mit Stolz hochhalten kann, auch kein Leintuch, das man nach der ersten Nacht aus dem Fenster flattern läßt.

Marie hat so viel mehr, geistig und körperlich. Es ist nicht nur dieser herrliche Körper, diese auffallende Schönheit. Tja, die Ehe. Eine lange Ackerfurche, die da zu beharken ist, harter steiniger Boden, unter sengender Sonne. Da verliert eine Frau ihre Schönheit.

Sie haben sie jetzt gehen lassen, die Marieke. Ich habe nicht weiter auf die Vorgänge geachtet. Die Richterin befahl ihr, den Mund weit aufzumachen, und fühlte ihr auf jeden einzelnen Zahn. Die Staatsanwältin, eine sture Person – aber das ist ja ihre Pflicht –, schlug ihr einige ziemlich brutale Fragen um die Ohren. Laetitia ist sanft, sehr geschickt, aber lieber Himmel, das sind wirklich eine Menge Frauen, nicht? Zufall, dieses ›weibliche‹ Gericht? Schwer für Harold.

Jetzt kommt er dran. Gleich oben, Junge. Ist der ganze Weg bis zur Ziellinie hoch ein einziger steiler Anstieg? Oder kommt da vielleicht ein *faux plat*; ein letzter Kilometer, der leicht, sogar flach wirkt nach den Haarnadelkurven und der mörderischen Steigung, und auf dem ein Fahrer eingeholt und passiert werden kann. Er kann hier, auf diesem Stück Straße, alles verlieren.

17

Henri Castang

sommer herbst winter und lenz
mähten ihr säen und gingen ihr kam
sonne mond sterne regen

Vera neben mir ist in Trance gefallen. Ich kann es verstehen; so ein Prozeß vor dem *cour d'assises* ist eine mühselige und ermüdende Angelegenheit; ich habe erlebt, daß die ›Angeklagten‹ jegliches Interesse verloren und einfach einnickten, während Anwälte und Richter in diesen stickigen Gerichtssälen weiterackern, hinauf und hinunter, hin und her, es wird unendlich viel geredet, schrecklich, aber so ist das nun mal mit dem Recht. Mechanisch und herzlos werden da Männer und Frauen (bim wie bam) auseinandergenommen und seziert. Es besteht immer noch die Chance, daß wir am selben Tag fertig werden. Wenn Camden nicht zu lange braucht, wenn Harolds Verhör nicht zu umfassend ist, wenn die Staatsanwältin nicht zu verbohrt ist, wenn, wenn, wenn. Diese vorsitzende Richterin hat Ausdauer, aber die Geschworenen bekommen, fürchte ich, schon glasige Augen. ›Beinahe‹ zu Ende jedoch.

Camden hielt einen kurzen Vortrag, um die Fäden zusammenzufassen. Hatte er von Laetitias Überraschung wirklich nichts gewußt? – Unsinn, das war eine listige Lüge, ganz eindeutig, auf die er zurückgriff, weil er sah, daß ich nicht nur überrascht, sondern auch wütend war. Indem er vorgab, von nichts zu wissen, hoffte er, meine Wut zu beschwichtigen. Sie hatten die Möglichkeit erörtert, Marie dazu zu benutzen, der Staatsanwältin den Boden unter den Füßen wegzuziehen. Ganz gewiß, seit ich selbst, Dummkopf, der ich war, die Katze aus dem Sack gelassen und von ihrer Existenz erzählt hatte. »Wir werden Castang nichts sagen.« Und wir werden auch Harold nichts verraten. Wir überraschen ihn vor Gericht damit. Tut uns leid, alter Freund, wir sahen erst, daß wir Ihr Bein amputieren müssen, als Sie schon in Narkose lagen. So sind Anwälte. Sie hatten es sicher genau besprochen – würde Marie dem Druck unangenehmer Fragen standhalten? Hatten sie gewußt, daß sie es mit einem ›feministischen‹ Gericht zu tun haben würden? – Ach, ich bin jetzt eigentlich viel zu müde, um richtig wütend zu werden. Aber der arme Harold – sie sind bereit, ihn zu kastrieren, nur um ihren Freispruch mangels Beweisen zu erstreiten.

Camden macht seine Sache gut. Gewandt, professionell, durch die Sprachbarriere nicht im geringsten behindert. Ich bin nicht hergekommen, um mit allen Tricks zu versuchen, sagt er, einen Haufen Fußballrowdys zu entlasten, sondern den Freispruch eines Mannes zu erwirken, der angeklagt ist – nein, nicht des Mordes. Das kann nicht sein. Sie haben das Zeugnis der Sachverständigen gehört, und Sie haben gehört, daß keiner dieser Sachverständigen bereit oder imstande ist, sich hinzustellen und zu behaupten, dies sei kein Unfall gewesen. Bei Mord muß böse Absicht nachgewiesen werden. Sie ist hier nicht einmal unterstellt worden. Allerhöchstens handelt es sich um Totschlag infolge Unvorsichtigkeit, Kontrollverlusts, im Affekt der Leidenschaft. Ja, hier gibt es eine feine, flüchtige Ähnlichkeit zu den Fußballhooligans. Was die Leidenschaft angeht. Auch diese Leute waren blind vor Leidenschaft, aus Loyalität zu ihrer Mannschaft, aus primitivem und, ja, aggressivem Nationalismus, der von der Revolverpresse ganz bewußt geschürt worden war. Und dahinter erkannte man, daß diese Dummköpfe nicht fähig gewesen waren, den aufgerührten Leidenschaften standzuhalten – Leidenschaft, ja, da gibt es in der Tat eine Verbindung. Kein

Vergleich mit diesem gebildeten und weltgewandten Mann? Liebesleidenschaft hat mit den chauvinistischen und xenophobischen Exzessen von Fußballfans nichts zu tun? Dennoch ist überwältigende Leidenschaft das Verbindungsglied. Wir haben gehört, was Miss de Wilde berichtete, und wir haben es mit Hochachtung gehört, würden Sie das nicht auch sagen? Sie hat Ihnen ihr Bemühen geschildert, der Leidenschaft zu widerstehen, sie hat Ihnen ihre Fairneß und Aufrichtigkeit, ihre Herzenswärme und ihre Liebe gezeigt.

Okay, Joe, aber mach's nicht zu lang.

Tut er nicht, er ist ja so geschickt. Was uns jetzt noch fehlt, ist Mr. Claverhouses Schilderung, wie er in diese Falle geraten ist – wie Miss de Wilde es uns beschrieben hat –, wie er versuchte, mit sich und ihr aufrichtig zu sein, wie er kämpfte. Mrs. Claverhouse? – Weder hat er es nötig, noch wünscht er, sie in einem schlechten Licht zu zeigen. Sie war eine stolze, tugendhafte, puritanische, ja, eine zwanghafte Frau, und diese Eigenschaften, gute, edle Eigenschaften, wirkten zusammen, um auch sie in der Falle zu fangen. Sie wurde mit der Unbeugsamkeit ihres eigenen starken Charakters nicht fertig. Aber lassen wir Mr. Claverhouse für sich selbst sprechen.«

Man bemüht sich, Klischees wie ›wacklig auf den Beinen‹ oder ›in den Bewegungen wie ein alter Mann‹ zu vermeiden, aber Harold hatte einen schweren Schlag bekommen. Sein Gesicht wirkte fleckig, als hätten ihm diese Sommermonate im Gefängnis – körperlich – weit mehr geschadet als er eingestehen wollte. Und um die großartige Stimme stand es nicht besser: schwankend und unsicher. Er beantwortete ein paar einfache Fragen von Camden ziemlich ungeschickt, viel zu weitschweifig. Die Stimme der Vorsitzenden schlug einen flotteren Ton an.

»Mr. Claverhouse, wir haben die Erklärungen Ihrer Anwälte gehört. Wir haben Mademoiselle de Wilde gehört. Sie hat, das darf man sagen, mit Mut und Entschlossenheit über Konflikte und innere Not gesprochen. Über die geteilten Loyalitäten, die ihrer Meinung nach zu einer Situation führten – so wird unterstellt –, der sich zu entziehen Ihnen schwerfiel. Sie haben jetzt die Gelegenheit, die ich Ihnen zuvor verweigerte, sich persönlich zu diesen Dingen zu äußern.«

Na los, nun komm schon, Harold. Das ist doch der Moment, von dem der Fahrer träumt; der Moment, in dem er abzischt und die anderen einfach stehen läßt. Der klassische spanische Bergfahrer kann zwischen zwei Taktiken wählen. Selbst die Initiative zu ergreifen, und zwar so, daß kein anderer folgen kann, oder einen anderen sich abrackern und müde fahren lassen, ehe er attackiert. Beide sind mörderisch, aber eines darf er niemals tun – zögern. Wie in diesem Jahr Pedro Delgado zurückhing und sich damit den Sieg raubte. Wie Harold es jetzt tat. Er setzte zwei-, dreimal an und brach wieder ab. Es klang bedauernswert.

»Hätten Sie gern einen Moment Zeit, um sich zu sammeln?« meinte sie höflich.

»Nein – nein. Ich habe diese Darlegungen nicht alle verstanden. Vieles, was gesagt wurde, erscheint mir gänzlich irrelevant. Ich habe meine Frau geliebt. Daß sie eine schwierige oder anstrengende Frau war, finde ich nebensächlich in diesem Zusammenhang. Ich habe Marie geliebt. Dieses Wort ›lieben‹ ist lächerlich. Wir gebrauchen es nicht mehr, stehen nicht mehr zu ihm. Am liebsten würden wir es verbannen. Wir haben keinen Glauben mehr an dieses Wort. Es macht uns angst. Wir können nicht mit ihm umgehen. Und am liebsten würde man es gar nicht versuchen. Zwei Frauen zu lieben ist sowohl geschmacklos als auch absurd. Ich bin doppelt lächerlich, doppelt impotent.

Aber ich bin Jurist. Diese Tatsache wurde hier erwähnt und

kommentiert. Da Sie mir die Möglichkeit geben, möchte ich eine sachliche Betrachtung anstellen.« Die Stimme war fester geworden und flexibler.

»Ein englischer Richter gab der Presse ein Interview. Ein alter Mann, schon im Ruhestand. Es ging um einen berühmten Prozeß, bei dem es zu einem ebenso berühmten Justizirrtum gekommen war, der nur teilweise wiedergutgemacht werden konnte, indem die ehemals Angeklagten und, wie später bewiesen wurde, aufgrund manipulierter Beweise Verurteilten auf freien Fuß gesetzt wurden.

Dieser alte Mann löste empörten Protest aus, als er die Ansicht äußerte, der Justizirrtum, wenn überhaupt einer gegeben sei, läge darin, daß diese Leute nicht gehängt worden seien. Dann nämlich, behauptete er, wäre die ganze Angelegenheit längst vergessen gewesen. Die Öffentlichkeit, sagte er, wäre in der Gewißheit beruhigt gewesen, daß die Diener der Gerechtigkeit, wenn auch im Irrtum befangen, entschieden und unparteiisch gehandelt hatten. Und eben dies sei notwendig.

Die Entrüstung war groß, wie Sie sich vorstellen können, und Senilität vielleicht noch der mildeste Vorwurf, der dem Alten gemacht wurde. Soll ich Ihnen etwas sagen – ich bin mir gar nicht sicher, ob er nicht recht hatte.«

Diese Vorstellung ist – in gewisser Weise – amüsant. Harold spricht im Konversationston, als hätte er völlig vergessen, wo er sich befindet.

»Ich glaube, man hat ihn mißverstanden. Er bemerkte, er sei der einzige noch lebende Richter, von dem verlangt worden war, ein Todesurteil zu fällen, und er habe dies, wenn erforderlich, ohne besondere Emotion, ohne, was wir *états d'âme* nennen würden, getan. Einfach, weil das Gesetz es so befahl.«

Im Gerichtssaal war es völlig still.

»Dieser Richter war in der Vergangenheit dafür bekannt, daß er an technisch komplexe oder schwierige Probleme mit dem gesunden Menschenverstand heranging. Er hat sich als Rechtsdenker, als Jurist nie hervorgetan. Man weiß von ihm, daß er häufig behauptet hat, wenn man nur bei der Urteilsfindung einem moralischen Prinzip folge, so würde sich das unweigerlich als rechtlich gut erweisen.

Ich glaube, irgendwo in seinem Kopf spukte die ehrwürdige Überzeugung herum, es gehöre sich, daß einer für das Wohl des Volkes leidet. Er wollte sagen, glaube ich, es sei gewiß sehr schrecklich, Menschen zu töten, von denen sich später zeigt, daß sie unschuldig waren, aber vor allem anderen komme es darauf an, das Bild von der Unparteilichkeit eines englischen Richters und von der Integrität der Polizei aufrechtzuerhalten. Beide Prinzipien sind derzeit arg ins Wanken geraten.

Überall ist es möglich, zu behaupten – und häufig mit Recht –, daß die Polizei bestochen wurde oder daß die Richter sich politischem Druck beugten. Was zählt, ist das Prinzip. Wenn Verbrechen, dann Strafe – daran muß festgehalten werden. Achten Sie nicht auf Rechtsanwälte. Ich habe meine Frau getötet. Das ist eine Tatsache. Mehr habe ich dazu nicht zu sagen.«

Er drehte sich herum, ging zurück und setzte sich, genau als hätte er den Pharmaziestudenten im zweiten Jahr – Marie eingeschlossen – einen kleinen Vortrag über die Probleme der Deontologie gehalten.

Die vorsitzende Richterin verzog keine Miene.

»Genau wie jeder andere vor diesem Gericht«, sagte sie in ihrem normalen Ton, »haben Sie nach den Schlußplädoyers und ehe sich das Gericht zur Beratung zurückzieht, das Recht ein letztes Wort an das Gericht zu richten.« Sie räusperte sich. »Jetzt hat die Anklage das Wort.«

Frau Bohnenstange ergriff es. Sie sprach kurz und sachlich, ohne rhetorische Schnörkel, in ruhigem, vernünftigen Ton.

Was Mr. Claverhouse da soeben gesagt habe, sei doch sehr vernünftig gewesen, nicht wahr? Ignorieren Sie alles, was irrelevant ist. Es gäbe nicht die Andeutung eines Beweises für eine bewußte Absicht zu töten, und sie glaube auch nicht daran. Man könne das zwar argwöhnen, da der Mann sich eine junge, hübsche Geliebte zugelegt und es verschwiegen habe. Es sei das quichottehafte Argument vorgebracht worden, er habe geschwiegen, um die junge Frau zu schützen, aber das werde die Geschworenen wohl nicht sonderlich beeindrucken.

Non, mais! Tut mir leid, aber dieses endlose Gequassel! Ich habe Hunderten von Prozessen beigewohnt, aber ... Wie – soll ich sagen, daß meine Aufmerksamkeit abschweift? Oder ›alles Farce‹, wäre das der richtige Ausdruck? Ich dachte immer, eine Farce sei etwas Komisches; etwas, bei dem man sich vor Lachen krümmt, knallend auf die Schenkel haut, die Tränen aus den Augen wischt: Lachen als Katharsis. Das Wort ist, finde ich, entstellt worden. Harold gebraucht es häufig – »das wird langsam zur Farce« –, ohne zu lachen.

Und ich lache auch nicht.

Vera lauscht aufmerksam, mit gerunzelter Stirn und leicht geöffnetem Mund. Ich ziehe Eamonns Blick auf mich, der auf ihrer anderen Seite sitzt; seit die Staatsanwältin angefangen hat, zeigt er Unruhe, weiß so gut wie ich, daß es keinen Sinn hat weiterzumachen. Er grimassiert, wie englische Schauspieler das zu tun pflegen, wenn sie Franzosen spielen: übertriebenes Achselzucken und Augenrollen.

Ich puffte Vera am Arm. »Komm, verschwinden wir hier.«

»Oh, aber das geht doch nicht. Wir schulden es Harold.« In ihrer Loyalität entrüstet.

Mitgefangen, mitgehangen? Ja, wahrscheinlich. Ich hatte

bemerkt, wie die vorsitzende Richterin auf ihre Uhr gesehen hat. Sie wird versuchen, noch an diesem Tag fertig zu werden. Man muß die Einheiten des klassischen Dramas respektieren, wie? Diese langen Sommerabende ... aber im Winter, unter dem elektrischen Licht, das alles gelb färbt, von der Holztäfelung bis zu den Gesichtern der Anwälte, hätte man das gleiche Gefühl stillstehender Zeit.

»Das geht bestimmt bis spätabends. Wir müssen was essen und trinken, sonst wird uns schwach.«

»Aber die Plädoyers«, entgegnete Vera besorgt.

»Pfeif auf die Plädoyers«, sagte Eamonn beinahe so laut, daß man es hörte. »Pfeif auf die Weiber.«

»Ja, aber haben wir die Zeit?« Vera machte ein ängstliches Gesicht, gab jedoch irischer Starrköpfigkeit nach. Wir machten uns auf die Suche nach einer Kneipe.

»Schauen Sie, Vera, jetzt heißt es ›Das Fest ist jetzt zu Ende‹.«

»So ähnlich wie mit der deutschen Einheit«, meinte Eamonn. »Am Anfang höchst aufregend, aber am Ende läuft es nur darauf hinaus, ob ein Sozialdemokrat oder ein Christdemokrat der erste Kanzler wird.«

»Ich verstehe nicht«, sagte Vera, »warum sie die Verhandlung nicht einfach abgebrochen hat. Sie hat weitergemacht, als wäre nichts geschehen. Nehmen Sie ihn denn nicht ernst?«

»Das Gesetz schreibt vor, daß jedem Bürger ein ordentliches Gerichtsverfahren zuteil werden muß. Man kann nicht einfach sagen, tut uns leid, aber es wurde uns allen plötzlich zu langweilig.«

»Typisch männliche Erfindung. Und wenn ich mir überlege, daß es lauter Frauen sind ...«

»Das mag dennoch eine Rolle spielen. Wie Laetitia da plötzlich Marieke aus dem Ärmel zog wie ein weißes Kaninchen! Sehr effektvoll, aber er – der arme Harold – ist damit nicht fertig geworden. Sie hatte eine Chance, ihn herauszuhauen, dachte ich jedenfalls – auf jeden Fall ist nichts bewiesen.«

»Wir dürfen die Urteilsverkündung nicht verpassen.« Vera war immer noch besorgt.

»Wir brauchen nur auf die Journalisten zu achten. Wir haben eine Menge Zeit. Camden hält bestimmt einen langen technischen Vortrag.«

»Ich kann mir nicht vorstellen, was er jetzt in seinem Plädoyer noch vorbringen will.«

»Fußballrowdys. Wir wollten nie einen Menschen umbringen, und wenn wir's doch getan haben, dann ist es einzig die Schuld der Polizei.«

»Du bist zynisch«, sagte Vera traurig.

Wir kamen gerade richtig: Die vorsitzende Richterin war dabei zusammenzufassen. Am belgischen Gericht geht es anders zu als am französischen. Während der ersten Beratung über die Schuldfrage sind die Geschworenen auf sich gestellt wie in England. Wenn sie mit einer Mehrheit von mindestens 7 zu 5 einen Schuldspruch einbringen, schließen sich ihnen die Richter zur weiteren Beratung über das Strafmaß an. Wir schlichen uns auf Zehenspitzen hinein: Die Menge im Saal hatte sich deutlich gelichtet, aber es waren immer noch ein paar ernsthafte Studenten da, die aus Papiertüten aßen. Ein junges Mädchen strickte.

»Die erste Frage ... Die zweite Frage ...« Alles nach Cokker – wer war Cocker? Ein Rechtsgelehrter vielleicht.

Hat er sie getötet? Wenn ja, lag Vorsatz vor? Das nämlich wäre Mord. Wenn er sie nur bei der Kehle gepackt hat, wäre das Körperverletzung mit Todesfolge. Böswilligkeit? – Die Lehre kann in einer solchen Situation ein komplexes Gesicht annehmen. Wäre es denkbar, daß diese Frau Böswilligkeit provoziert hatte? Das könnte man vielleicht als mildernden Umstand sehen, aber man sollte nicht vergessen, daß diese Frau großen Wert auf Vertrauen legte, und daß Untreue wie sie hier geschildert wurde, einen schweren Vertrauensbruch darstellt... ach, und so weiter und so weiter...

Eamonn hatte sich umgehört; wir steckten flüsternd die Köpfe zusammen. Der Strafantrag war ziemlich hoch gewesen – fünf Jahre. Der Staatsanwältin hatte das Verhalten eines Mannes in Vertrauensstellung nicht gefallen – doch an der Stelle waren wir gegangen, und hier nun kamen wir zurück.

Wenn Geschworene sich zur Beratung zurückziehen, muß man abzuschätzen versuchen, wie lange sie brauchen werden. Wir lungerten in den Korridoren herum, im treffend bezeichneten Korridor der verlorenen Schritte. Unser Instinkt erwies sich als richtig; sehr bald nämlich winkte uns der Gerichtsdiener mit flatternden Ärmeln.

Auf die erste Frage – ja. Auf die zweite – nein. Auf die folgende würde es Empfehlungen geben... sie wenigstens hatten Harold zugehört.

Und das Gericht würde sich nun zurückziehen, um über diese Empfehlungen zu beraten. Die Kantine ist längst geschlossen, aber die Presse hat Bier hereingeschmuggelt, und wir machten es uns zum Picknick bequem. Und erhielten einen Vorgeschmack von der Meinung der Journalisten. Nicht das, was sie in die Redaktion telefonieren werden.

»Camden hätte es geschafft, wenn diese Jüdin die Klappe gehalten hätte.«

»Ach, ich fand sie gut.«

»War sie auch. Aber man hätte sich strikt an die rein technischen Aspekte halten sollen.«

»Man braucht doch nur zu sehen, daß da lauter Frauen sitzen, da weiß man schon, daß sie nicht hinhören.«

»In dem Moment, als die Richterin die Sexgeschichte rauswarf, hatte diese Inzestsache, von der die Frau sprach – das war in Gent, stimmt's? –, mit uns eigentlich nichts mehr zu tun.«

»Sie hätte den Saal räumen lassen können.«

»Nein, nur wenn Kinder betroffen sind.«

»Höhere Beamte haben ja angeblich kein Sexualleben. Denen geht es wie den Politikern nur um die Macht.«

»Muß ganz schön peinlich sein, wenn das so in aller Öffentlichkeit rauskommt, daß du ihn nicht mehr hochgekriegt hast, weil deine Frau dich kastriert hatte. Ich meine, das könnte jedem von uns passieren.«

»Also, mit dieser Staatsanwältin möchte ich mich nicht im Bett wiederfinden. Ich könnte mir vorstellen, daß die in der anderen Hand die Rasierklinge hätte. Ich hätte da schon meine Schwierigkeiten.«

»Aber nicht mit der Jungen, oder?«

Diese scheußliche elektrische Glocke bimmelte durch alle Korridore.

»Los antreten – es hat gepfiffen.«

Die Begründungen werden verlesen. Sie sind in rechtlicher Form, gespickt mit Fachterminologie und beanspruchen einige Zeit. ›Leidenschaft‹ ist für das Juristenhirn kein einfacher Begriff. Immer wieder heißt es ›in Anbetracht der Tatsache‹ und ›im Lichte dessen, daß . . .‹. Harold steht stramm, die Hände an der Hosennaht, mit völlig leerem Gesicht. Sehr leise hat sie ihn gefragt, was er noch zu sagen wünsche. Ebenso leise, ebenso höflich antwortete er mit Dank für Rücksicht und Entgegenkommen, und daß er nichts weiter zu bemerken habe.

»Angesichts des Vorangegangenen lautet das Urteil des Gerichts auf zwei Jahre Freiheitsentzug.« Jeder verneigt sich vor jedem wie an einem königlichen Hof; Levée; wir sollten alle seidene Kniehosen anhaben. Belgier haben eine Vorliebe für Förmlichkeiten. Die große Flämin, die selbst ein Gesicht des 18. Jahrhunderts hat, dem eines Feldmarschalls ähnlich, nickt, überschaut unbewegt das Schlachtfeld, nimmt Papiere auf und klemmt sie unter den Arm, ihre Robe bauscht sich, sie rauscht hinaus. Na ja, es könnte viel schlimmer sein.

Eamonn hat Vera in seinem Wagen mitgenommen. Ich habe noch etwas zu erledigen. Es ist noch nicht sehr spät. Manche beschweren sich, behaupten Bruce sei eine Provinzstadt und habe kein Nachtleben zu bieten. Aber das ist Unsinn; die Brüsseler haben durchaus eine Vorliebe für belle-époque Bordelle, aber sie sind eben ziemlich diskret.

Ich sah die Anwälte nicht gehen, und die Öffentlichkeit auch nicht. (Warum sind die Leute gekommen, und was denken sie?) Ich war mit meinen Gedanken woanders, wie man sagt. Im Gericht von Aix-en-Provence, wo ich einmal als Zeuge in einem Fall von Kunstfälschung hatte aussagen müssen: es befinde sich im ehemaligen Kloster eines mittelalterlichen Hospitals. Die Richter und die Anwälte machen ihre zynischen Bemerkungen darüber.

»Was, hier erwarten Sie Gerechtigkeit? Der Gerichtssaal ist die Klosterkapelle, der Untersuchungsrichter sitzt im früheren Wöchnerinnenzimmer, und wo heute das Archiv ist, war früher das Leichenhaus.«

Jemand rief meinen Namen. Ich sah auf. Es war Miss Huntingdon. Wieso hatte ich sie nicht früher gesehen? Vielleicht war sie nur auf einen Sprung vorbeigekommen, um das Ende zu hören? Oder, wahrscheinlicher, ich hatte mich nicht umgesehen, hatte nichts wahrgenommen.

»Willkommen im Mülleimer« – mit den Worten dieses verbitterten Richters. »Klettern Sie nur herein – es ist noch viel Platz.« Gerichte! Was spielt es für eine Rolle, ob es eine heruntergekommene Elendsbehausung aus dem Mittelalter ist oder ein Palast auf dem Gipfel des Hügels?

»Da bin ich anderer Meinung«, sagte sie gelassen. »Ich fand das Gericht gut, und meiner Ansicht nach haben sie es ganz richtig gemacht, und ich glaube auch, daß es das ist, was er wollte.« Sie hatte ihre verschlossene Miene aufgesetzt, aber das gutaussehende Gesicht war müde, als hätte sie zuviel gearbeitet.

»Sie kennen ihn wahrscheinlich besser als jeder andere von uns«, sagte ich in entschuldigendem Ton.

»Nein – ich wollte Sie um Verzeihung bitten. Dafür daß ich mich Ihnen gegenüber so albern benommen hatte. Ich habe allen diesen – diesen Geheimdienstleuten gesagt, daß ich mit ihren Kinkerlitzchen in Zukunft nichts mehr zu tun haben möchte. Sie sind grotesk. Es gibt schon Ungerechtigkeit genug, da braucht man die Welt nicht noch chaotischer zu machen. Wissen Sie, ich dachte wirklich, Sie wollten einen Skandal heraufbeschwören, um Harold zu vernichten. Sie waren von Anfang an sein Freund. Ich schäme mich.«

Der Gerichtssaal hatte sich geleert. Wir waren allein.

»Polizeibeamte sind mit den Urteilen nie einverstanden«, sagte ich. »Sie machen es falsch, und heißt das, daß wir es richtig machen? Wir machen es die ganze Zeit falsch, aber wir müssen es für richtig halten. Wir müssen daran glauben. Unsere Arbeit mit der Überzeugung tun, daß sie es wert ist, getan zu werden.«

Sie nickte leicht; glitt an mir vorbei.

»Gute Nacht«, sagte sie und war fort.

Ich blieb einen Moment allein im leeren Saal sitzen. Und dachte an einen berühmten Spion. Er war vor nicht langer Zeit im Fernsehen. Höflich, ziemlich wegwerfend. »Dieser Herr zu meiner Linken ist Günther Guillaume.«

Ich bin sicher, Sie erinnern sich an ihn: Er stürzte eine

westdeutsche Regierung, und Brandt mußte als Kanzler zurücktreten. Ganz recht! – der berühmte Stasi ›Maulwurf‹. Jeder fragt jetzt, wie viele Stasi-Agenten es in der Umgebung der Mächtigen im Westen noch gibt. Keiner weiß es.

Ein ältlicher Mann jetzt, dick geworden, mit grauem Bart. Wie lange saß er im Gefängnis – acht Jahre?

Der Interviewer war milde und zeigte nur einmal etwas Schärfe. Sie blendeten ein Foto auf dem Bildschirm ein: Guillaume in der Hocke, die Hand ausgestreckt, um Brandts Hund zu streicheln, der zurückschreckte, während sein Herr die Szene mit väterlichem Wohlwollen betrachtete.

»Damals zeigte einzig der Hund Mißtrauen.« Und vielleicht einmal, dem Ende zu – »Sagen Sie, Herr Guillaume, wovon leben Sie heute?«

»Ja, das ist eine ganz schön scharfe Frage. Ich bekomme Arbeitslosenunterstützung. Und zum Glück arbeitet meine Frau noch.«

Die Stasi ist bekannt für ihren Mangel an Großzügigkeit. Man soll angeblich von Idealen leben können. Alle Geheimdienste sind so – vergeßlich. Immer, wenn es mit der ›Nützlichkeit‹ vorbei ist, treten bei der Zahlung der Pension unerklärliche Pannen auf. Es ist wichtig, eine Ehefrau zu haben, die verdient.

Und noch wichtiger – eine Frau zu haben, die loyal ist.

Ich erinnerte mich auch des Generals der RG in Paris. Er hatte eine bestimmte Wendung gebraucht; eine etwas rätselhafte, wie zweifellos beabsichtigt.

»Denken Sie daran, Castang. Wir können Sie heranziehen. Und wir können Sie herausziehen.«

Was soll das heißen? Mich als unbrauchbar abhaken? Oder etwa die Falltür in den Keller des Gestapo-Hauptquartiers in der Prinz-Albrecht-Straße?

Ich besitze noch meinen magischen Schlüssel. Man hat

Harold in das unbeschreibliche Labyrinth von Katakomben gebracht, wie es unter jedem Justizpalast existiert, aber meine Vollmachten und Genehmigungen und vielleicht die äußere Prägung des Polizisten taugen auch hier. Die Jungs in den Ledergamaschen sind alle schon nach Hause abgedampft, unter den üblichen Klagen über die Gemächlichkeit der Justiz und die Tatsache, daß sie nie für die beschissenen Überstunden bezahlt werden. Aber es sind mehrere friedliche graue Gestalten da, deren Aufgabe es ist, sich um die Zentralheizung zu kümmern und dafür zu sorgen, daß morgens die Putzfrauen zur Stelle sind. Sie kümmern sich auch um Harold, bringen ihm ein Abendessen und fragen, wie viele Decken er haben möchte. Er saß auf einem Holzstuhl, die Hände in den Taschen, und schien recht zufrieden mit der Welt.

»Henri, wie nett von Ihnen, vorbeizuschauen.«

»Ich dachte mir, Sie hätten vielleicht Lust auf eine Zigarre.«

»Wie haben Sie das erraten? Sie sind mir gerade ausgegangen. Jetzt wird vielleicht ein Lieferstop eintreten. Ah – genau was ich gebraucht habe.«

»Nur ein vorübergehender Lieferstop. Wir werden alles organisieren, was Sie brauchen. Ich habe keine Ahnung, wohin man Sie bringen wird – auf eine Festung in den Ardennen vielleicht? Denken Sie an den armen Toussaint l'Ouverture, der im Château de Joux an der Kälte starb. Da ist das hier ein Klacks. Wenn man die Untersuchungshaft abzieht und das gute Benehmen des Soldaten Schwejk anrechnet, wird da nicht einmal ein Jahr zusammenkommen. In sechs Monaten spätestens haben wir Sie hier frisch und munter raus. Mann, denken Sie an England. ›Während die Bande schwitzt und noch in Pentonville sitzt, in Ketten bei Tag und bei Nacht – O.‹ Keine juristischen Fachbücher mehr. Sie brauchen nicht der Fabrice Valserra zu sein, der vor dem Spielberg Angst hat. Wir werden Ihnen nicht erst die Gesammelten Werke Sir Walter Scotts bringen müssen.«

Harold hatte seine Zigarre jetzt schön zum Ziehen gebracht.

»Einen Augenblick, Henri. Wir wollen eines gleich einmal klarstellen. Ganz gleich, wo es ist, ganz gleich, wie lange es dauern wird, herzlichen Dank, aber ich möchte keine Besuche mehr. Auch nicht von Vera mit den Bibliotheksbüchern. Und auch nicht von Marie – ganz besonders nicht von Marie. Bringen Sie sie weg. Machen Sie ihr klar, daß ihr Leben durch dieses Zwischenspiel nicht ruiniert werden wird. Seien Sie so brutal wie nötig, ich glaube, das darf ich von Ihnen verlangen. Was mich angeht, so machen Sie sich einfach keine Mühe. Vergessen Sie's, wie Marie. ›Das Fest ist jetzt zu Ende.‹ Prospero verschwindet von der verzauberten Insel Brüssel.«

Eigenartig, daß er das gleiche Zitat herausgegriffen hatte wie Eamonn.

»Aber es wird keine Zigarren mehr geben, nicht wahr?« Harold erfreute sich an dieser Feststellung.

»Sentimentalität – ein großer Auftritt – das kommt nicht in Frage. Abschiede gehen immer an die Nieren. Schlimmer jedoch sind sie für die Zurückbleibenden.

Einerseits freue ich mich, andererseits tut es mir leid, daß Sie gekommen sind. Aber es ist mir jedenfalls ganz recht, daß Sie es sind, von dem ich mich nun verabschieden kann.«

»Das kommt daher, daß ich immer noch Polizist bin. In der Zeit, als ich noch Ermittlungsbeamter war, habe ich oft solche Besuche gemacht, wenn der Fall mit einer Gefängnisstrafe endete. Man hat sich ja mit so einem Menschen ziemlich eingehend befaßt, wenn man das sichere Gefühl hatte, daß er der Gesuchte war, und man nach einer rechtlichen Handhabe suchte, um ihn zu Fall zu bringen. Während er seinerseits natürlich alles daran setzte, einem zu entschlüpfen. Da entwickelte sich eine Art gegenseitigen Verständnisses. Beinahe etwas wie Kameradschaft. Mit Sentiment hat das nichts zu tun, aber es entsteht eine gewisse emotionale Bindung, daran gibt es keinen Zweifel.«

Harold zog an seiner Zigarre, ließ sich das durch den Kopf gehen, gestand die Richtigkeit des Gesagten zu, nickte.

»Ich war sentimental und überspannt. Jetzt bezahle ich dafür. Und das ist recht so. Mein Leben ist zu Ende – in beiderlei Hinsicht.« Er meinte, vermute ich, sein Berufsleben – der Generalsekretär wird ein kleines Rücktrittsbriefchen erwarten – und das Leben mit Iris.

»Die Todesstrafe«, murmelte er, darüber nachdenkend. »Man macht da einen schlimmen Moment durch, gewiß, aber das Schlimmste wäre der Wirbel darum. Das ganze Beiwerk. Das Bemühen, Würde und feierlichen Ernst vorzutäuschen. Dann jedoch wäre es aus und erledigt.

Sie ist im Prinzip deshalb von Übel, weil sie diejenigen, die sie anordnen, ebenso verdirbt, wie die, die sie ausführen. Auch hier haben wir eine Sentimentalisierung.

Alle, die etwas davon verstehen, sind sich darin einig, daß das Opfer am besten wegkommt. Fast immer legen die Opfer Mut an den Tag – jene Art von Mut, die sich bei der Aussicht auf Schmerzbefreiung einstellt. Eine Aussicht – wer weiß? – auf Glück.

Und geradeso sind sich alle, die etwas davon verstehen, darin einig, daß eine Gefängnisstrafe im Grunde genommen etwas Schlechtes ist.

Schlimmer. Wir tragen das Gefängnis in uns selbst, wie alles Denken und alle Kunst deutlich machen. Und aus ihm gibt es kein Entkommen.

Darum wird auch das romantisiert. Gibt es überhaupt irgend etwas – Verbrechen oder Strafe, Geburt oder Tod –, das die Leute nicht zu rosaroten Grußkarten machen?

Man wird jemanden sagen hören, er gehe gern ins Gefängnis. Klar, endlich wird man eine Menge lästiger kleiner Sorgen los sein. Man braucht sich um nichts zu kümmern. Ganz recht; ich habe das in hinreichendem Maß erlebt, um zu wissen, daß die schlimmste der Versuchungen die ist, sich kopfüber in Verantwortungslosigkeit zu stürzen.

Zusätzliche Verlockung für den Pseudointellektuellen: In der Einsiedlerzelle werden Leiden und Einsamkeit einen von Eitelkeit und Torheit reinigen.

Da würden die Hühner lachen, wenn sie nicht gerade kotzen müßten. Die besten politischen Texte werden im Gefängnis geschrieben – das ist auch so eine Romantisierung.

Ich bin bereits in einige dieser Fallen getappt. Ich habe die Verantwortungslosigkeit so weit getrieben, daß ich Ihre Frau gebeten – nein, gebettelt – habe, sich für mich auszuziehen. Sie hat es kaum für der Mühe Wert gehalten, mir die Meinung zu sagen.

Sagen Sie ihr nicht, daß ich Ihnen das erzählt habe; es würde ihr nur Schmerz bereiten. Es ist egoistisch von mir, darüber zu sprechen. Aber dieser ganze Vortrag ist egoistisch, nicht wahr?

Der Abschied ist schwer, Henri. Verzeihen Sie, daß ich ihn in die Länge ziehe. Ich habe einiges über Selbstmitleid gelernt.

Zigarren, soviel du willst – Bücher, alles, was du willst. So daß du die Gefangenschaft kaum bemerkst. Zuckersüße Menschlichkeit, wo du gehst und stehst. Möchten Sie eine Schlaftablette? Einen Fernsehapparat? Einen Psychiater? Im Spielberg wurde einem wenigstens nie vorgemacht, es ginge um Rehabilitation. Man war dort, um bestraft zu werden, den Launen des Tyrannen ausgeliefert.

Bei den humanen Gefängnissen von heute – schreiben Sie

sich das hinter die Ohren, Henri – sind unsere üblichen Klagen rein nebensächlich. Brutstätte für kleine Verbrechen, Promiskuität, Homosexualität: trivial. Das alles findet man draußen genauso. Die Entwürdigung und die Erniedrigung, die sind real.

Hören Sie mir also auf mit diesem Gerede davon, daß es ja nur sechs Monate oder was sonst sind; das reicht vollkommen, um einen Menschen zu vernichten. Im Spielberg haben sie das nicht sentimentalisiert. Die sechs Sommermonate waren Tuberkulose, und der Winter war Lungenentzündung.

Was passiert denn, wenn ich herauskomme, hm? Dann bin ich rehabilitiert.

Aber ich rede schon viel zu lange, Henri. Machen Sie sich lieber auf die Socken. Sagen Sie Vera leb wohl von mir, danken Sie ihr für mich und grüßen Sie sie von mir. Je weniger Sie zu Marie sagen, desto besser ist es; sagen Sie gar nichts.«

Ein Aschenbecher war da: Harold machte die Zigarre säuberlich aus, ohne sie zu zerdrücken.

»Warum habe ich mich freiwillig gestellt, Castang, sagen Sie mir das mal? Ich hätte den Mund halten und es Camden überlassen können, mich da herauszupauken. Diese Frau mit ihrem Vortrag über die Leidenschaft – sie hätten es nicht beachtet.

Aber jetzt, wissen Sie, jetzt erkenne ich es.

So verzeiht Iris mir.

Sie hat es mir gesagt.«

Ich gab eine Art Handzeichen und ging hinaus. Der alte Mann mit den Schlüsseln sah von seinem Buch auf und nickte; auch ihm gab ich eine Art Handzeichen zum Gruß.

Vor vielen Jahren war in England einmal ein Mann, der aufblickte, als der Henker in seine Zelle trat, ein wenig nervös.

»Hallo, Kumpel«, sagte er zaghaft, als hätte er Angst, der Gruß könnte nicht erwidert werden.

Nachwort

Es gehört nicht zu Brels besseren Liedern; der Gegenstand – eine lediglich nostalgische Reminiszenz – ist trivial, und die Musik ist nicht weiter bemerkenswert, eine hübsche kleine Melodie mit einem Schwung, der ins Ohr geht. Dennoch zeigt auch das seine Gabe für kurze, dürre Worte.

›Ay Marieke, Marieke,
Le ciel flamand
Entre les Tours
De Bruges à Gand.‹

Das Lied ist insofern bemerkenswert, als es das einzige ist, bei dem er in jedem zweiten Vers ins Flämische fällt, und das mit starkem Brüsseler Akzent.

›Und fegt den Sand über mein Land –
Mein flaches Land, mein Flandernland.‹

Auffallend ist der Gebrauch des Possessivpronomens.

In der Stadt Brügge gibt es ein Standbild Mariekes, das ich mir nicht angesehen habe; aus einer Befürchtung heraus, die vielleicht unvernünftig ist, es könnte Peter-Panhaft sein. Jedoch – an einem hellen, sonnigen Morgen rasierte ich mich in einem Hotel mit Blick auf das mittelalterliche Tor: Aufmerksam gemacht von einem Lärm wie von zehntausend Seemöwen, ging ich auf den Balkon hinaus. Horden von Schulkindern und Studenten aus dem umgebenden Land, aus Zügen oder Bussen kommend, zu Fuß oder per Fahrrad, schoben sich durch das Tor. Unter ihnen war ganz sicher Marieke, und in diesem Moment begann ich das Buch.

Genauso klar war, daß ihr Geliebter kein Halbwüchsiger war, sondern ein reifer Mann, unter den ›Europäern‹ in ›Bruce‹ zu finden. Ich muß mich auch für Harold entschuldigen; nicht bei Jacques diesmal, sondern bei einem hohen Regierungsbeamten, dessen kubanische Zigarren und verstiegene Art der Rede Antrieb gaben – Schriftsteller sollten wirklich wie Aussätzige Glocken tragen, damit man ihnen aus dem Weg gehen kann.

Der *Palais de Justice* ist Realität, trotzt in seiner Monstrosität und Häßlichkeit der Phantasie und bedarf keiner Entschuldigung von mir. Und auch das Dänische Gasthaus ist Realität, und es ist ausgesprochen angenehm.

Grandfontaine 1990